DANS LA MÊME COLLECTION

Tracy Chevalier, *La Dame à la Licorne.*
Daphné Du Maurier, *Le Monde infernal de Branwell Brontë.*
Penelope Fitzgerald, *La Libraire.*
Shirley Goldfarb, *Carnets – Montparnasse 1971-1980.*
Angela Huth, *Les Filles de Hallows Farm.*
Angela Huth, *L'Invitation à la vie conjugale.*
Molly Keane, *La Revenante.*
Andrea Levy, *Hortense et Queenie.*
Frances Mayes, *Sous le soleil de Toscane.*
Alice McDermott, *Charming Billy.*
Alice McDermott, *La Visite à Brooklyn.*
Katherine Mosby, *Sanctuaires ardents.*
Katherine Mosby, *Sous le charme de Lilian Dawes.*
Kate Moses, *Froidure.*
Oswald Wynd, *Une odeur de gingembre.*

La crevette et l'anémone

suivi de La lettre d'Hilda

Petit Quai Voltaire

L. P. Hartley

La crevette et l'anémone

suivi de La lettre d'Hilda

Eustache et Hilda I

Roman traduit de l'anglais par Corine Derblum

Titre original : *The Shrimp and the Anemone.*

Couverture et illustrations : Nicolas Galy pour www.noook.fr

editionslatableronde.fr

J'ai connu cent sortes d'amour,
Toutes causaient souffrance à l'être aimé

EMILY BRONTË

LA CREVETTE ET L'ANÉMONE

I

La crevette et l'anémone

« Eustache ! Eustache ! »

La voix d'Hilda était toujours impérieuse ; ce n'était peut-être pas très important. Eustache se pencha sur la petite flaque laissée par la mer. Ses pieds s'enfoncèrent dans le sable détrempé, et aussitôt il recula pour ne pas se mouiller. Mais il voyait quand même l'anémone. Sa base était fixée à un rocher qui affleurait à peine à la surface. Au milieu de l'autre extrémité, qui était immergée, quelque chose de tremblant dépassait. C'était une crevette, et l'anémone l'aspirait, l'engloutissait. Une tempête se leva dans la poitrine d'Eustache. Son cœur se serrait pour la crevette, il aurait voulu la sauver ; mais comment priver l'anémone de son dîner ? L'anémone était plus belle que la crevette, plus intéressante et beaucoup plus rare. C'était une anémone « plumeuse » ; il avait vu l'image dans son livre d'histoire naturelle, et l'épithète duveteux effleurait son esprit comme une caresse. S'il prenait la crevette, l'anémone n'en attraperait peut-être jamais d'autre et mourrait de faim. Mais pendant qu'il débattait intérieurement, la partie encore visible du crustacé diminuait imperceptiblement.

À nouveau, mêlée aux cris des mouettes qu'elle dominait de sa note aiguë, monta la voix d'Hilda.

« Eustache ! Eustache ! Viens vite ! La digue va céder ! C'est ta faute, tu n'as pas réparé ton côté ! »

C'était là une nouvelle complication. Ne valait-il pas mieux rejoindre Hilda et l'aider à reconstruire la digue ? Il avait consolidé son côté à la va-vite, un peu parce qu'il en voulait à sa sœur de toujours en faire plus que ce qui lui revenait de droit. Mais c'était une fille après tout et elle était plus vieille que lui ; elle le faisait pour son bien, comme elle le lui avait souvent dit, et pour lui éviter de trop se fatiguer. Il s'appuya sur sa pelle en bois et, regardant autour de lui d'un air dubitatif, vit Hilda lui faire de grands signes à l'aide de sa pelle en fer. Une vieille jalousie envahit son cœur. Ce n'était pas juste qu'elle en ait une en fer. Il essaya de se concentrer sur l'anémone. La queue de la crevette était encore visible, mais elle s'agitait beaucoup plus faiblement. L'horreur de l'épreuve qu'elle subissait l'emporta sur toute autre considération. Il décida de la délivrer, mais comment ? S'il pataugeait dans l'eau il mouillerait ses chaussettes, ce qui serait déjà fâcheux ; s'il grimpait sur le rocher il risquait de tomber et d'être complètement trempé, ce qui serait pire encore. Il n'y avait qu'une seule chose à faire.

« Hilda, cria-t-il. Viens voir ! »

Sa petite voix fut emportée par le vent ; elle ne pouvait rivaliser avec les éléments comme celle d'Hilda.

Il appela encore. Il avait du mal à crier : son visage se contractait. L'appel n'était pas mélodieux maintenant qu'il forçait sur sa voix. Cela ressemblait plus à un couinement qu'à une sommation sans réplique.

Mais dès qu'elle l'entendit Hilda accourut, comme il savait qu'elle le ferait. Il lui exposa la situation, pesant le pour et le contre. Qui fallait-il sacrifier, l'anémone ou la crevette ? Eustache plaida le cas de chacune avec une impartialité inébranlable, puis élargit le sujet en évoquant la félicité qu'ils ne manqueraient pas de connaître dans l'autre monde, l'injustice de cette situation une fois réparée – oubliant, dans son enthousiasme, que le bien-être de l'une dépendait de l'infortune de l'autre. Mais Hilda lui coupa la parole.

« Tiens-moi bien les pieds », dit-elle simplement.

Elle grimpa sur le rocher et s'aplatit sur la surface couverte d'algues. Eustache la suivit plus lentement, manifestant du respect à l'égard des inégalités du roc. Puis il s'accroupit, s'allongea maladroitement comme pris de timidité, et agrippa les minces chevilles de sa sœur de ses mains qui malgré ses neuf ans conservaient l'aspect potelé de la petite enfance. Une fois qu'on était installé, la position n'était pas inconfortable. Les pensées d'Eustache vagabondèrent pendant que ses gestes s'accordaient machinalement à ceux d'Hilda, qui à force de contorsions s'était encore approchée du bord.

« Je l'ai », annonça-t-elle d'une voix étouffée.

Il n'y avait aucune excitation dans ces deux mots, rien que de la satisfaction, et Eustache sut que quelque chose n'allait pas.

« Fais-moi voir ! »

La crevette gisait dans la paume d'Hilda, offrant un spectacle triste et décevant. Le sauvetage avait eu lieu trop tard ; la tête était affreusement mutilée et la queue ne marquait pas la moindre vibration. Cette vision douloureuse fascina d'abord Eustache, puis le troubla au point qu'il se détourna, les lèvres frémissantes. Mais le pire restait à venir. À la suite de l'intervention d'Hilda sur son ingestion, l'anémone avait été en partie éviscérée ; elle ne pouvait lâcher sa proie sans que son appareil digestif fût arraché. Elle avait perdu sa prise sur le rocher et s'efforçait faiblement de s'y refixer. Eustache prit l'autre main d'Hilda et ensemble ils contemplèrent les affligeantes conséquences de leurs bons offices.

« On ne ferait pas mieux de les tuer? demanda Eustache d'une voix un peu tremblante. Puisqu'elles sont toutes les deux blessées ? »

Doux euphémisme : la crevette était déjà morte. Mais Hilda, qui ne renonçait pas si aisément, suggéra :

« Remettons-la dans l'eau. Peut-être qu'elle reviendra à elle. » Un clapotis prêta fugitivement à la crevette l'apparence illusoire de la vie ; mais quand la ride mourut elle remonta à la surface, flottant, inerte, sur le côté.

« Bon, dit Hilda. Maintenant on va voir si l'anémone veut la manger. »

À nouveau ils s'installèrent sur le rocher, et Hilda, la tête en bas et le visage plus congestionné d'instant en instant, fit de son mieux pour inciter l'anémone à se remettre à son repas. Pour cela, elle ne recula pas devant la tâche déplaisante de remettre les entrailles de l'animal à l'endroit voulu, mais cette opération chirurgicale rudimentaire ne restaura pas l'appétit de la patiente qui resta indifférente à la crevette ainsi offerte.

« Je regrette qu'on ne les ait pas laissées tranquilles, sanglota Eustache.

— À quoi ça aurait servi ? » observa Hilda en essuyant les yeux de son frère.

Les bras ballants, il levait la tête vers elle, sans résistance, sans la moindre gêne d'être consolé, comme si ce cérémonial lui était familier et qu'il l'attendait.

« Il fallait bien faire quelque chose, reprit Hilda. On ne pouvait pas les laisser continuer comme ça.

— Pourquoi ? Elles ne se voulaient pas de mal. »

Brusquement frappé par cette idée, il cessa de pleurer. Cela paraissait lui coûter aussi peu d'effort qu'il n'en faut à un chiot pour s'éveiller. Le désastre par lequel s'était soldé leur sauvetage l'accablait au point de lui faire oublier la situation presque aussi douloureuse que ce sauvetage était censé soulager, et lui faire envisager les relations entre la crevette et l'anémone sous un jour aussi satisfaisant pour l'une que pour l'autre.

« Elles se faisaient pourtant du mal, Eustache, remarqua Hilda. Enfin, l'anémone dévorait la crevette. »

Pour lui, ce problème était insoluble. Son esprit n'avait pas la force de considérer un malheur sans partage, il était tourné vers le bonheur. À l'évocation impitoyable du principe mauvais inhérent au cas de l'anémone, ses larmes se remirent à couler.

« Arrête de faire le bébé, le sermonna Hilda sans méchanceté. Voilà ces deux pestes de Gerald et Nancy Steptoe. Si tu te calmes, reprit-elle en se préparant à lui sécher le visage à l'aide de l'ourlet de sa robe bleue, ils croiront que c'est à cause du vent que tu as les yeux rouges. »

La fierté d'Eustache était une fibre sur laquelle elle ne jouait que pour la forme. Elle jugeait que cela aurait dû l'influencer mais en général, elle le savait, cela ne faisait que le rendre irritable.

« Je veux aller parler à Nancy, annonça-t-il. Gerald l'a encore laissée toute seule. Regarde, il escalade la falaise et elle n'ose pas le suivre. »

Son attitude à l'égard des autres enfants se teintait d'une joie craintive, tout à fait différente du comportement hostile et intolérant de sa sœur.

« Pourquoi veux-tu lui parler ? demanda-t-elle avec mauvaise humeur. C'est sa faute, elle n'aurait pas dû le laisser partir.

— Elle ne peut pas l'en empêcher. »

La voix d'Eustache avait une inflexion triomphale, due en partie à sa fierté de connaître les conflits intimes des Steptoe mais aussi, songea Hilda, à son admiration pour l'indépendance de Gerald. Elle résolut d'étouffer cet esprit de rébellion.

«Viens, dit-elle avec autorité en lui prenant la main pour l'entraîner. Tu sais, ajouta-t-elle, exagérant son air adulte, tu n'as pas vraiment envie de parler à Nancy, au fond. C'est une poseuse comme tous les Steptoe. Allons voir ce qu'est devenu le bassin. Nous y serons peut-être à temps pour le sauver.»

Ils traversèrent rapidement la plage. Eustache traînait un peu la jambe, essayant de faire signe à la petite fille solitaire qui, abandonnée par son frère sans foi ni loi, avait entrepris de construire un château de sable. Dès qu'elle estima qu'ils étaient hors de danger, Hilda s'arrêta pour regarder en arrière. Nancy avait tracé le plan de sa forteresse, qu'elle avait délimité dans le sable à l'aide de sa pelle et qui paraissait de dimension extravagante.

« Elle ne le terminera jamais, remarqua-t-elle. C'est toujours pareil. Ils essaient de faire mieux que tout le monde, puis ils laissent leur travail à moitié fini et ont l'air stupide.

— Et si on allait l'aider ? » proposa Eustache.

Nancy avait l'air si abandonnée en creusant péniblement les douves extérieures de son château !

« Non. Elle y arrivera très bien sans nous, du moins si Gerald descend de ces falaises où il n'a rien à faire et où il risque très probablement de provoquer une avalanche.

— Je veux y aller, cria Eustache, soudain obstiné.

— J'ai dit non, répliqua Hilda, un peu taquine.

— Si ! Je veux y aller ! »

Hurlant presque, Eustache se débattait pour se dégager. Il s'arc-boutait, trépignait, glissait ; dans sa colère puérile son chapeau était tombé, révélant des cheveux blonds et raides hérissés de façon grotesque. Hilda n'avait aucune difficulté à le retenir prisonnier.

Elle avait trois ans et demi de plus que lui et le dépassait de plusieurs centimètres. La passion et la ténacité de son caractère avaient déjà laissé leur marque sur son joli visage en cœur. Elle baissait ses yeux sombres et méprisants sur Eustache, rendant ses contorsions d'autant plus ridicules par son immobilité.

« Pauvre chochotte. »

Comme elle s'y attendait, cette insulte le rendit fou. Le sang reflua de ses joues ; il se raidit et cessa de lutter, cherchant fébrilement la réplique la plus cinglante.

« Je veux jouer avec Nancy, dit-il enfin en détournant les yeux, l'air tout petit et rancunier. Je ne veux pas jouer avec toi, plus jamais. Je ne t'aime pas. Tu as tué la crevette et l'anémone (il lâcha ces mots très vite ; l'idée de reprocher son échec à Hilda l'avait déjà traversé, mais un généreux scrupule l'en avait dissuadé), et tu es un assassin. »

Hilda avait écouté le début de cette diatribe avec équanimité, les traits dédaigneux. Puis elle s'était brusquement aperçue que Nancy Steptoe avait cessé de creuser et pouvait très bien voir et entendre ce qui se passait. Elle en fut décontenancée ; la violence envenimée de l'attaque d'Eustache la prit au dépourvu et la blessa. Elle eut la conviction écrasante qu'il ne l'aimait pas et qu'elle était un assassin. Elle se détourna, secouée de gros sanglots convulsifs.

« Vas-y, alors. »

Eustache ne partit pas tout de suite. Hilda se repliait toujours sur elle-même quand elle avait des ennuis. Il la regarda se diriger, les épaules voûtées, vers le site où ils avaient construit leur bassin. Elle avançait à longues enjambées inégales sans même remarquer où elle mettait les pieds, et par deux fois elle trébucha sur une pierre. La crise passée, la colère d'Eustache s'était dissipée ; il avait envie de suivre Hilda et de faire la paix. En ce genre de circonstances il n'avait aucune fierté ; les phrases d'excuse lui venaient facilement, et il regrettait sincèrement tout ce qu'il avait dit. Cependant il la laissa partir. Hilda ne lui avait pas pardonné. Il lui faudrait endurer son silence réprobateur et le spectacle de sa peine qu'elle essaierait de dominer, mais non de dissimuler. Il ne supportait pas la désapprobation, et bien qu'il aimât réconforter les gens, son désir de le faire fondit devant la douleur implacable, formidable de sa sœur. Il n'avait plus envie de jouer avec Nancy ; ses propres désirs résistaient rarement à la lutte nécessaire à leur accomplissement. Mais il sentait confusément qu'il s'était engagé dans une ligne de conduite dont il ne devait pas dévier.

Embarrassé, laissant traîner sa pelle par terre, il traversa la plage pour rejoindre Nancy et, arrivé à distance respectueuse, leva sa main libre pour soulever son chapeau. Cette marque de politesse resta cependant inachevée, car le chapeau était demeuré à l'endroit où il était tombé pendant son altercation avec Hilda. La surprise se peignit sur ses traits et, la main toujours en l'air, il leva la tête comme s'il s'attendait à voir le chapeau suspendu au-dessus de lui.

« Bonjour Eustache », dit Nancy en éclatant de rire.

Eustache s'avança et lui serra cérémonieusement la main. Minney, sa nurse, disait qu'elle était coquette, et le mot lui allait bien. Eustache avait souvent été dépenaillé, mais peut-être jamais autant qu'à cet instant. Son pull bleu s'était distendu et pendait sur lui en formant des plis inélégants, une de ses chaussettes était sur le point de tire-bouchonner, son visage était rouge, bouffi par les larmes, et toute son apparence présentait un contraste saisissant avec celle de Nancy. Il en avait une conscience d'autant plus aiguë que Nancy, son teint blanc et rose, sa netteté et l'élégance supérieure avec laquelle elle portait ses vêtements leur avaient souvent été cités en exemple à sa sœur et à lui.

« Bonjour, Nancy. »

Sa voix, lorsqu'il s'adressait aux étrangers, exprimait une intimité particulière et flatteuse ; il semblait éprouver un secret plaisir à prononcer le nom de son interlocuteur, comme si c'était un privilège.

« Tu veux que je t'aide avec ton château ? Je vais creuser et tu auras juste à tapoter le sable », ajouta-t-il héroïquement.

Nancy accepta cette offre chevaleresque d'un bref remerciement. Ce qui lui plaisait, chez elle, c'est qu'elle ne faisait jamais d'histoires. Si elle était fâchée ou désappointée, elle le prenait en silence, à la façon des adultes. Elle ne se mettait pas hors d'elle en faisant appel à toutes les ressources de sa personnalité. Et quand elle était contente elle gardait encore une sorte de réserve, comme si la satisfaction du moment présent était de peu de valeur comparée à celles qu'elle avait connues et connaîtrait encore. Plus âgée qu'Eustache de quatre ans, elle possédait déjà une expérience dont la somme était classifiée et répertoriée au lieu d'être considérée comme un prodige isolé et une manifestation céleste. Elle n'était nullement casanière ou familière : elle avait des critères.

« Qu'est-ce qui a mis Hilda tellement en boule ? » demanda-t-elle enfin.

« En boule » était une expression du monde extérieur, le monde de l'école et des jeux de société qui n'avaient pas de secret pour Nancy. Le père d'Eustache, qui détestait l'argot, avait protesté contre son usage, et sa tante lui avait interdit de l'employer. Quoi que Hilda pût être, elle n'était pas cela.

« Elle n'était pas en boule, dit lentement Eustache.

— Qu'est-ce qu'elle avait, alors ? Je l'ai vue te traîner derrière elle, et partir en faisant une scène incroyable. »

Eustache réfléchit. S'il disait qu'il avait été méchant avec Hilda, Nancy se moquerait de lui, à sa manière polie et incrédule. Il ressentait toujours avec acuité la nécessité de se montrer digne de sa compagnie ; c'était entre autres l'une des raisons pour lesquelles il aimait être avec elle. Il avait envie de faire bonne impression. Mais comment le pouvait-il sans sacrifier la dignité de sa sœur, dignité qui lui était aussi précieuse qu'indispensable ?

« Elle était très contrariée », dit-il enfin.

Nancy hocha le menton avec sagacité, comme si elle comprenait Eustache à demi-mot et respectait sa réticence. Baigné par la chaleur de cette approbation durement méritée et conscient d'avoir agi de son mieux envers Hilda, il laissa le souvenir de sa sœur et de son chagrin glisser hors de son esprit. Il redoubla d'ardeur et, bien vite, un vaste monticule dont la nature était clairement définie par des créneaux commença à s'élever au milieu du tracé.

Eustache éprouvait une certaine fierté à le voir grandir, mais Nancy, qui secondait ses efforts de quelques coups de pelle négligents, se satisfaisait de lui abandonner cette besogne en songeant qu'il n'était qu'un bébé, malgré ses manières agréables.

II

La réconciliation

Livré à lui-même, Eustache se perdit dans ses pensées. Il songea à ses jouets et tenta de décider lesquels il donnerait à sa sœur Barbara ; on lui avait dit qu'il lui faudrait se séparer de quelques-uns d'entre eux, et à vrai dire cela ne changerait pas grand-chose puisqu'elle les traitait déjà comme s'ils lui appartenaient de droit. Quand il voulait les lui reprendre, elle résistait avec des cris perçants. Eustache savait qu'elle en avait envie mais il ne pensait pas qu'elle méritait de les avoir. Elle ne pouvait pas les utiliser intelligemment, et de plus ils étaient à lui. Il était peut-être trop grand pour jouer avec, mais ils lui rappelaient le passé avec une intensité incomparable. Certains moments anciens étaient à ses yeux tels des trésors enfouis, les vivants vestiges d'un âge d'or dont l'évocation le ravissait. Ses jouets lui permettaient d'accéder à ces joyaux secrets de l'expérience ; ils ne pourraient accomplir ce miracle s'ils appartenaient à un autre. Mais la seule fois où il avait fait valoir ses droits et pris des mains de Barbara le lapin dont elle suçait l'oreille, tout le monde s'était dressé contre lui, et il y avait eu une scène terrible. Minney avait dit qu'il ne s'était jamais intéressé au lapin avant que Barbara en ait envie, sa tante l'avait exhorté à ne plus se montrer mesquin à l'avenir et Hilda avait recommandé de l'envoyer au lit sur-le-champ, affirmant que ce serait une bonne leçon.

La résistance d'Eustache avait été violente et, du fait qu'Hilda avait du mal à se faire écouter des adultes, parfaitement superflue ; mais au fond de son cœur il pensait qu'elle avait raison. L'expiation avait déjà sa part, dans sa vie ; elle le confortait continuellement dans son bonheur. Hilda en était la grande ordonnatrice : elle ne lui faisait jamais grâce de rien, mais l'amenait toujours à s'exécuter et lui montrait avec intransigeance ses écarts de conduite. C'était un juge impartial : elle ne tranchait jamais qu'entre lui et un tiers. Il était entendu qu'ils ne pouvaient en appeler à aucun tribunal désintéressé pour les départager dans leurs querelles personnelles ; chaque partie devait alors ravaler sa rancœur. Si Hilda laissait voir sa blessure d'amour-propre, elle ne prenait pas le Ciel à témoin de cet outrage : elle n'exigeait aucun dédommagement, pas même un gage. Elle ne s'érigeait pas en cour de justice, mais rencontrait Eustache sur son propre terrain.

La pensée de sa sœur s'insinua dans ses rêves éveillés et les dispersa. Le dos voûté, les jambes allongées, la tête basse, elle était assise là-bas, sur le gros rocher de leur bassin, celui qu'ils avaient baptisé Gibraltar. C'était une attitude très laide, et Eustache s'inquiétait à l'idée qu'elle pût la conserver en grandissant. De plus, elle s'était inconsidérément assise sur des algues humides qui laisseraient une marque verte sur sa jupe et lui feraient prendre froid, si l'eau salée faisait prendre froid. Minney était superstitieuse, et toute croyance irrationnelle tendant à simplifier la vie était mauvaise – Eustache le sentait instinctivement. Hilda ne bougeait toujours pas. Son chagrin se transmettait à lui à travers l'étendue de sable qui les séparait. Mal à l'aise, il jeta un coup d'œil vers Nancy qui élaborait un jardin à partir d'algues et de galets blancs devant la porte du château – addition incongrue, car c'était précisément par là que l'ennemi attaquerait. Il avait failli lui demander de le transférer à l'arrière, pour que les assiégés puissent s'y retirer dans leurs moments de loisir ; ainsi placé, il gâchait sa vision d'ensemble et sapait même son énergie. Mais il n'aimait pas prendre la responsabilité d'obliger les gens à faire les choses à sa façon. Il continua à travailler en s'efforçant de chasser Hilda de son esprit, mais elle y revenait sans cesse, et il finit par dire à Nancy :

« Je crois que je vais rentrer maintenant, si ça ne te fait rien. »

Il espérait que son ton désinvolte ferait paraître son départ le plus naturel possible, mais Nancy l'avait percé à jour.

« Tu ne peux pas te passer de ta grande sœur ? demanda-t-elle, une pointe d'ironie dans la voix. Elle s'en remettra plus vite si tu la laisses toute seule. »

Eustache ne releva pas le défi. Il était peiné à l'idée que sa brouille avec Hilda appartînt au domaine public.

« Oh, elle va bien, maintenant, dit-il à Nancy, l'air dégagé. Elle se repose.

— Eh bien, fais-lui mes amitiés. »

À la façon dont elle l'avait dit, Eustache se demanda soudain si elle voulait vraiment qu'il transmette le message.

« Je peux ? s'enquit-il avec hésitation. J'aimerais bien. »

Cette question ennuya Nancy. Elle se détourna de lui en faisant virevolter sa jupe plissé soleil, vêtement qui pour Eustache tenait du miracle et qu'il croyait introuvable en Angleterre.

« Tu peux lui dire que je la déteste, si tu préfères. »

Elle tourna vers lui un visage laiteux où des yeux bleus scintillaient d'un éclat glacé. Eustache en resta pantois. Jamais il n'aurait cru que des étrangers – des gens qui ne faisaient nullement partie du cercle de famille – puissent se mettre en colère.

«Je vais rester, si tu n'arrives pas très bien à te débrouiller sans moi», dit-il enfin avec circonspection.

Elle éclata de rire, narquoise devant sa mine grave et soucieuse, son désir de faire plaisir. Ainsi ce n'était rien, après tout. Il avait raison: il n'y avait pas grand-chose à craindre des étrangers. S'ils semblaient fâchés, c'était juste pour rire. Ils n'oseraient pas montrer leurs sentiments ni vous obliger à montrer les vôtres. Cela ne se faisait pas. Ils existaient pour être agréables, offrir une diversion…

«C'est très gentil de ta part d'être resté si longtemps, Eustache, dit Nancy. Regarde tout ce que tu as fait! (L'étonnement comique, teinté de moquerie, qui s'était glissé dans sa voix fascina Eustache.) Gerald ne me croira jamais quand je lui dirai que je l'ai construit toute seule!

— Tu vas lui dire ça? demanda-t-il, choqué par tant d'audace tout en s'efforçant de ne trahir aucune réprobation dans sa voix.

— Ou bien je lui dirai que tu as tout fait pendant que je te regardais.»

«Il va me prendre pour un crétin», pensa Eustache.

«Tu ne pourrais pas dire qu'on l'a fait tous les deux?»

Nancy se rembrunit à l'idée de cet exposé véridique, puis son visage s'éclaira.

«Je sais! Je vais lui dire qu'un inconnu est venu en barque du yacht, là-bas, et qu'il m'a aidée. Un officier de marine. Oui, voilà ce que je vais dire, insista-t-elle d'un air taquin, voyant Eustache embarrassé de ce mensonge imminent. Au revoir, monsieur l'officier, vous ne devez pas rester ici plus longtemps.»

Elle le poussa doucement pour lui faire prendre son chemin.

C'était vraiment méchant de la part d'Hilda de laisser son chapeau dans une flaque. Toute fâchée qu'elle fût, elle manquait rarement de récupérer ses affaires sur lesquelles, même quand il n'était pas bouleversé et hors de lui, il avait peu d'emprise. À présent le ruban était mouillé, et le « table » de *L'Indomptable* (le vaisseau dont on pouvait à tout moment lui ordonner de rejoindre le bord) se détachait plus nettement que le début du mot. Tant pis. C'était de l'eau de mer, et à l'avenir le chapeau pourrait servir de baromètre, comme les algues, pour annoncer si un grain se préparait. D'ici là, il y avait Hilda. Il était inutile de repousser indéfiniment le mauvais moment : il devait affronter sa sœur.

Mais il ne la rejoignit pas tout de suite. Il s'attarda entre les rochers arrondis qui lui arrivaient à la hauteur du genou, et auxquels la plage d'Anchorstone (Anxton, comme disaient les Steptoe, à leur manière élégante) devait sa célébrité. Il bâtit même un petit château, presque vertical, imitant de son mieux le cône du Cotopaxi pour lequel il éprouvait une affection romantique comme pour tous les volcans, les tremblements de terre et les manifestations violentes de la nature. Il calcula l'angle de coulée de lave, le délimitant à l'aide de sa pelle, et représenta par des pierres de taille plus ou moins conséquente les diverses capitales qui entraient dans sa généreuse circonférence, les vouant ainsi à la destruction. Dans sa progression, il s'imaginait tel l'ange de la mort, sensation d'autant plus grisante qu'elle supposait la faculté de voler et l'exercice de pouvoirs surnaturels. Il volait, il volait toujours. Lisbonne pouvait-elle être détruite une seconde fois ? Ce serait dommage de gaspiller l'énergie de l'éruption pour ce qui n'était déjà que ruines. Mais on avait sans doute rebâti la ville, depuis. La lave la submergea et, en outre, un énorme raz de marée balaya le Tage, ravageant l'intérieur des terres. L'inondation du Portugal s'arrêta aux pieds d'Hilda.

Durant les quelques jours qui suivirent, Eustache fut parfois tourmenté par la pensée qu'il avait accidentellement inclus Hilda dans la zone fatale. Évidemment, elle ne s'y trouvait pas entièrement, mais peut-être son pied ou sa pelle (qui, en matière de destruction, pouvait être considérée comme une partie d'elle-même) avaient-ils dépassé dans le cercle ou à l'endroit où le cercle aurait été s'il l'avait fini. Les rochers ne pouvaient pâtir de cette malédiction, si c'en était une, et il n'avait pas eu l'intention de nuire à sa sœur, mais c'était précisément ce genre de malentendu qui donnait au Destin l'occasion de vous prendre au mot. Cependant Eustache n'imaginait pas que bien des ennuis l'attendaient quand, immobilisant sa pelle, il s'arrêta devant Hilda.

« Elle t'a ratée de peu », observa-t-il mystérieusement.

Silence.

« Tu l'as échappé belle ! insista-t-il, gardant l'espoir d'intéresser sa sœur.

— Qu'est-ce que c'est que ces pitreries ? » demanda Hilda d'une voix lointaine.

Aussi décourageants que fussent ces mots, Eustache reprit confiance. Elle prenait ses grands airs tragiques. Le pire était sans doute passé.

« C'était une éruption. Tu étais la ville d'Athènes et tu allais être détruite. Mais ils ont sacrifié dix jeunes vestales en ton honneur et tu as été sauvée.

— Quel jeu idiot ! commenta Hilda dont la pose perdit un peu de sa raideur. C'est Nancy qui te l'a appris ?

— Oh non ! Nous n'avons presque pas parlé, sauf à la fin pour se dire au revoir. »

Hilda parut soulagée.

«Je ne vois pas pourquoi tu vas jouer avec des gens si c'est pour ne pas leur parler. Tu n'irais pas, si tu n'étais pas si bête.

— Ah, et Nancy t'envoie ses amitiés, dit Eustache.

— Elle peut se les garder, répliqua Hilda en se levant de son rocher dont une partie se détacha avec elle, comme il le redoutait. Tu t'es montré très cruel envers moi, Eustache. Je ne crois pas que tu m'aimes vraiment.»

Hilda ne faisait jamais ce genre de réflexion tant que son emportement n'avait pas perdu de sa fougue. Eustache en usait parfois aussi, mais toujours dans les premiers transports de la colère.

«Mais si, je t'aime, protesta-t-il.

— Non, tu ne m'aimes pas.

— Si !

— Non ! Et ne discute pas, dit-elle d'un ton écrasant. Comment peux-tu dire que tu m'aimes quand tu m'abandonnes pour jouer avec Nancy ?

— J'ai continué à t'aimer tout le temps où j'étais avec elle, affirma-t-il au bord des larmes.

— Prouve-le ! »

Toute confrontation avec une question à laquelle il ne pouvait répondre donnait à Eustache l'impression de suffoquer. Chaque seconde qui s'écoulait semblait le vider de sa vie.

«Là ! s'écria triomphalement Hilda. Tu ne peux pas ! »

Il eut fugitivement l'impression qu'elle avait raison : puisqu'il ne pouvait prouver qu'il l'aimait, il était clair qu'il ne l'aimait pas. Il se sentit soudain très abattu. Mais sa victoire avait redonné de l'entrain à Hilda et l'humeur d'Eustache, plus sensible à l'exemple qu'à la logique, se laissa gagner par son enthousiasme. Côte à côte ils firent le tour du bassin pour estimer les dommages. C'était un bassin artificiel – presque un lac – qui s'étendait entre les rochers. Les intervalles étaient comblés par de solides digues de sable. Pour remplir le bassin, les enfants devaient détourner de l'eau, et avaient creusé à cet effet des canaux qui le reliaient aux nappes naturelles laissées par la marée à la base de la digue. Des réseaux s'entrecroisaient sur la plage, apportant tous leur quote-part au bassin qui devenait de plus en plus profond et nécessitait une surveillance constante. Il fallait toute une matinée pour le remettre en état, et un jour passait rarement sans que le mur de retenue cédât à un endroit ou un autre malgré leur vigilance. Si le désastre se produisait dans la section d'Eustache, il avait droit à maintes récriminations, et si c'était dans celle d'Hilda, elle ne se blâmait pas avec moins de vigueur, tandis qu'avec solennité il donnait des raisons de l'excuser, qu'elle repoussait avec une impitoyable fureur.

Mais c'était indéniablement Hilda qui entretenait la flamme. Elle insufflait son ardeur à toute l'entreprise, la rendait palpitante et dangereuse. La moindre difficulté faisait l'objet d'une lutte sans gémissements, sans imprécations, sans résignation. Bon nombre des enfants d'Anchorstone construisaient des bassins, mais sans méthode, en amateurs : leurs tentatives médiocres, incohérentes et dépourvues de conviction étaient pour Hilda la honte de la plage. Bien souvent, ils étaient si loin de comprendre l'esprit nécessaire à une telle réalisation qu'ils détruisaient volontairement leur propre digue pour le plaisir de voir l'eau s'en échapper en cascade. Et si un passant malicieux piétinait leur mur, ils observaient le saccage de leur œuvre sans un soupir. Mais malheur à l'étranger qui, par accident ou à dessein, touchait au rempart d'Hilda ! Grand ou petit, elle lui disait ses quatre vérités tandis qu'Eustache, à quelques pas derrière, hésitant vaguement à se lancer dans la bataille, répétait en écho les expressions les plus modérées de sa sœur, afin de les souligner. Quand leur mur à eux cédait, c'était le signal d'une activité frénétique. Un certain jour resté à jamais mémorable, Hilda avait pataugé jusqu'aux genoux dans le bassin et ordonné à Eustache de la suivre. Cette immersion volontaire lui avait paru cataclysmique ; c'était le renversement de toute une vie d'efforts pour rester sec. Ils avaient tous les deux été punis en rentrant à la maison. La situation était déjà critique quand Eustache, prospectant des sources supplémentaires d'alimentation, avait remarqué l'anémone sur son rocher; pendant qu'il s'attardait à l'observer l'eau avait rompu la digue, créant une fissure d'un mètre de large et dessinant sur le sable un imposant delta aux grands contours sculptés en bas-relief. Le bassin était vide. Toute l'eau emprisonnée était retournée à la mer. Eustache admirait secrètement cette éruption de sable, qu'il était en train de transformer mentalement en l'estuaire du Nil quand Hilda y enfonça sa pelle. Ensemble ils réparèrent les dégâts et, en même temps, les lésions de leur affection; la douce chaleur de la réconciliation les envahit, augmentant à chaque coup de pelle. Bientôt la digue fut aussi solide qu'avant. Mais on voyait bien qu'une catastrophe s'était produite, car la partie la plus récente proclamait sa nouveauté telle une pièce sur une veste défraîchie. Et malgré le dragage assidu des canalisations, l'eau ne descendait des nappes supérieures qu'en minces filets, couvrant à peine le fond et laissant à nu bon nombre de petites pierres décemment submergées en temps normal. Elles avaient pour seule fonction de mesurer par l'ordre de leur disparition la profondeur du bassin ; et voilà que pour la première fois elles se montraient, emblèmes de l'échec, ostentatoires comme les remarques conventionnelles échangées entre de vieux amis dont la vie a atténué les liens.

Bientôt Hilda, qui possédait une montre, annonça que c'était l'heure du dîner. Ramassant pelles et seaux ils traversèrent la plage de sable et de galets jusqu'aux marches de béton qui remontaient en zigzag majestueux les falaises de grès rouge pour lesquelles Anchorstone était fameuse. Leur ascension fut longue, car Eustache avait pour habitude de compter les marches. Leur nombre imposant séduisait son sens du sublime, et bien qu'il aboutît habituellement au même total de cent dix-neuf, il essayait de se convaincre qu'il avait fait erreur et qu'un jour il y en aurait cent vingt – nombre infiniment plus satisfaisant. Ses espoirs n'étaient pas sans fondement car au pied de l'escalier, à une quinzaine de centimètres sous le sable, une autre marche existait incontestablement. Eustache l'avait sentie avec sa pelle. Un scrupule de conscience l'empêchait de la compter, mais – sait-on jamais ? – peut-être un raz de marée viendrait-il un jour la mettre à nu. Hilda attendit patiemment qu'il se fût assuré à nouveau de son existence et – rare concession – accepta de vérifier ses calculs durant leur progression. Elle lui permit même de retourner en arrière pour recompter l'une des volées de marches, et, au sommet, s'abstint d'observer que le rituel avait abouti à son invariable conclusion. Près de la machine « Essayez votre force », ils observèrent côte à côte la grève en contrebas. Là-bas s'étendait leur bassin, occupant une superficie digne de fierté mais – horreur ! – il était complètement asséché. Il n'avait pu déborder de lui-même, car ils l'avaient laissé aux trois quarts vide. Le trou béant dans le mur de retenue était forcément l'œuvre de l'ennemi. Une petite silhouette s'éloignait de cette scène de démolition avec une insouciance étudiée.

« C'est Gerald Steptoe, dit Hilda. J'ai envie de le tuer !

— Il est très méchant. Il ne fait pas du tout attention à Nancy, observa Eustache dans l'espoir d'amadouer sa sœur.

— Elle ne vaut pas mieux que lui ! J'aimerais… »

Hilda regarda autour d'elle, observant le ciel et la mer.

« Qu'est-ce que tu aimerais ? demanda craintivement Eustache.

— J'aimerais les ligoter l'un à l'autre et les précipiter du haut de la falaise !

— Oh ! Mais Nancy t'avait envoyé ses amitiés ! protesta-t-il en tentant de dissimuler son chagrin.

— Elle ne le pensait pas. De toute façon je ne veux pas qu'elle m'aime.

— Par qui voudrais-tu être aimée ? » demanda Eustache.

Hilda réfléchit.

« J'aimerais être aimée par quelqu'un de bon et de noble.

— Eh bien, moi, je t'aime, dit Eustache.

— Oh, ça ne compte pas. Tu n'es qu'un petit garçon. Et papa ne compte pas non plus, parce qu'il est mon père et qu'il doit m'aimer. Et Minney ne compte pas parce que… parce qu'elle n'a personne d'autre à aimer !

— Barbara t'aime, dit-il, essayant de protéger sa sœur de ses conclusions moroses. Tu sais que tu es la seule à pouvoir la faire aller au lit.

— Comme tu es bête ! On n'aime pas les gens parce qu'ils vous font aller au lit. De plus, Barbara est terriblement égoïste. Plus égoïste que tu ne l'étais à son âge.

— Tu t'en souviens encore ? demanda timidement Eustache.

— Bien sûr. Mais Minney le dit aussi.

— Et tante Sarah ? suggéra-t-il d'un air dubitatif. Elle est si bonne qu'elle doit tous nous aimer – toi, surtout, parce que tu es comme une deuxième mère pour nous. »

Hilda éclata de son rire sonore.

« Elle ne t'aimera pas si tu es en retard pour dîner », dit-elle en commençant à remonter à vive allure le sentier crayeux.

Eustache la suivit plus lentement, fouillant encore son esprit à la recherche d'une personne aimante répondant aux exigences de sa sœur. Mais il ne put penser qu'à Dieu ou à Jésus, et il n'aimait pas les mentionner ailleurs qu'à l'église, dans ses prières ou au catéchisme. Frustré, il se hâta de suivre Hilda le long des haies de tamaris, mais il avait peu d'espoir de la rattraper et l'avance qu'elle avait prise lui permettrait d'arriver à l'heure pour le dîner, tandis que lui serait en retard. Aussi quelle ne fut pas sa surprise de la voir s'arrêter au coin de Palmerstone Parade (cette majestueuse rangée de maisons meublées dont la hauteur menaçante et les pinacles imposants lui inspiraient toujours une crainte respectueuse) pour l'appeler !

Il la rattrapa, tout essoufflé.

« Qu'est-ce qu'il y a, Hilda ?

— Chut ! » dit-elle très fort, en tendant le doigt vers les falaises à leur gauche.

Mais Eustache savait ce qu'il allait voir avant même que son regard, suivant l'inexorable trajectoire du bras de sa sœur, se fût posé sur le groupe. Heureusement, elles leur tournaient le dos. On ne voyait que la longue jupe noire et la tête courbée de la dame de compagnie poussant le fauteuil d'invalide de Mlle Fothergill. Eustache avait de bonnes raisons d'en être reconnaissant.

« Ça ne te prendra qu'une minute si tu y vas tout de suite !

— Oh, s'il te plaît Hilda, pas maintenant, dit-il, cherchant une échappatoire. Regarde, elles vont dans l'autre direction. »

Mais Hilda se montra inflexible.

« Souviens-toi de ce que tante Sarah a dit. Elle a dit : "Eustache, la prochaine fois que tu verras Mlle Fothergill, je veux que tu ailles lui parler."

— Mais la prochaine fois c'était l'autre jour ! s'écria-t-il, se raccrochant au premier prétexte venu. Et comme je ne l'ai pas fait je n'ai pas à le faire aujourd'hui. De toute façon je ne peux pas y aller maintenant, nous serions en retard pour dîner !

— Tante Sarah ne s'en formalisera pas quand elle saura pourquoi, dit Hilda dont la résolution s'affirmait à mesure qu'Eustache se rebellait. Si elle nous voyait (peut-être qu'elle le peut de la fenêtre de la salle à manger), elle te dirait : "Vas-y immédiatement, Eustache."

— Je ne peux pas ! Je ne peux pas ! gémit-il en se tortillant. Elle me fait peur, elle est tellement horrible ! Si tu m'obliges à y aller je serai malade au dîner ! »

Au moment précis où sa voix se muait en hurlement, la fatalité voulut que le fauteuil d'invalide pivotât pour fondre sur eux.

« Il est certainement hors de question que tu lui parles dans l'état où tu t'es mis, dit Hilda. J'aurais honte de toi. D'ailleurs, j'ai déjà honte de toi. Tu es en train de devenir un petit garçon gâté. Viens. Maintenant, je ne te laisserais plus aller lui dire bonjour même si tu le voulais. »

Eustache avait gagné. Il alla se placer de l'autre côté d'Hilda, afin qu'elle le séparât de la chaise qui avançait lentement, et ils traversèrent la pelouse sans échanger un mot. Des demeures l'entouraient sur trois côtés ; sur le quatrième, elle donnait sur la mer. Les enfants poussèrent un petit portail de bois où était inscrit « Cambo », traversèrent un minuscule carré de jardin et, prenant d'infinies précautions pour ne pas faire de bruit, déposèrent leurs seaux et leurs pelles sous le porche. Des odeurs de nourriture, si fortes que les plats avaient déjà dû quitter la cuisine, les frappèrent lorsqu'ils ouvrirent la porte.

« Cette fois-ci je ne dirai rien pour Mlle Fothergill », chuchota Hilda.

III

La leçon de géographie

Les jours passaient rapidement : on serait bientôt en août. Hilda et Eustache étaient assis de part et d'autre de la table de la salle à manger, leurs leçons devant eux. Hilda fixait sa carte muette de l'Angleterre et Eustache fixait Hilda. Un peu nerveusement, tous deux jetèrent un coup d'œil interrogateur vers tante Sarah, qui trônait au milieu d'eux à la tête de la table.

« Le Rutland », dit tante Sarah d'un ton solennel.

Eustache aimait la géographie. Il savait situer le Rutland, et savait aussi qu'Hilda en était incapable. Quand ils jouaient aux « Comtés d'Angleterre », elle séchait invariablement sur le Rutland. Eustache réfléchit. Sa carte était déjà lourdement émaillée de noms de chefs-lieux, tandis que celle de sa sœur présentait un aspect beaucoup plus dépouillé. Elle ne lui en voudrait pas s'il l'emportait car elle voulait toujours qu'il excelle – à dire vrai, c'était un point sur lequel elle insistait. Elle se montrait plus soucieuse des échecs d'Eustache que des siens. Bien souvent, lorsqu'elle lui reprochait d'avoir mal travaillé, il protestait : « J'ai quand même mieux réussi que toi ! » mais sans se laisser démonter le moins du monde, elle lui répondait : « Ça n'a rien à voir. Tu sais que tu peux mieux faire, si tu veux. » La volonté de mériter l'approbation de sa sœur était la force qui régissait la vie intérieure d'Eustache : il lui fallait conformer son existence à l'idée qu'elle se faisait de lui, réaliser les ambitions qu'elle nourrissait à son égard. Et bien qu'il regimbât contre sa domination, elle lui était nécessaire ; chaque fois qu'après une de leurs querelles elle le débarrassait temporairement de sa surveillance jalouse en disant que désormais peu lui importait s'il se mouillait les pieds et se montrait aussi paresseux, bête et méchant qu'il le voulait, qu'elle ne se préoccupait plus de lui, il avait l'impression que son existence avait perdu tout fondement, que le nord magnétique avait brusquement repoussé l'aiguille de la boussole. Hilda croyait son autorité axée sur la grâce : elle assumait ses responsabilités morales vis-à-vis d'Eustache sans hésitation, sans juger nécessaire d'établir ou de démontrer sa supériorité par des efforts personnels hors de la sphère morale. Lui non plus ne le jugeait pas utile ; cependant son confortable sentiment de la supériorité d'Hilda souffrait chaque fois qu'elle trahissait, comme sans doute en ce moment, des signes distincts de faillibilité intellectuelle. Il lui était pénible, même en pensée, de l'exposer de sang-froid à l'humiliation, aussi immobilisa-t-il en soupirant sa plume à mi-parcours et s'abstint d'inscrire Oakham.

« C'est tout, dit tante Sarah quelques minutes plus tard. Faisons le compte à présent. Ensuite j'aurai quelque chose à vous annoncer.

— Est-ce quelque chose d'agréable ? s'enquit Eustache.

— Tu poses toujours cette question, Eustache, dit tante Sarah sans sévérité. J'ai remarqué qu'Hilda ne le fait jamais. Comme tu t'en apercevras plus tard, c'est une profonde erreur que de se demander si les choses vont être agréables ou déplaisantes. Tu découvriras d'ailleurs qu'en général elles ne sont ni l'un ni l'autre.

— Eustache accepte beaucoup plus facilement qu'avant de faire les choses qui ne lui plaisent pas, observa Hilda.

— C'est vrai. Voyons, maintenant, combien de villes as-tu, Hilda ?

— Vingt-cinq.

— Ce n'est pas mal du tout, d'autant qu'hier tu as passé toute la matinée à faire les courses dont je t'avais chargée. Et toi, Eustache ?

— Trente-deux… non, trente et une.

— Ce n'est pas beaucoup. Je m'attendais à ce que tu fasses beaucoup mieux.

— Mais j'ai aidé Hilda à faire les courses, objecta-t-il. J'ai porté le pain jusqu'à la maison.

— Il n'a pas voulu entrer chez Lawson parce qu'il a peur du chien.

— N'est-ce pas un peu stupide de ta part, Eustache ? S'il ne fait pas de mal à Hilda, pourquoi t'en ferait-il à toi ?

— Il n'aime pas les petits garçons, dit Eustache. Il a grogné contre Gerald Steptoe quand il est entré acheter son canif.

— Qui n'en ferait pas autant ? demanda Hilda avec impertinence.

— Hilda, je ne trouve pas cette réflexion très gentille. Et à propos des Steptoe… mais d'abord, quelles villes n'as-tu pas sues, Eustache ? »

En s'interrompant souvent, il inscrivit les noms des villes manquantes.

« Oakham aussi ? Mais tu connais parfaitement Oakham ! À moins que tu ne l'aies oublié ?

— Bien sûr que non, dit Hilda avec chaleur. Il s'en souvient toujours – c'est juste que ce n'est pas important.

— Non, dit lentement Eustache. Je ne l'avais pas oublié.

— Alors pourquoi ne l'as-tu pas mis ? »

Eustache chercha à éluder la question, mais il était d'une honnêteté douloureusement scrupuleuse.

« Parce que je n'en avais pas envie.

— Il n'en avait pas envie ! Vraiment, quel étrange garçon ! Et pourquoi n'en avais-tu pas envie ? »

À nouveau Eustache réfléchit, le front plissé sous l'effet de son déchirant conflit intérieur.

« J'ai jugé préférable de ne pas l'écrire, dit-il enfin.

— Mais c'est insensé ! Je ne sais pas ce qui t'a pris. Eh bien, tu vas devoir écrire deux fois les noms des villes que tu n'as pas sues et cinq fois Oakham. Hilda, comme tu as eu beaucoup à faire, il te suffira de les inscrire en rouge sur ta carte et ensuite tu pourras aller jouer. Mais d'abord je veux vous parler de jeudi.

— Oh, alors c'est pour jeudi ?

— Attends, Eustache. Tu dois apprendre à maîtriser ton impatience. Il se peut que jeudi ne vienne jamais. Mais comme j'allais vous le dire, votre père ne va pas à Ousemouth jeudi après-midi, aussi nous partirons tous ensemble en promenade.

— Hourra ! crièrent les enfants en chœur.

— Et Mme Steptoe nous a très gentiment invités à se joindre à eux pour un pique-nique. »

Hilda parut totalement consternée par cette nouvelle, et demanda avec nervosité :

« Crois-tu que nous sommes forcés d'y aller ? L'année dernière, Eustache a été malade quand nous sommes rentrés à la maison.

— Non ! protesta-t-il. J'ai seulement eu mal au cœur.

— Eustache doit s'efforcer de ne pas se surexciter, dit tante Sarah d'un ton à la fois doux et menaçant, sinon on ne lui permettra plus d'y aller.

— Mais il est toujours surexcité, insista Hilda, ignorant les grimaces que lui adressait Eustache, que la nouvelle avait fait bondir de joie. C'est Nancy qui le met dans cet état. En réalité il n'y peut rien.»

Tante Sarah sourit, et ses traits perdirent leur sévérité habituelle, révélant des charmes dont Hilda avait hérité.

«C'est la faute d'Eustache, s'il laisse Nancy l'inciter à se conduire stupidement, dit-elle avec une assez froide indulgence. Il doit se souvenir que ce n'est qu'une petite fille.

— Mais elle est plus vieille que moi. Elle est vraiment grande ! Elle est plus âgée qu'Hilda !

— Par les années peut-être, mais là s'arrête la comparaison. Hilda a une tête mûre sur de jeunes épaules. N'est-ce pas, Hilda ?»

À ce compliment, l'expression courroucée d'Hilda s'éclaira d'un sourire.

«Je suis sûre que je sais mieux qu'elle ce qui est bon pour Eustache, déclara-t-elle d'un ton décidé.

— Alors tu devras veiller à ce qu'il ne coure pas comme un petit fou et qu'il ne se gave pas de gâteaux. Ainsi, tout se passera bien.

— Oh oui, j'en suis sûr ! s'écria Eustache transporté de joie. Hilda me dit toujours d'arrêter de jouer quand j'ai l'air fatigué.

— C'est vrai, dit-elle un peu sévèrement, mais tu ne m'écoutes pas toujours.

— Puis-je faire mes corrections dans la nursery ? demanda-t-il à sa tante qui se dirigeait vers la porte.

— Tu crois que Minney voudra de toi pendant qu'elle s'occupe du bébé ?

— Oh, ça ne la dérangera pas si je ne fais pas de bruit.

— Je crois que je ferais mieux de venir aussi, dit Hilda.

— Oui, viens ! Mais on ne risque pas de la déranger encore plus, si on est deux ?

— Très bien, je vais rester ici puisque tu ne veux pas de moi.

— Mais si, je veux de toi ! cria Eustache. Seulement je ne pensais pas qu'il y avait de l'encre rouge dans la nursery.

— Voilà qui montre encore mieux que je suis de trop ! Quand tu descendras je serai sortie.

— Ne va pas trop loin !

— J'irai très loin. Tu ne pourras pas me trouver.

— Où iras-tu ?

— Oh, nulle part en particulier. Peut-être vers le phare », ajouta-t-elle au moment où Eustache refermait la porte.

Il frappa à la nursery.

« C'est moi, Minney !

— Entrez Eustache… Bonté divine ! Qu'est-ce que vous avez là ? »

Elle s'approcha d'un air affairé, petite femme active au bon visage joufflu et aux cheveux soigneusement tirés en arrière.

« C'est ce que j'ai raté, dit lugubrement Eustache.

— Ah oui ? Faites-moi voir. Pour moi ce n'est pas bien grave. Je serais très fière, si j'avais fait aussi peu de fautes que ça.

— C'est vrai ? demanda-t-il avec une certaine incrédulité.

— Mais oui. Je suis sûre qu'Hilda n'a pas aussi bien répondu que vous.

— Bien sûr, elle est forte en additions, mais… Mais tu ne dois pas me laisser t'interrompre, Minney.

— M'interrompre ! Écoutez-moi ce garçon ! Je n'ai plus rien à faire. La petite est dehors dans sa voiture. J'espère qu'elle s'est endormie !

— Est-ce qu'on ne devrait pas la surveiller ?

— Certainement pas. Bon, de quoi avez-vous besoin ? D'une table ? En voici une. D'une chaise ? Je vais l'installer ici, et vous dessus. »

Joignant le geste à la parole, elle souleva Eustache, passif et consentant, et l'assit sur la chaise blanche.

« Et maintenant ? De l'encre ? Je vais en chercher. Pauvre agneau, ajouta-t-elle tout bas dans le couloir, comme il a l'air fatigué ! »

Livré à lui-même, Eustache se mit à rêvasser. Bien qu'il eût été incapable d'en formuler la raison, il éprouvait une exquise sensation de soulagement ; les langues acerbes qui jacassaient autour de lui depuis le matin s'étaient enfin tues.

« Voilà l'encre, annonça Minney, dont la réapparition s'accompagna d'une vive impression de mouvements rapides, et voilà le buvard et une plume. Ma parole, c'est que vous en donnez, du travail !

— J'en ai bien peur, dit humblement Eustache. Hilda dit que tu me gâtes.

— Quelles sottises ! Mais attention à ne pas salir, autrement vous aurez de mes nouvelles !

— Tu trouves que je salis beaucoup ? demanda-t-il d'un ton anxieux.

— Non, vous êtes toujours un gentil petit garçon. »

Ce jugement favorable surprit Eustache, qui protesta d'un air choqué, comme si cette idée était blasphématoire.

« Oh non !

— Mais si. Vous êtes tout le portrait de votre mère.

— Si seulement je me souvenais mieux d'elle !

— C'est vrai que vous étiez très jeune, à l'époque.

— Pourquoi est-elle morte, Minney ?

— Je vous l'ai déjà dit cent fois. Elle est morte à la naissance de votre sœur Barbara.

— Mais les mères ne meurent pas toujours, à ce moment-là.

— Non, dit Minney en se détournant, mais elle, elle est morte. À présent au travail, Eustache, ou vous perdrez toute votre matinée. »

Il commença à écrire. Bientôt sa langue sortit et suivit les mouvements de la plume avec sympathie.

« Bonté divine ! Ne faites pas ça, mon garçon. Si le vent tournait...

— Excuse-moi, Minney.

— Et pour l'amour du ciel, ne vous tenez pas tout voûté, ou vous pousserez en forme de point d'interrogation. »

Docilement Eustache se redressa, mais l'effort nécessaire pour se tenir droit et garder sa langue dans sa bouche était tel que son travail avançait deux fois plus lentement.

« C'est mieux, dit Minney, s'approchant de lui et regardant par-dessus son épaule, sa broderie à la main. Mais quelle est cette lettre ? Un C ? On dirait plutôt un L.

— C'est un C majuscule, expliqua Eustache. (Hélas ! Voilà que revenait la voix acerbe, émanant – quelle déception ! – de la bouche de Minney.) Tu ne les fais pas comme ça ?

— Non, mais je suis vieux jeu.

— Alors j'aime que les gens soient vieux jeu, déclara-t-il d'un ton propitiatoire.

— J'ai toujours dit que vous feriez votre chemin dans le monde, Eustache. Vous dites des choses tellement agréables !

— Chère Minney ! »

Quel plaisir de recevoir des éloges ! Un sentiment très doux envahit le cœur d'Eustache. Faire son chemin dans le monde... dire des choses agréables aux gens... il s'en souviendrait. Il copiait « Oakham » pour la quatrième fois quand il entendit un appel par la fenêtre, répété l'instant d'après plus impérieusement encore.

« Eustache ! Eustache !

— Seigneur ! s'exclama Minney. Elle va réveiller le bébé. Quand elle veut quelque chose elle ne pense à personne d'autre. »

Eustache, déjà à la fenêtre, lança d'une voix étouffée :

« J'arrive, Hilda ! J'avais peur que tu sois partie au phare. »

IV

Pique-nique dans les collines

Cambo était la dernière demeure de la rue. Rien ne la séparait de la mer, hormis l'école préparatoire du révérend A. J. Johnson, le grand bâtiment brun et carré qui, en partie à cause de sa taille, en partie à cause des garçons qu'elle abritait et dégorgeait à heures fixes en rangs d'oignons, exerçait une puissante influence sur l'imagination d'Eustache. On lui avait dit que lorsqu'il serait plus grand on l'y enverrait peut-être, si son père était plus riche. Cette idée le consternait. Il consacrait certaines de ses prières à demander à ne jamais grandir, et interrogeait continuellement Minney pour s'assurer que son père n'était pas plus riche qu'avant, à seule fin de l'entendre dire : « Tu devrais être heureux si ton père gagnait plus d'argent », réponse qu'il interprétait à juste titre en concluant que tel n'était pas encore le cas.

Mais ce matin-là, alors que pour la cinquième fois il ouvrait le portail du jardin, il ne remarqua même pas la masse menaçante sur sa droite. Il scrutait la direction opposée à la mer, les maisons de l'autre côté du square et la route où il verrait sans doute, cette fois-ci, une silhouette qui récompenserait sa vigilance. Oui, le landau était bien là, Brown Bess entre les brancards et le cocher en chapeau melon trônant sur son siège. Il ne descendait jamais jusqu'à Cambo car, disait-il, la route était trop creusée d'ornières et il n'y avait pas la place pour faire demi-tour.

Eustache s'attarda le temps de s'assurer qu'il ne se trompait pas, puis fila en trombe dans la maison, entrant en collision avec son père dans le vestibule.

« Oh, papa ! Il est là !

— Eh bien, ce n'est pas une raison pour me rentrer dedans de cette façon, dit Alfred Cherrington, reculant de quelques pas sous le choc.

— Je t'ai fait mal ?

— Pas sérieusement, mais puis-je savoir pourquoi tu te presses tant ?

— Oh, papa, tu sais bien ! »

Les yeux bleu pâle de son père se rétrécirent sous les cils blond paille, feignant l'ignorance.

« Est-ce qu'un taureau te pourchassait ?

— Oh, papa ! Il n'y a pas de taureaux sur la pelouse.

— Il pourrait y en avoir, s'ils voyaient ton pull rouge.

— Tu me taquines.

— Eh bien, de quoi s'agit-il ?

— Mais de la voiture, évidemment !

— Quelle voiture ? Je ne suis pas au courant. Vient-elle te chercher pour t'emmener à l'école ?

— Non, elle va nous emmener dans les Downs. Il faut que tu te dépêches ! N'est-ce pas, tante Sarah, qu'il doit se dépêcher ? s'écria-t-il, faisant appel à sa tante qui venait d'apparaître sous le porche, le voile gris maintenant son chapeau solidement noué sous son menton.

— Je ne crois pas que ce soit bien correct d'ordonner à ton père de se presser, dit-elle.

— Mais je ne voulais pas vraiment lui dire de se presser, répondit Eustache, aussitôt nerveux et déconfit, seulement de ne pas… de ne pas perdre de temps. Tu l'avais bien compris comme ça, papa ? »

Eustache et tante Sarah regardèrent son père silencieux. M. Cherrington répondit enfin :

« Je pense que tu devrais surveiller ton langage quand tu t'adresses à moi.

— Eustache a encore été impoli avec papa ? demanda Hilda, qui rejoignait le groupe.

— Oh, ce n'est rien, dit M. Cherrington avec embarras. Venez maintenant, ou nous ne partirons jamais. »

Il s'exprimait avec irritation mais sans autorité. Eustache se tourna vers le vestibule.

« Minney ne vient pas ?

— Non, répondit tante Sarah. Je t'ai déjà dit qu'elle doit s'occuper de Barbara. »

Ils remontèrent la rue vers la voiture.

Hilda et Eustache s'asseyaient à tour de rôle sur le siège du cocher. Le tour d'Eustache venait en dernier. Il ne profitait donc pas de la vue en perspective des rues d'Anchorstone, mais il voyait presque aussi bien de l'intérieur certains repères vénérés et passionnants tels que l'imposant château d'eau élançant vers le ciel sa magnifique structure de brique rouge, sous laquelle il ne passait jamais sans frémir à la pensée qu'elle pût céder sous le poids de l'eau qu'elle emprisonnait. Il adorait le moment où ils quittaient la grand-route en bordure de Frontisham Hill, cette effrayante déclivité signalée par un panneau d'avertissement rouillé à l'intention des cyclistes, pour s'enfoncer dans les terres. Chaque martèlement cadencé des sabots les rapprochait des Downs. Hilda parlait au cocher avec une connaissance des chevaux quasi professionnelle. Il lui permettait de faire claquer le fouet et même, dès qu'ils s'étaient éloignés de la ville, de tenir les rênes. Un jour Eustache s'était vu proposer ce privilège. Tout d'abord il avait savouré cette sensation de puissance, et l'impression de sécurité que lui donnait le contact de la grande main gantée du cocher sur la sienne. Mais soudain le cheval avait bronché, était parti au galop, et le cocher, lui arrachant les rênes des mains, avait juré avec une véhémence qui l'avait terrifié. Jamais auparavant il n'avait vu quelqu'un entrer dans une telle fureur, et bien que l'homme, quand il se fut calmé, lui eût assuré qu'il n'y était pour rien, il se sentit coupable et refusa de renouveler l'expérience. La conscience de l'échec ne le quittait pas et s'exacerbait chaque fois qu'Hilda, droite et impassible, faisait montre d'une intrépide efficacité – en fait, chaque fois qu'il voyait un cheval. Et tout le monde affirmait qu'il ne serait pas un homme tant qu'il ne saurait pas diriger un cheval. À dire vrai, l'avenir s'annonçait déjà sombre de menaces et lourd de toutes les ambitions que les autres avaient pour lui. Il avait rarement l'idée de contester la légitimité de telles espérances. Non seulement il lui faudrait apprendre à mener un attelage, mais il lui restait à venir à bout de maintes difficultés : faire de la bicyclette, du hockey, du piano, parler français, et pire : gagner sa vie et pourvoir aux besoins de ses sœurs, de sa tante et de son père quand celui-ci serait trop vieux pour travailler… Un avenir laborieux l'attendait. Et s'il ne remplissait pas ces obligations, tout le monde serait fâché, ou du moins cruellement désappointé.

Par réflexe de défense, Eustache avait formé l'habitude mentale de repousser la nécessité de devenir un homme à une date non spécifiée, qui jamais n'approchait mais restait toujours miraculeusement lointaine, suffisamment pour n'éveiller aucune appréhension, mais pas assez toutefois pour que sa conscience lui reprochât de manquer à ses devoirs. Si le charme n'opérait pas toujours, il fut efficace ce jour-là : le bonheur qu'il tirait de cette promenade fut préservé de tout sentiment d'échec personnel. Bientôt Hilda annonça que c'était au tour d'Eustache de prendre place sur le siège, et la voiture s'arrêta pour qu'il puisse grimper devant.

Cherchant un sujet de conversation susceptible d'intéresser son voisin, il demanda :

« Avez-vous déjà monté un cheval de course ?

— Non, il faut être jockey pour ça », répondit le cocher en souriant.

Jockey. Personne n'avait jamais suggéré de faire d'Eustache un jockey. Il avait toujours plaisir à évoquer une profession qui n'avait aucune part dans son avenir.

« Les jockeys deviennent-ils riches ? demanda-t-il au bout d'un moment.

— Quelques-uns, répondit l'homme.

— Plus riches que vous ? (De peur que sa question ne fût trop indiscrète, Eustache l'avait posée de son ton le plus incrédule.)

— Je crois bien ! dit le cocher avec vigueur.

— J'en suis navré. C'est très dur de gagner de l'argent, n'est-ce pas ? ajouta-t-il, formulant une crainte ancienne.

— Vous avez raison. C'est rudement dur. »

Eustache soupira, et l'espace d'un instant l'avenir se profila, noir, inquiétant, chargé de responsabilités. Mais l'apparition d'une église en ruines, d'aspect farouche avec ses pierres grises aux arêtes vives, détourna le cours de ses pensées. Le spectacle de cette déréliction était un défi à son imagination. Mais surtout, il indiquait que les collines étaient toutes proches.

« Nous verrons bientôt la ferme, observa-t-il.

— La voici ! » dit le cocher, la désignant de son fouet.

Ils aperçurent un groupe de bâtiments délabrés et laissés à l'abandon.

« Et voilà la source de fer ! » cria Eustache.

Un filet d'eau brunâtre s'échappait d'une canalisation, au pied du mur de la ferme. Le sol alentour se teintait d'orange vif, mais hélas la source ne colorait pas le bassin qui la recueillait un ou deux mètres en contrebas.

« Si vous en buviez tous les jours, vous grandiriez vite, remarqua le cocher.

— Vous ne me trouvez pas assez grand ?

— Vous allez encore beaucoup grandir », répondit le cocher avec diplomatie.

Eustache fut soulagé. On lui avait dit qu'il était trop petit pour son âge, et l'une des tâches qui lui incombaient était d'étoffer sa stature. Une association d'idées l'incita à demander :

« Connaissez-vous une petite fille qui s'appelle Nancy Steptoe ?

— Et comment, que je la connais ! Si je ne vous conduisais pas aujourd'hui, c'est eux que j'aurais dans ma voiture.

— Je suis heureux que nous ayons été les premiers à vous le demander, dit poliment Eustache, ce qui eut l'air de faire plaisir à son voisin. Vous ne la trouvez pas gentille ? »

Pendant quelques secondes aucune réponse ne vint. Puis le cocher dit :

« Je préfère vous emmener vous et Mlle Hilda.

— Oh ! s'exclama Eustache, partagé entre le plaisir et la déception. Vous n'aimez pas Nancy ?

— C'est pas à moi de dire si je l'aime ou non.

— Mais vous devez bien le savoir ! »

Le cocher émit un grognement.

« Pourtant elle est tellement jolie !

— Pas aussi jolie que Mlle Hilda, loin s'en faut.»

Eustache en resta stupéfait. Il avait bien entendu dire que sa sœur était jolie, mais qu'elle le fût plus que Nancy, la joyeuse, l'audacieuse, l'insouciante, l'élégante Nancy, la belle d'Anchorstone, cela, il ne pouvait le croire. Hilda était merveilleuse. Tout ce qu'elle faisait était bien. Il ne pouvait exister sans elle, ne pouvait demeurer longtemps heureux sans son estime, mais jamais il n'avait imaginé que sa suprématie pût résister hors de la sphère morale de l'affection.

«Elle ne se trouve pas jolie, dit-il enfin.

— Elle s'en apercevra un jour.

— Mais, monsieur Craddock, répliqua Eustache (à la différence des autres, il disait toujours "monsieur" à Craddock, Minney le lui ayant recommandé), elle est trop bonne pour être jolie !

— Vous dites des choses démodées, monsieur Eustache», dit M. Craddock en éclatant de rire.

Eustache réfléchit. Il avait toujours envie de comprendre pourquoi le cocher préférait les emmener eux, les humbles Cherrington, plutôt que les magnifiques, les fascinants Steptoe.

«Trouvez-vous que Nancy est fière ?

— Elle n'a aucune raison de l'être», finit par répondre Craddock.

Eustache pensait le contraire, mais se garda de le dire. Il résolut d'attaquer de front.

«Prenez-vous souvent les Steptoe dans votre voiture, monsieur Craddock ?

— Oui, souvent.»

Naturellement. Pour les Steptoe, un pique-nique n'avait rien d'extraordinaire : ils en faisaient probablement tous les jours. Eustache s'étonnait encore qu'ils leur aient demandé à se joindre à eux. Il s'était dit que Gerald voudrait sans doute échanger quelque chose, et avait glissé dans sa poche tous les trésors qu'il possédait, non sans éprouver quelque honte de leur banalité.

« Quand vous les emmenez, poursuivit-il, que font-ils de différent de nous ? »

M. Craddock eut un petit rire bref.

« Ils ne paient pas pour mon thé.

— Mais ne sont-ils pas très riches ?

— Ils sont pingres, si vous voulez savoir. »

Eustache avait à peine eu le temps d'assimiler cette information désagréable quand il entendit la voix de son père :

« Regarde, Eustache ! Voilà les Steptoe ! Ils sont arrivés les premiers. »

À présent les collines crayeuses des Downs les entouraient en pentes verdoyantes, basses mais escarpées, enfermant une vallée miniature. Cette vallée s'incurvait vers la gauche, créant un effet de profondeur et de mystère. Les quatre Steptoe s'étaient assis près du cours d'eau – dont on ne distinguait pas la bordure de roseaux et d'herbes hautes – qui divisait la vallée. Nancy avait ôté son chapeau et rejetait en arrière ses cheveux dorés en un mouvement qu'Eustache connaissait bien, et qui représentait pour lui le summum de la sophistication et du *savoir-faire** [1]. Il souleva son chapeau et l'agita. Nancy lui répondit avec une élégance négligente. Le major et Mme Steptoe se levèrent, et Eustache tourna la tête vers le landau pour observer Hilda. Elle pouvait parfaitement voir les Steptoe, mais faisait mine de ne pas les remarquer. Un petit buisson à gauche de la route absorbait toute son attention : elle le fixait, les sourcils froncés, comme si c'était quelque chose de tout à fait extraordinaire, et qu'un aigle pouvait

1. Les mots en italiques suivis d'un astéristique sont en français dans le texte. *(Toutes les notes sont de la traductrice.)*

en jaillir à tout moment. Eustache regarda devant lui en soupirant.

«J'espère que vous vous amuserez bien, monsieur Craddock.

— Vous en faites pas pour ça, monsieur Eustache.»

«Encore un peu de gâteau, Nancy?

— Non, merci, Eustache.

— Veux-tu quelques-uns des sandwiches que nous avons apportés, bien qu'ils ne soient pas aussi bons que votre gâteau?

— Ils sont délicieux, mais je ne crois pas que je vais en reprendre.

— Je pourrais très facilement te refaire du thé, n'est-ce pas, tante Sarah?

— Oui, mais fais attention à ne pas te brûler.

— Je veux bien si vraiment ça ne te dérange pas, Eustache. Tu l'as si bien réussi tout à l'heure!»

Il en rougit de plaisir.

«Dis-moi, Gerald, intervint le major Steptoe en se tournant sur son coude massif vêtu de tweed, tu négliges Hilda.

— Elle a dit qu'elle ne voulait rien d'autre, répondit Gerald un peu sèchement.

— Si tu insistais, elle changerait peut-être d'avis.

— Merci. Je ne change jamais d'avis.»

Hilda était assise sur la jolie couverture de voyage bleue des Steptoe, les genoux enlacés, les talons ramenés contre elle et la tête tournée vers quelque point distant tout au fond de la vallée.

«Quelle fille déterminée vous avez, Cherrington.

— Elle se montre parfois un peu obstinée.

— Tante Sarah a dit que si l'on change perpétuellement d'avis, personne ne nous respecte, répliqua Hilda d'un air condescendant et sans les regarder.

— Elle n'a presque rien mangé, dit Gerald, qui était d'un an l'aîné d'Eustache. Rien qu'un ou deux de leurs sandwiches, et aucun de nos gâteaux.»

Il y eut un silence gêné, qu'Eustache interrompit pour venir au secours de sa sœur.

«Elle ne mange presque jamais de gâteaux. Pas vrai, Hilda ?

— Quelle singulière petite fille ! s'exclama Mme Steptoe en riant de son rire pointu.

— Il ne faut pas avoir peur de grossir, vous savez», dit le major Steptoe en pinçant doucement le mollet mince d'Hilda de sa grosse main robuste. Elle se dégagea avec le mouvement impatient d'un cheval pour chasser une mouche.

«Il ne convient pas d'être gourmand à mon âge.

— Et pourquoi pas ?»

Eustache chuchota nerveusement à Nancy.

«Elle n'aime pas qu'on la touche. Comme c'est bizarre ! Ça la dérange moins qu'on la frappe.

— Tu as essayé ?

— Seulement quand on joue», répondit-il d'un air choqué.

Le major Steptoe se leva et s'étira.

«Eh bien Cherrington, et ces toboggans ? Nous avons largement eu le temps de digérer notre thé.»

Mlle Cherrington, qui pliait des sacs en papier, suspendit son geste.

«Alfred et moi pensons que ce serait trop pour Eustache.

— Allons, mademoiselle Cherrington, on n'est jeune qu'une fois !

— Oh ! S'il te plaît, tante Sarah, supplia Eustache.

— C'est à ton père de décider, pas à moi, dit Mlle Cherrington. Nous nous rappelons tous ce qui est arrivé la dernière fois qu'Eustache a fait du toboggan, n'est-ce pas ?

— Que s'est-il passé, Eustache ? demanda Nancy d'un ton d'intimité flatteuse.

— Je ne peux pas te le dire maintenant. Et puis j'étais beaucoup plus jeune, à cette époque.

— Ma foi, dit le major, qui dominait le petit groupe de toute sa taille, on ne peut pas laisser ce garçon devenir une poule mouillée.

— Je songeais à sa santé, major Steptoe.

— Qu'en dis-tu, Bet ?

— Je crois que ça ne peut lui faire que du bien, répondit Mme Steptoe.

— Eh bien, Cherrington, c'est à vous et à votre sœur que revient la décision. »

M. Cherrington, qui s'était levé lui aussi, offrait une apparence bien frêle à côté du robuste major.

« Tout bien considéré, je crois…

— Souviens-toi que nous étions d'accord avant de partir, Alfred. »

Malencontreusement placé entre sa sœur et le major Steptoe, M. Cherrington les regarda alternativement d'un air indécis.

« Cet enfant n'est pas aussi fragile que tu le crois, Sarah. À mon avis tu fais trop d'embarras à son sujet. Une ou deux descentes à toboggan ne lui feront pas de mal. Seulement, dit-il en se tournant avec irritation vers son fils, souviens-toi qu'il faudra en rester là. »

Eustache se leva d'un bond, tout jubilant. Mlle Cherrington fronça les lèvres et Hilda murmura :

« C'est bien de papa ! On ne peut vraiment pas se fier à lui, n'est-ce pas ? Maintenant Eustache sera malade. »

Les hommes du groupe partirent vers la ferme, et revinrent chargés chacun d'un toboggan. Eustache avait du mal à venir à bout du sien ; son bras était trop court pour en faire le tour, et quand il essayait de le tirer sur le sol inégal, il se coinçait sans cesse entre les pierres. Le major Steptoe, qui portait le grand toboggan à trois places, en débarrassa Eustache.

« Comme vous êtes fort, major Steptoe !

— Tu le seras tout autant à mon âge, n'est-ce pas, Cherrington ? »

Et le père d'Eustache acquiesça, avec l'impression que le major Steptoe s'était en quelque sorte approprié sa prérogative parentale.

Alors se posa le problème de savoir qui descendrait en premier.

« Tout l'intérêt, expliqua Gerald, c'est de voir qui va le plus loin sur la partie plate. Si mère et Mlle Cherrington s'asseyent là, sur cette pierre, elles marqueront le point le plus éloigné auquel nous serons arrivés.

— Merci bien, dit Mme Steptoe, mais il n'est pas question que je m'asseye sur une pierre et je doute que Mlle Cherrington en ait envie.

— Alors installez-vous sur ce monticule, cela revient au même. Maintenant, il faut nous observer très attentivement et marquer chaque longueur d'un bâton. Je vais vous en donner.

— Merci.

— Et vous ne devez pas nous quitter des yeux ne serait-ce qu'une seconde, et ne prendre en compte que l'endroit touché par la dernière partie du corps. Ça peut être la tête, vous savez.

— Je le suppose.

— Maintenant on va commencer. Est-ce que j'y vais en premier, pour vous montrer ?

— Je crois que tu pourrais demander à Hilda de monter avec toi.

— Veux-tu venir avec moi, Hilda ? demanda-t-il à contrecœur.

— Non, merci. J'aurai bien assez à faire pour m'occuper d'Eustache.

— Alors j'y vais. »

Gerald prit l'un des toboggans à une place et gravit énergiquement la côte, pliant les genoux plus qu'il n'était nécessaire.

« J'arrive ! » cria-t-il. Le toboggan dévala rapidement la pente herbue dont l'inclinaison restait constante jusqu'à cinq ou six mètres du sol où, après une légère montée, elle s'escarpait brutalement. C'était ce qui rendait la descente exaltante. Le toboggan de Gerald aborda la bosse en déviant à peine d'un pouce de la ligne droite, mais cela suffit à le faire verser. Il s'y accrocha un moment encore puis bascula et, glissant et roulant, parvint au bas de la pente. Le toboggan, débarrassé de son poids, le suivit en dérapant avant de s'immobiliser. Cette exhibition ignominieuse fut accueillie par un silence que brisa soudain le rire sonore d'Hilda.

« Il disait qu'il allait nous montrer, articula-t-elle enfin, hilare, entre deux convulsions. Qu'il avait l'air drôle !

— Peut-être qu'il voulait nous montrer que ça ne fait pas très mal de tomber », suggéra charitablement Eustache.

Gerald les ignora.

« Dans un sens, je suis content d'être tombé car à présent vous voyez tous le danger. Bien sûr, j'aurais fait mieux si j'étais descendu la tête en bas. C'est ainsi que je fais d'habitude, mais évidemment cela n'aurait pas servi à grand-chose de vous le montrer, parce que cela requiert beaucoup de pratique.»

Il regarda son père, attendant une confirmation.

«Ce n'est pas une de tes meilleures prestations, mon garçon, dit le major. Voyons de quoi Eustache est capable.»

Tout en gravissant la pente glissante, tirant sur la corde du toboggan auquel il imprimait de petits sursauts déterminés, Eustache pensa soudain à la Crucifixion et s'identifia à son principal protagoniste. Cette image lui sembla blasphématoire, aussi s'efforça-t-il de la chasser de son esprit. Non, il était un célèbre alpiniste en train d'escalader les Andes. De l'autre côté de la vallée s'étendaient les cimes himalayennes, et ce gros oiseau était un condor qui lui picorerait les os s'il mourait…

Mais non, il ne le pourrait pas car il lui faudrait d'abord compter avec Hilda; elle défendrait certainement sa dépouille au mépris de sa vie. Elle était là-bas, toute petite à présent, et contrairement aux autres elle ne le regardait pas. Eustache soupira. Il aurait tant voulu qu'elle s'amuse! Mentalement, il se projeta à l'intérieur de sa sœur. Aussitôt elle se mit à parler et à sourire; les autres se rassemblaient autour d'elle – même Mme Steptoe, si distante et moqueuse, était suspendue à ses lèvres. Quelle fillette délicieuse! Non seulement une seconde mère pour Eustache, mais jolie et charmante… Alors il aperçut le visage d'Hilda, maussade et compassé, et la vision s'évanouit… Il était temps, car ils devaient se demander pourquoi il était si long à descendre. Peut-être croyaient-ils qu'il avait peur. Le cœur d'Eustache se mit à battre à un rythme désagréable. Ils le regardaient tous, à présent, même Hilda, et il entendit une voix – celle de Gerald – lui crier:

«Traîne pas!» C'était bien «traîne pas», et non «trouillard», cet horrible mot que Gerald appliquait indifféremment à tous ceux qu'il n'aimait pas, et à nombre de ceux qu'il aimait. À titre d'expérience, Eustache lâcha quelques centimètres de corde et le toboggan fit un plongeon qui lui serra le cœur. À nouveau la voix monta jusqu'à lui. « Traîne pas ! » – non, pas cet autre mot. Gerald n'aurait pas osé l'employer devant ses parents. Eustache se souvint qu'avec le toboggan, toute la difficulté consistait à s'asseoir convenablement avant qu'il ne parte. Les fois précédentes son père l'avait maintenu pour lui, pensa-t-il avec une panique croissante, et il l'aurait fait ce jour-là si le major Steptoe ne l'en avait dissuadé. Devait-il tout simplement redescendre à pied et dire qu'il ne se sentait pas très bien ? C'était vrai : son cœur faisait dans sa poitrine des bonds extraordinaires, et il avait du mal à respirer. Il allait être malade, comme on le lui avait prédit. Il n'aurait pas besoin de revoir les Steptoe. Hilda en serait ravie. Quant à Nancy…

À ce moment précis, Eustache vit son père se tourner vers le major Steptoe et lui dire quelque chose en désignant le sommet de la côte. Le major hocha la tête, son père se leva, et l'atmosphère se détendit parmi le petit groupe qui commença à discuter sans plus le regarder. C'était clair. Son père montait l'aider.

Cela le décida. Maintenant d'une main la corde sale tout en prenant appui de tout son poids sur l'autre, il s'assit sur le toboggan. Avant même qu'il n'ait eu le temps de coller ses talons contre la traverse, il était parti.

Les premières secondes de la descente lui éclaircirent merveilleusement l'esprit. Il put s'installer plus solidement sur son siège et même, tant l'ivresse de la vitesse aiguisait ses sens, guider légèrement le toboggan avec son corps. Et quand l'allure se ralentit aux abords de la bosse fatidique, il se sentit excité, mais nullement effrayé. Pendant quelques fractions de seconde, il eut l'impression que ses pieds étaient suspendus dans l'espace ; le toboggan piqua du nez dans un mouvement de bascule comme le sol se dérobait sous lui. Il fonçait maintenant à si folle allure qu'il oublia où il était, s'oublia lui-même et ce qui l'entourait. Puis, docilement et le moins dramatiquement du monde, le toboggan s'arrêta et Eustache, regardant autour de lui, vit les autres dispersés à droite et à gauche en train de rire et d'applaudir. Il avait fini sa course en plein milieu du groupe.

« Bravo !

— Bien joué, Eustache !

— Il n'avait pas besoin d'aide, tu vois.

— Il me semble bien pâle, Alfred.

— Je crois que tu as battu le record, Eustache, dit Nancy.

— Oh non ! Certainement pas, parce qu'au dernier moment il a posé le coude par terre, et ça fait un pas de moins que la pierre du record, expliqua Gerald en mesurant le sol. En fait tu allais tomber, non ?

— Peut-être, concéda Eustache (étant un héros, il pouvait se permettre de se montrer magnanime).

— Que pensez-vous de votre frère à présent, mademoiselle Hilda ? » demanda gaiement le major Steptoe.

La fillette, qui avait repris sa place sur la couverture, dirigea son regard sur les pieds de son interlocuteur.

« Je suis contente, en un sens, admit-elle.

— Vous devriez être très fière de lui.

— J'aurais certainement eu honte de lui s'il ne l'avait pas fait.

— S'il n'avait pas fait quoi ?

— Battu le record, ou ce qu'a dit Nancy. »

Un silence étonné accueillit cette remarque. Il fut rompu par la voix légère et ironique de Mme Steptoe.

« Ta sœur attend beaucoup de toi, n'est-ce pas Eustache ?

— Nancy n'attend-elle pas beaucoup de Gerald? répondit-il.

— Oh j'y ai renoncé, Gerald est un cas désespéré ! dit Nancy. Je ne suis pas assez sûre de moi pour monter avec lui. Tu es si gentil, Eustache, puis-je aller avec toi ? »

Au septième ciel, Eustache se leva et regarda les autres avec embarras.

« Te voilà chargé de graves responsabilités, Eustache !

— Je me sens parfaitement en sécurité, dit Nancy, l'air dégagé.

— Voulez-vous monter avec Gerald, Hilda, ou préférez-vous regarder ? lui demanda le major.

— Je peux aussi bien regarder.

— Alors Cherrington, si nous tentions notre chance, vous, Gerald et moi ?

— Ça ne me déplairait pas. »

Tous les cinq montèrent sur la colline, laissant Mme Steptoe, Mlle Cherrington et Hilda causer à bâtons rompus.

« Tu t'assieds devant, Nancy !

— Oh Eustache ! Je me sentirais beaucoup plus en sécurité si tu t'y mettais.

— On y va à tour de rôle ?

— Ils risqueraient de nous séparer.

— Tu crois ?

— Tu sais bien comment ça se passe, au bal.

— Je n'ai jamais été au bal, dit Eustache.

— Mais tu vas au cours de danse.

— Parfois, si je me sens assez bien.

— Tu n'as jamais dansé avec moi.

— Non, parce que tu es trop forte, tu es dans le groupe A.

— Il faudra que nous dansions ensemble, un jour.

— Oh, ce serait merveilleux !

— Bon, je me mets devant pour cette fois. Oh, Eustache, que tu es courageux de ne pas crier ! »

« C'est la troisième fois que Nancy et Eustache descendent ensemble, fit remarquer Mlle Cherrington.

— Oui. Ne sont-ils pas charmants ? Et ils n'ont pas versé une seule fois. Je dois avouer qu'Eustache est un véritable expert. Ah ! Les voici tous. Vous êtes sûre que ça ne vous tente pas, Hilda ? »

Pas de réponse.

« Nous pensons que vous devriez essayer une nouvelle formation, à présent. N'est-ce pas, mademoiselle Cherrington ? insista Mme Steptoe. Que diriez-vous d'un double masculin, avec Eustache et Gerald ? Et peut-être M. Cherrington pourrait-il prendre Nancy, pendant qu'Hilda irait avec Jack. »

L'air interrogateur, le major regarda Hilda qui ne dit mot. Eustache qui la connaissait bien vit qu'elle était au bord des larmes.

« Tu ne veux pas venir avec moi, Hilda ? demanda-t-il à contrecœur.

— Continuez comme à présent, je m'en moque », répondit-elle.

Elle s'exprimait avec difficulté, et ses mots étaient entrecoupés de pauses irrégulières. Mme Steptoe haussa les sourcils.

« Eh bien moi, je crois que vous devriez changer un peu. Décidez entre vous. Jouez à pile ou face. Je vous demande pardon, mademoiselle Cherrington ?

— Je préférerais qu'ils n'en fassent rien, si ça ne vous ennuie pas. »

Nancy profita de cette discussion entre adultes pour chuchoter à Eustache :

«Viens, descendons encore une fois ensemble.»

Riant d'excitation, ils remontèrent pesamment la côte.

«Tu sais, dit Nancy d'un ton aussi confidentiel que le lui permettait son essoufflement, c'est moi qui ai tout arrangé, en réalité.

— Tu as tout arrangé?

— Oui, le pique-nique.

— Pourquoi? demanda Eustache, hors d'haleine.

— Tu ne devines pas?

— Pour que toi et moi, nous puissions…?

— Évidemment.

— Oh, Nancy!»

Une fois de plus ils filèrent, enivrés, sous le ciel qui s'assombrissait. Nancy était devant. Le souffle de la descente faisait flotter ses cheveux, si bien que lorsque Eustache se penchait en avant, ils caressaient son visage. Quand ils arrivèrent à la bosse, sa dextérité coutumière lui fit défaut; le toboggan se renversa et les enfants dégringolèrent et roulèrent jusqu'au bas de la pente. Eustache se redressa le premier. Il tendit la main à Nancy et bredouilla, tout essoufflé:

«J'avais tes cheveux dans les yeux.

— Excuse-moi.

— Ça ne me gênait pas.»

Mme Steptoe les accueillit avec un petit sourire.

«Eh bien, les enfants, il se fait tard. Je pense que la prochaine descente sera la dernière. Qu'en dites-vous, mademoiselle Cherrington?

— Je crois que c'est déjà tout à fait suffisant en ce qui concerne Eustache.

— Cherrington et moi nous sommes rompus tous les os du corps», remarqua aimablement le major Steptoe.

Les deux pères s'étaient retirés de la lice un peu plus tôt, et fumaient la pipe. Derrière eux, le soleil s'accrochait au-dessus de la colline comme un gros ballon rouge, et avait perdu son intensité. Sur le versant opposé, l'herbe était mouchetée d'or. Les ombres s'allongeaient, et l'air prenait une teinte légèrement bleutée.

« Dernier tour ! appela le major Steptoe. Les seconds sont hors course. Nous sommes presque tous seconds maintenant, hein, Cherrington ? Comment allons-nous nous répartir, cette fois-ci ? »

Eustache et Nancy échangèrent un regard complice, mais soudain Hilda dit d'une voix rauque et stridente :

« J'aimerais monter avec Eustache. »

Cette déclaration fut suivie d'un murmure général de surprise, qui se transforma aussitôt en chorus approbateur.

« C'est bien, Hilda ! Ne laissez pas Nancy le monopoliser ! Faisons une course entre les deux familles : les Cherrington contre les Steptoe ! »

Il fut donc convenu que Gerald et Nancy prendraient l'un des doubles-toboggans, tandis qu'Hilda et Eustache monteraient sur l'autre. M. Cherrington donnerait le départ, et M. Steptoe ferait office d'arbitre. Hilda attendit que son père et les deux Steptoe fussent à mi-chemin du sommet, puis dit à Eustache :

« Tu as été très cruel envers moi. »

Eustache était fatigué. Il aurait aimé qu'Hilda lui propose de tirer le toboggan. Cette accusation le crispa et parut redoubler sa lassitude.

« Mais pourquoi, Hilda ? Je t'ai demandé de venir et tu n'as pas voulu.

— Parce que je voyais bien que tu voulais être avec Nancy, dit-elle sombrement. Tu ne l'as pas lâchée une seconde. Tu ne peux pas savoir à quel point tu étais ridicule – et elle aussi, ajouta-t-elle après réflexion.

— Tu ne nous as pas vus, protesta faiblement Eustache. Tu regardais toujours ailleurs.

— J'ai bien essayé de ne pas vous voir, répliqua-t-elle, gravissant la pente avec une impitoyable énergie, sa vigueur et sa fraîcheur intactes lui donnant un avantage considérable sur Eustache. Mais même si je ne pouvais pas vous voir, je vous entendais et j'ai eu honte de toi. Tante Sarah et papa aussi, d'ailleurs.

— Papa a dit qu'il était fier de moi.

— Oh, il l'a dit pour faire plaisir au major Steptoe.»

Eustache se sentit profondément déprimé, et comme par contrecoup l'abattement le submergeait telle une vague, il eut un peu mal au cœur. Mais l'animation du départ, le fait de se mettre en ligne et de devoir tenir le toboggan où Hilda avait pris place, avant de bondir au signal, dissipèrent son malaise. Les deux toboggans partirent en flèche. En atteignant la montée redoutée, ils étaient côte à côte ; alors la technique exagérée de Gerald (que lui avait enseignée, avait-il expliqué, un toboggAmerica de renommée mondiale) le mena comme bien souvent au désastre. Les Cherrington gagnèrent, bien que leur arrivée ne fût pas spectaculaire : l'herbe chargée d'humidité les avait ralentis. Hilda et Eustache se relevèrent en vacillant. Ils se regardèrent sans mot dire, mais Hilda avait les yeux brillants. Le major Steptoe vint rejoindre le groupe.

« Je crains que ce ne soit une victoire décisive pour votre camp, Cherrington, déclara-t-il. Et maintenant, si on rangeait ? »

On entendit alors Gerald marmonner quelque chose à propos de « notre revanche ».

« Qu'est-ce qu'il dit ? demanda Hilda.

— Il veut nous lancer un nouveau défi, répondit Eustache d'un air d'importance.

— Allons, les enfants, il est trop tard ! regardez, la lune se lève ! »

Mais le ton net et décidé de Mme Steptoe n'eut absolument aucun effet sur Hilda.

« Le soleil n'est pas couché. Viens Eustache, j'ai envie de les battre de nouveau.

— Mais il se peut qu'on ne gagne plus », dit-il avec circonspection.

Cependant, Hilda obtint ce qu'elle voulait. La seconde course aboutit à la victoire des Steptoe. À nouveau, les parents et Mlle Cherrington décrétèrent que les réjouissances étaient terminées. Mais Hilda ne voulut rien savoir : il fallait faire une troisième course pour décider quels étaient les vrais gagnants.

« J'ai un petit peu mal au cœur, Hilda, chuchota Eustache en gravissant laborieusement la pente derrière elle.

— Quelle sottise ! Tu n'étais pas malade avec Nancy.

— Je le suis maintenant.

— Non, ce n'est qu'une impression.

— Peut-être que tu as raison. »

L'issue de la troisième course tint à un fil, car les deux équipes finirent sans encombre. Cependant les Cherrington étaient nettement en tête. Mais à part le major Steptoe, qui arbitrait, il n'y avait plus personne pour proclamer leur triomphe, les autres étant allés rejoindre les voitures qu'on distinguait, face à face, à deux ou trois cents mètres sur le gazon.

« On a gagné ! On a gagné ! » cria Hilda, sa voix résonnant à travers la vallée.

Ses yeux étincelaient, ses joues en feu sous ses cheveux noirs reflétaient une stupéfiante animation. Eustache, qui l'avait rarement vue ainsi, était aussi inquiet que surexcité.

« On a gagné ! On a gagné ! répéta-t-elle.

— Très bien. Venez, maintenant. »

La voix de tante Sarah, où perçait une pointe d'impatience, les atteignit, assourdie, à travers l'étendue herbeuse.

«Attendez une minute, cria Hilda d'une voix perçante. Je veux qu'Eustache m'emmène encore une fois.

— Et si on arrêtait, à présent? Les chevaux vont s'agiter.»

Les inflexions basses et familières du major parurent étrangement paisibles comparées au ton surexcité de la fillette.

«Je me moque des chevaux. Viens, Eustache.»

Pour la première fois elle prit le toboggan elle-même, et se mit à monter en courant. L'herbe était si détrempée qu'elle glissait et titubait à chaque pas, et Eustache, épuisé, avait peine à avancer.

«Oh, dépêche-toi! Ce que tu es lent!

— Je fais de mon mieux, Hilda.

— Tiens, accroche-toi à moi, dit-elle brusquement en lui tendant la main.

— Ils ne seront pas fâchés, si je suis malade?

— Pas si tu es avec moi. Là, assieds-toi derrière. Tu ne trouves pas ça formidable que nous soyons ici tous les deux?

— C'est qu'il fait si noir...»

Dans les bois où la vallée s'incurvait, une chouette ulula.

«Qu'est-ce que c'était?

— Rien qu'une chouette, gros bêta!»

Le toboggan descendit à toute vitesse. Il faisait trop sombre pour distinguer les irrégularités du terrain. Ils sentirent une bosse, Hilda laissa dépasser son pied, le toboggan se renversa aussitôt, et le frère et la sœur roulèrent pêle-mêle jusqu'en bas.

Hilda tira Eustache pour le mettre debout.

«Tu n'as pas trouvé ça merveilleux?

— Si, Hilda, mais… Oh, j'ai vraiment mal au cœur ! »

Brusquement il fut pris de nausées.

« Je me sens bien, maintenant, Hilda.

— Bon. Je vais prendre le toboggan. On arrive, major Steptoe ! »

« Il m'a l'air un peu pâle, dit tante Sarah comme ils prenaient place dans le landau. Qu'est-ce qui t'a pris de l'obliger à remonter, Hilda ?

— Je savais qu'il en avait envie, au fond. N'est-ce pas, Eustache ?

— Oui, répondit-il d'une voix éteinte. Mais je ne crois pas que j'irai sur le siège du cocher ce soir.

— Moi non plus, annonça Hilda.

— Pouvons-nous rentrer par Anchorstone Hall ? demanda Eustache. Ainsi M. Craddock n'aura pas à faire demi-tour. »

Ils adressèrent des signes d'au revoir aux Steptoe, qui partaient dans la direction opposée. La route traversait des bois et des clairières.

« Je me sens de mieux en mieux, chuchota Eustache à Hilda. Tu ne trouves pas que notre dernière descente était formidable ?

— Mieux qu'avec Nancy ? murmura Hilda, une note de menace affectueuse dans la voix.

— Oh oui, bien mieux !

— Et tu m'aimes plus qu'elle ?

— Oh ! Beaucoup plus ! »

Ainsi ils parlaient, se prodiguant de mutuelles protestations de tendresse, quand soudain une grande nappe d'eau s'étendit devant eux et au-delà s'élevèrent les cheminées, les tours et les remparts d'Anchorstone Hall. La lune dessinait un mince sentier sur l'eau, mais la demeure était encore dorée par le couchant. Ce spectacle enchanta Eustache.

« Oh ! Que c'est beau ! Si je gagne un jour assez d'argent pour l'acheter, est-ce que tu viendras y vivre avec moi, Hilda ?

— Cambo est bien assez bon pour moi.

— Mais c'est tellement impressionnant !

— Comme tu es bête, tu n'aimes que les choses impressionnantes.

— C'est pour ça que je t'aime.

— Je ne suis pas impressionnante.

— Si !

— Non.

— Oh, taisez-vous, les enfants ! dit M. Cherrington en se tournant sur le siège du cocher.

— Oui, bonté divine ! Taisez-vous ! » dit tante Sarah.

Ils restèrent silencieux quelque temps, puis Eustache chuchota à sa sœur :

« Je crois que je me sens tout à fait bien, maintenant. »

V

Un lion sur le sentier

Le lendemain matin, Eustache ne fut pas autorisé à se lever pour le petit déjeuner : on le jugeait trop fatigué. Aussi passa-t-il, non sans satisfaction, la première partie de la matinée au lit. Cambo ne pouvait se flatter que d'un petit nombre de chambres à coucher, et celle qu'il partageait avec Hilda n'aurait pu contenir plus de meubles que leurs deux lits étroits, disposés côte à côte, la table de toilette, la commode doublée d'une coiffeuse, les deux chaises au solide siège paillé, et en guise de garde-robe quelques anneaux derrière un rideau. Le mobilier et les boiseries étaient teints en brun, le papier mural était bleu foncé avec un motif fleuri conventionnel, et les rideaux de la fenêtre, qui donnait sur le flanc marron de la maison voisine, étaient en lin bleu sombre. Eustache admirait infiniment les anneaux de rideaux en cuivre oxydé, tout comme la poignée de la porte, faite du même métal et de forme non pas ronde, mais ovale. Elle était placée assez haut sur la porte, et lui rappelait la façon dont certaines grandes personnes se serraient la main.

Il adorait cette chambre, surtout les matins comme celui-ci, quand on lui permettait de prendre le lit déserté par Hilda pour savourer la vue moins limitée qu'on en avait. Elle devait être en train de faire les courses, en ce moment. Elle était probablement chez Love, le boucher dont le nom leur semblait si cocasse. Il ne lui enviait pas cette partie de la liste. Il se demanda s'il arrivait à Nancy de faire les commissions. Il l'imaginait bien en train d'acheter des chaussures, des bas, des robes de soie, de satin et de velours, mais il doutait qu'elle rapportât chez elle des articles d'épicerie, par exemple, comme Hilda et lui le faisaient souvent. La façon dont elle occupait son temps était un mystère – un mystère délicieux qu'il avait un plaisir croissant à tenter d'élucider. Elle ne descendait à la plage qu'en de rares occasions – Eustache le savait car il la cherchait toujours des yeux – et se montrait plus rarement encore sur les falaises. Il était tout à fait improbable qu'il l'y trouverait ce matin, quand il rejoindrait Hilda au Premier Abri, à midi.

Au moment précis où il se rappelait ce rendez-vous, Minney entra pour lui dire de se lever. Il était onze heures et demie. Comment aurait-il le temps de se nettoyer le cou, de se brosser les dents et de faire ses prières ?

En son for intérieur, Eustache était convaincu d'en avoir le temps, à moins d'être retardé par ses prières. Depuis ces deux dernières semaines, elles présentaient un épineux problème. Il voulait inclure Nancy, sinon dans une prière particulière, du moins dans la bénédiction générale qui en marquait la fin. Celle-ci incluait déjà bien des gens qu'il n'appréciait pas beaucoup ; il lui fallait même mentionner le chien de M. Craddock, simplement parce qu'Hilda l'aimait bien. Il n'y avait assurément rien de mal à y ajouter Nancy. Mais à la dernière minute, il reculait systématiquement. Il devait dire ses prières à haute voix, habituellement devant Hilda, en tout cas toujours devant quelqu'un, et il devinait instinctivement que la mention de ce nom susciterait des interrogations et sans doute des protestations. Se contenter d'offrir une prière silencieuse semblait sournois et mesquin. Dieu ne l'approuverait pas et Nancy, si elle le savait, aurait l'impression qu'on faisait peu de cas d'elle. Aussi avait-il trouvé un compromis : il disait la prière de Nancy à haute voix, mais attendait pour cela d'être seul. Minney était en train de l'aider à s'habiller et avait visiblement l'intention de rester pour faire le lit après son départ. Il fut soudain pris d'une inspiration.

« Minney, pourrais-tu m'apporter mes sandales de plage ? Je les ai laissées dans le vestibule, pour qu'elles sèchent.

— Quel petit garçon prévenant ! Bien sûr, que je peux aller vous les chercher. »

Un peu coupable, il s'agenouilla et répéta très vite d'une voix parfaitement audible :

« Et s'il te plaît mon Dieu bénis Nancy et fais qu'elle soit toujours une bonne petite fille. Amen. »

Hilda l'attendait comme prévu au Premier Abri. Il y avait trois abris sur la falaise, entre les marches qui descendaient vers la mer et le phare, à plus d'un kilomètre : non seulement ils marquaient les distances avec une autorité qu'aucune borne routière n'aurait pu posséder, mais ils avaient en outre, aussi similaires qu'ils fussent à tout égard pour l'œil non averti, de fortes personnalités qu'on ne pouvait confondre un instant.

« Tu crois que nous arriverons au Troisième Abri ? demanda Eustache comme ils se mettaient en route.

— Nous avons une heure. Il se peut qu'on arrive même au phare, si tu ne lambines pas. »

Ils suivirent le sentier à distance respectueuse du bord de la falaise. Haute d'une vingtaine de mètres, elle offrait une sécurité trompeuse. Anchorstone abondait en légendes sur des promeneurs imprudents ou téméraires qui s'étant aventurés trop près du précipice, avaient senti le sol se dérober sous eux et avaient été précipités sur les récifs.

« Gerald est allé aussi loin que ça, une fois », dit Eustache en indiquant une touffe d'herbe située à un endroit particulièrement dangereux. Entre elle et l'à-pic rocheux, les intempéries avaient creusé une profonde tranchée, parfaitement visible. C'était une remarque inconsidérée et Hilda ne la laissa pas passer.

« Ça n'en démontre que mieux sa stupidité. »

Le sujet fut clos. Ils poursuivirent leur promenade jusqu'à une haie battue par la tourmente, qui s'accrochait vertigineusement à l'extrême bord du précipice. Chaque année elle abandonnait un peu d'elle-même aux éléments, mais si tordue et diminuée qu'elle fût, elle offrait une magnifique illustration de la ténacité et Eustache ne l'apercevait jamais sans frémir. Ce matin, cependant, le splendide isolement dans lequel il se plaisait à l'imaginer lui faisait défaut, car elle était longée par une ou deux personnes. Hilda, qui avait de très bons yeux, s'écria aussitôt :

« Voilà Mlle Fothergill et sa dame de compagnie !

— Oh ! Rebroussons chemin. »

Mais une flamme belliqueuse naquit dans le regard d'Hilda.

« Pourquoi veux-tu rebrousser chemin ? C'est précisément l'occasion que nous cherchions.

— Tu la cherchais peut-être, dit Eustache, mais pas moi. »

Il s'était déjà détourné du fauteuil d'invalide qui approchait, et tirait sa sœur par la main.

« La Bible dit : “Malade et en prison, je t'ai rendu visite”, cita-t-elle non sans l'impressionner considérablement. Tu t'es toujours montré désobéissant sur ce point,

Eustache : c'est le plus gros défaut que je n'ai jamais pu corriger en toi.

— Mais elle est si laide ! protesta-t-il.

— Quelle différence ça fait ?

— Elle me fait peur.

— Un grand garçon comme toi !

— Elle a la figure toute tordue.

— Tu ne l'as jamais vue. Tu te sauves toujours avant.

— Et ses mains sont toutes noires.

— Idiot ! Ce ne sont que ses gants.

— Oui, mais elle n'a pas de vraies mains, c'est pour ça qu'elle porte des gants. C'est Annie qui me l'a dit. »

Annie était l'aide journalière des Cherrington.

« Elle aurait pu faire preuve d'un peu plus de jugeote.

— De toute façon, on m'a répété je ne sais combien de fois de ne pas parler aux inconnus.

— Ce n'est pas une inconnue, elle a toujours vécu ici. Et ça n'a pas d'importance du moment qu'ils sont vieux et… laids et malades, comme elle.

— Peut-être qu'elle me criera : "Va-t'en, petit effronté, je ne veux pas te parler. Tu veux mendier, je suppose !" Qu'est-ce que je ferai, alors ?

— Elle ne dira évidemment rien de tout ça. Les malades ne sont jamais impolis. En plus elle me verra derrière toi.

— Mais qu'est-ce que je vais lui dire ?

— Tu trouves toujours des tas de choses à raconter à Nancy, répondit Hilda après quelques instants de réflexion.

— Mais je ne pourrais pas lui dire ce genre de choses !

— Eh bien, essaie : "Comment allez-vous, mademoiselle Fothergill ? Quelle belle journée, n'est-ce pas ? J'ai pensé que vous aimeriez peut-être que j'aide à pousser votre chaise roulante."

— Mais je risque de la renverser, objecta-t-il. Tu te souviens de la fois où j'ai renversé le bébé en poussant son landau.

— Oh, n'aie aucune inquiétude à ce sujet ! Mlle Fothergill est une grande personne. Tu auras tout juste la force de la pousser. Et puis tu pourrais ajouter : "N'est-ce pas que j'ai de la chance de pouvoir marcher ?"

— Ah non ! s'écria Eustache d'un ton catégorique. Ça ne lui plairait pas.

— Alors trouve tout seul.

— Mais pourquoi ne lui parles-tu pas ? Est-ce que ça ne serait pas aussi bien ? Ce serait même mieux, en fait, parce que si c'est moi qui lui parle elle croira que toi tu ne veux pas.

— Ne t'occupe pas de moi, dit Hilda. Je veux qu'elle voie comme tu es bien élevé. »

Eustache s'obstina avec irritation à chercher une échappatoire.

« Mais ça ne serait pas hypocrite de lui demander comment elle va sans en avoir envie ? Elle ne saura pas que je le fais pour te faire plaisir et me croira plus poli que je ne suis en vérité. Et Jésus dira que je suis un sépulcre blanchi comme dans le sermon que nous avons entendu dimanche dernier. En plus, il faut faire le bien en cachette, et non au vu de tous. »

Hilda médita sur ce point.

« Je ne crois pas que Jésus serait fâché, répondit-elle enfin. Il a toujours dit que nous devons visiter les malades, que nous le voulions ou pas. Ces enfants secourables dont Minney nous a lu l'histoire étaient bons parce qu'ils visitaient les pauvres, mais le livre ne dit pas qu'ils en avaient envie.

— Tu ne sais pas si Mlle Fothergill est pauvre, répliqua Eustache. Je ne crois pas, tu sais, parce qu'elle vit toute seule dans cette grande maison entourée de jolis buissons vert foncé. Jésus n'a jamais dit que nous devions visiter les riches.

— Tu te cherches seulement des prétextes, rétorqua Hilda. Tu parles de Jésus et d'être poli contre son gré parce que tu ne veux pas faire ton devoir. Ce n'est pas comme si tu le faisais par intérêt, ce qui serait mal, évidemment.

— Évidemment, répéta Eustache, horrifié.

— Elle te donnera peut-être un chocolat, remarque, dit-elle, espérant stimuler la charité d'Eustache en même temps que sa gourmandise. Les vieilles dames comme elle en ont souvent.

— Je ne veux pas de ses sales chocolats.

— Et voilà ! Je savais bien que tu ne tarderais pas à lancer une méchanceté. Elle approche ; si tu lui parles maintenant, en voyant ton air boudeur elle saura que tu n'en as pas envie : ainsi tu ne la tromperas pas.»

Le visage d'Eustache se plissa de désespoir.

« Oh, Hilda, je ne peux pas ! »

Il n'y avait pas de temps à perdre. Voyant que la logique et l'autorité s'étaient l'une et l'autre avérées inutiles, Hilda adopta une nouvelle tactique à laquelle, il faut l'avouer, elle ne recourait qu'en dernière extrémité.

« Oh, Eustache, je t'en prie, fais-le pour moi ! Souviens-toi comme je t'ai aidé, hier, avec le toboggan, et comme je te laisse toujours tapoter les châteaux de sable alors que je suis une fille, et comme j'accepte toujours de jouer aux dadas avec toi, bien que Minney dise que je ne devrais pas à mon âge (Hilda aimait beaucoup plus jouer aux dadas qu'Eustache), et comme tante Sarah a dit que tu n'arriverais à rien sans moi. Et si mes sentiments ne te touchent pas, pense à la pauvre Mlle Fothergill rentrant chez elle et racontant à sa bonne : "J'ai rencontré un petit garçon tellement charmant sur la falaise ce matin ; il m'a parlé si gentiment qu'il m'a complètement fait oublier..." Oh, tu sais bien, son visage, ses mains, enfin tout. "Je crois que je vais l'inviter à prendre le thé et que je lui donnerai un tas de bons gâteaux."

— Oh ça, ça serait terrible ! s'écria Eustache, très ému par l'éloquence d'Hilda mais consterné par la perspective qu'elle venait d'évoquer. Tu ne me laisserais pas y aller, hein ? Promets-moi, et je vais lui parler.

— Je ne te promets rien, mais j'y penserai.»

Hilda recula de quelques pas, rappelant assez l'attitude d'un imprésario présentant sa *prima donna*. Avec une raideur peu naturelle, le bras tendu comme pressé d'échanger une poignée de main, Eustache alla à la rencontre de la chaise roulante. Alors, se ravisant, il retira vivement sa main et ôta son chapeau. La chaise s'immobilisa.

« Eh bien, petit homme, dit Mlle Fothergill d'une voix qui semblait émettre des bulles, que puis-je pour toi ? »

Eustache perdit complètement la tête : les mots moururent sur ses lèvres. Le visage de Mlle Fothergill était enveloppé d'un voile épais, rendu plus opaque encore par la multitude de gros pois noirs dont il était parsemé. Mais en dépit de cette protection, on ne pouvait s'empêcher de remarquer la bouche – cette redoutable bouche lie-de-vin qui remontait d'un côté et, rencontrant une ride à mi-chemin de la joue, semblait rejoindre l'œil droit. Celui-ci, mi-clos, paraissait adresser un clignement à Eustache. Il eut conscience que son expression reflétait la moindre de ses émotions et se hâta de baisser les yeux. Pourquoi Mlle Fothergill avait-elle un manchon par cette chaude journée d'été ? Il se le rappela soudain et perdit encore plus contenance. Comprenant qu'il ne pouvait voir sans encombre la moindre partie de la vieille invalide, il fit décrire un large demi-cercle à son regard, l'immobilisant sur la dame de compagnie, qui le fixait d'un air intimidant. Eustache se sentit cruellement embarrassé.

«Eh bien? répéta Mlle Fothergill. N'as-tu rien à dire? T'es-tu seulement arrêté par curiosité?»

Eustache était pris entre deux feux: il sentait le regard d'Hilda lui vriller le dos.

«S'il vous plaît, commença-t-il, je voulais vous dire: "Comment allez-vous, mademoiselle Fothergill, n'est-ce pas une belle journée?"

— Très belle, mais je ne crois pas que nous nous connaissions?

— Eh bien, pas encore, répondit Eustache. Seulement j'ai pensé que peut-être vous me laisseriez pousser votre… votre… (il n'aimait pas dire "chaise roulante") votre fauteuil d'invalide.»

Mlle Fothergill s'efforça de tourner la tête vers sa compagne puis parut se souvenir qu'elle ne le pouvait pas.

«Tu es bien jeune pour commencer à travailler. Ne devrais-tu pas être à l'école?»

Eustache baissa nerveusement les yeux sur son pull-over bleu et lança un coup d'œil à Hilda par-dessus son épaule, en tirant si fort sur son tricot qu'un petit trou apparut à l'épaule.

«Oh, on me donne des leçons à la maison, avec Hilda. (Il regarda à nouveau derrière lui. Si seulement elle venait à son aide!) Elle a pensé que vous aimeriez peut-être…

— C'est extrêmement mystérieux, Helen, commenta Mlle Fothergill, les mots sortant telles de petites explosions de sa joue déformée. Y comprenez-vous quelque chose? Est-ce qu'il veut gagner six pence en me poussant?»

Eustache vit qu'il était victime d'un malentendu et dit d'un ton grave:

«Bien sûr je le ferais pour rien. J'ai beaucoup d'argent à la Savings Bank, vingt-cinq livres. Et j'ai six pence d'argent de poche par semaine. Vous n'auriez rien d'autre à faire que de me permettre de vous pousser. Pour que je sois payé, il aurait fallu que ce soit vous qui me le demandiez, n'est-ce pas, alors que je vous l'ai demandé en premier! »

Le visage de Mlle Fothergill prit une expression qu'on aurait pu interpréter comme un sourire.

« As-tu déjà essayé?

— Heu, oui, avec le landau, mais vous n'avez pas à avoir peur parce que si je l'ai renversé c'est à cause du trottoir, et il n'y en a pas ici.

— Je suis très lourde, tu sais. »

Eustache la considéra d'un air dubitatif.

« Pas dans la descente. Ce serait comme un toboggan.

— Ce serait trop rapide. Le temps où je faisais du toboggan est bien fini! Enfin, tu peux essayer, si tu veux.

— Oh, merci! dit Eustache avec ferveur. Voulez-vous me montrer comment on fait? demanda-t-il à la dame de compagnie.

— Je crois que vous feriez bien de continuer à me tenir, Helen, dit Mlle Fothergill. Je n'ai pas envie de me confier entièrement à un jeune homme inconnu. »

Non sans une légère réticence, la dame de compagnie céda sa place à Eustache, qui s'attaqua vaillamment à sa tâche. La chaise avança avec un cahot. À sa grande humiliation, il se retrouva accroché à la poignée au lieu de la contrôler. Ils dépassèrent Hilda, qui feignait de s'intéresser au phare.

« Le sentier est un peu cahoteux, par ici, dit-il d'une voix entrecoupée par l'effort.

— Eh bien, saint Christophe, il ne faut pas te plaindre.

— Excusez-moi, je ne m'appelle pas Christophe mais Eustache, Eustache Cherrington. Et la petite fille que nous avons dépassée là-bas est ma sœur Hilda.

— Je m'appelle Janet, dit Mlle Fothergill, et le nom d'Helen est Mlle Grimshaw. Vas-tu laisser ta sœur derrière ?

— Oh, elle connaît le chemin pour rentrer, dit Eustache.

— Où habites-tu ?

— Dans une maison qui s'appelle Cambo, à Norwich Park. Avant, nous habitions à Ousemouth, où papa a son bureau. Il est expert-comptable, précisa-t-il avec fierté.

— Veux-tu être expert-comptable, toi aussi ?

— Oui, si on peut se permettre de me payer de telles études, mais la venue du bébé a fait tellement de changements... Je serai peut-être vendeur.

— Ça te plairait ?

— Pas très, mais évidemment il se peut que je doive nourrir tout le monde, à la fin.

— Helen, dit Mlle Fothergill, retournez vite chercher la petite fille, voulez-vous, et demandez-lui de venir avec nous. Je crois que je serai en sécurité. J'aimerais connaître ta sœur, ajouta-t-elle tandis que Mlle Grimshaw s'éloignait.

— Oh, oui ! s'écria Eustache avec enthousiasme. (Depuis qu'il ne risquait plus de voir autre chose de Mlle Fothergill que l'arrière de son chapeau, il avait retrouvé toute sa confiance. Il se souvint de la façon dont Mme Steptoe avait décrit Hilda.) C'est une petite fille très singulière.

— En quel sens ? J'ai vu qu'elle était très jolie, et même tout à fait adorable.

— Oh, vous trouvez ? Ce n'est pas ce que je voulais dire. Elle se soucie peu de son apparence. Elle est tellement bonne ! Elle fait tout, toutes les commissions, elle n'est pas du tout égoïste comme moi, vous savez, et ça lui est égal que les gens ne l'aiment pas. Elle veut toujours faire ce qu'elle croit juste et elle veut que je le fasse aussi. Et en plus elle m'empêche d'être trop gâté.

— Est-ce qu'on essaie de te gâter ?

— Oui, Minney me gâte, et je crois que papa le ferait aussi, seulement tante Sarah l'en empêche et Hilda l'aide.

— Est-ce que ta mère... ? commença Mlle Fothergill, qui s'interrompit aussitôt.

— Ma mère est morte à la naissance de Barbara. C'est vraiment triste, car Hilda est la seule qui puisse se souvenir d'elle. Mais on ne lui en parle jamais parce que ça la fait pleurer. Ah, la voilà ! »

Avançant énergiquement à côté de Mlle Grimshaw, Hilda rattrapait la chaise.

« Arrête-toi une minute, Eustache, et présente-moi ta sœur.

— Oh ! Je croyais que vous aviez compris que c'est Hilda !

— Bonjour, Hilda, dit Mlle Fothergill. Ton frère a eu la gentillesse de m'emmener faire un tour. »

Eustache regarda sa sœur d'un air un peu coupable.

« Bonjour, répondit Hilda. J'espère que vous vous portez mieux ?

— Je vais parfaitement bien, merci.

— Nous ne pensions pas que vous alliez bien, déclara la fillette un peu déçue. C'est pourquoi j'ai dit à Eustache...

— Que lui as-tu dit ?

— Je ne me souviens plus très bien. Il ne voulait pas faire quelque chose que je voulais qu'il fasse, alors je lui ai dit qu'il fallait le faire. »

Cette réponse fut suivie d'un silence assez pénible. Eustache lâcha le fauteuil et lança à sa sœur un regard angoissé.

« Je vois, reprit Mlle Fothergill. Et maintenant il fait ce que tu lui as dit de faire.

— Il le faisait il y a quelques instants, répondit Hilda avec sa franchise scrupuleuse.

— Ça me plaît beaucoup, intervint brusquement Eustache. Bien sûr quand Hilda me l'a demandé, je ne savais pas que vous étiez si gentille.

— C'est bien d'Eustache, dit Hilda. Chaque fois que je lui dis de faire quelque chose, comme d'emmener de la confiture à la vieille Mme Crabtree, il fait toujours tout une histoire mais après il y prend plaisir.»

Eustache, qui possédait une finesse psychologique précoce, se rendit compte qu'Hilda manquait du tact nécessaire dans cette situation.

« Oh, mais c'est totalement différent ! Mme Crabtree est très pauvre, elle a une tumeur, elle est très vieille, et il y a une odeur dégoûtante dans la maison, et elle dit toujours : "Dieu vous bénisse, si vous saviez ce que c'est de souffrir comme je souffre"...

— Eh bien ? demanda Mlle Fothergill.

— C'est tellement différent ici, sur la falaise, avec les oiseaux, le phare et cette haie que j'aime tant, et... et vous, mademoiselle Fothergill... Vous n'avez pas l'air du tout malade, de là où je suis, de plus vous dites que vous ne l'êtes pas et je... j'aime bien vous pousser, vraiment ; je peux imaginer que je suis un âne, et je ne vois rien que j'aimerais mieux faire, sauf peut-être construire un bassin, faire du canot, aller sur le quai, ou descendre à toboggan... Et puis évidemment ce ne sont que de simples amusements. Si ça ne vous ennuie pas, continuons comme avant qu'Hilda nous ait interrompus.

— Très bien mais ne va pas trop vite, ça me rendrait nerveuse.

— Bien sûr que non, mademoiselle Fothergill. Ça m'est aussi facile d'aller doucement que d'aller vite.»

Le cortège poursuivit quelque temps en silence sa lente progression. La physionomie d'Eustache trahissait une concentration presque douloureuse.

« Est-ce la bonne allure ? demanda-t-il enfin.

— Exactement. »

Ils dépassèrent le Deuxième Abri, et aussitôt Eustache sentit l'atmosphère de la ville se refermer sur lui. Soudain Hilda éclata de rire.

« Qu'est-ce que tu as ? demanda-t-il.

— Je viens de repenser à ce que tu as dit, que tu faisais semblant d'être un âne. Il n'a pas besoin de faire semblant, n'est-ce pas, mademoiselle Fothergill ?

— J'aime beaucoup les ânes, répondit celle-ci. Ils sont si patients, endurants, solides et indépendants !

— J'ai appris à Eustache à ne pas faire preuve d'indépendance. Mais il aime beaucoup les carottes. Vous devriez avoir des carottes sur votre chapeau, mademoiselle Fothergill, dit-elle en se remettant à pouffer.

— Oh non ! protesta Eustache. Ça gâcherait tout ! Je suis vraiment content d'être derrière, parce que je peux voir ces jolies violettes. Les violettes font vraiment un bel effet sur votre chapeau, mademoiselle Fothergill, j'aime bien les regarder.

— Pourquoi les ânes ont-ils tous une croix sur le dos ? demanda Hilda.

— Parce que c'est un âne qui a porté Jésus.

— Ne serait-ce pas drôle qu'Eustache en ait une ?

— Minney dit que j'ai la peau très fine, remarqua-t-il avec beaucoup de sérieux.

— Il ne devrait pas dire ça ! C'est tenter la Providence.

— J'ai bien peur que son dos ne soit plutôt raide, demain, après ce travail pénible.

— Le travail est bon pour les ânes », répliqua la fillette.

Eustache, froissé, ne répondit pas. Ils approchaient de la volée de marches qui menait vers le rivage. Sur la pente oblique, le fauteuil commença à prendre de la vitesse et il raffermit sa prise avec inquiétude.

«Voilà, dit Mlle Fothergill, merci beaucoup pour cette promenade. Mais il ne faut pas me laisser vous gâcher votre matinée. N'est-il pas temps que vous alliez jouer sur la plage ?

— Eustache ne compte pas jouer ce matin, observa Hilda. Il s'est beaucoup dépensé, hier, dans les Downs.

— Oui, mais je considère cette promenade comme un jeu, affirma vigoureusement Eustache.

— Je ne suis pas sûre qu'Helen soit d'accord avec toi, dit Mlle Fothergill en souriant.

— Évidemment, quand on fait très souvent quelque chose…

— Eustache n'aime pas promener Barbara dans son landau.

— C'est à cause de la responsabilité, répondit-il.

— Et tu ne me considères pas comme une responsabilité ?

— Pas quand Mlle Grimshaw est là.

— Mais si Mlle Grimshaw n'était pas là ? Si tu m'emmenais faire un tour tout seul ? »

Un petit pli se creusa entre les épais sourcils de Mlle Grimshaw, ce qu'il ne manqua pas de remarquer.

« Oh, je lui demanderais de nous rejoindre au bout… au bout d'environ un quart d'heure.

— Cet enfant est très diplomate, dit froidement Mlle Grimshaw.

— Oui, je le crois. À présent, Eustache, tu as été très gentil mais tu ne dois pas perdre plus de temps avec une vieille dame comme moi. Il a envie d'aller jouer dans le sable, n'est-ce pas, Hilda ?

— C'est très probable, répondit-elle en considérant son frère d'un air pensif, mais je crois qu'il est trop tard, maintenant.

— Oh mon Dieu! Ainsi j'ai vraiment gâché toute votre matinée! s'écria Mlle Fothergill, sincèrement peinée.

— Oh non! dit Eustache. Vous n'avez presque pas fait de différence. Voyez-vous, je me suis levé si tard que nous n'avions pas vraiment le temps de faire quoi que ce soit. C'était encore ce que nous pouvions faire de mieux. Je... Je suis très content que nous vous ayons rencontrée.

— Moi aussi. Faisons un plan. Peut-être ta sœur et toi accepteriez-vous de venir prendre le thé chez moi, un de ces jours?»

Les deux enfants se regardèrent. La consternation se lisait clairement sur le visage d'Eustache, et sur celui d'Hilda se succédèrent un certain nombre d'émotions.

«Vous avez probablement envie d'en discuter, suggéra Mlle Fothergill.

— Oh oui! dit Hilda avec reconnaissance, saisissant au bond cette proposition. Ça ne vous ennuie pas si on s'éloigne un petit peu?»

Prenant Eustache par la main, elle l'entraîna à quelques mètres du fauteuil roulant.

«Je savais qu'elle allait dire ça, gémit Eustache.

— Ça te plaira beaucoup, une fois que tu y seras.

— Non, et toi non plus! Tu sais que tu détesteras ça.

— Je n'irai pas, déclara Hilda. Je serai trop occupée. D'ailleurs c'est toi qu'elle veut.

— Mais je n'ose pas y aller tout seul, s'écria-t-il en se mettant à trembler. Tu sais bien que je n'ose la regarder que de dos!

— Arrête de pleurnicher. Elle va t'entendre. Tu n'auras pas besoin de beaucoup la regarder. Elle servira le thé.

— Elle ne peut pas. Ses bras sont raides et elle a des pattes de lion, dit-il d'une voix suraiguë, tout parcouru de frissons.

— Très bien. Alors je vais lui dire que tu as peur d'y aller.

— Bien sûr que je n'ai pas peur, dit-il en se raidissant. C'est parce qu'elle est tellement laide…

— Si c'était Nancy Steptoe qui t'avait invité, tu aurais dit oui et tu l'aurais remerciée.

— Parfaitement ! dit Eustache d'un air de défi.

— Alors je vais le dire à Mlle Fothergill.»

Hilda s'éloignait, apparemment pour mettre sa menace à exécution, quand Eustache la rattrapa par le bras.

« D'accord, j'irai. Mais si je suis malade, ce sera ta faute. Et j'essaierai de l'être.

— Sale gosse ! » dit Hilda avec tolérance et sans grande conviction. Ayant remporté la victoire, elle le ramena vers la chaise roulante et annonça brièvement : « Nous en avons discuté.

— J'espère que la décision a été favorable, demanda Mlle Fothergill.

— Favorable ? répéta Eustache.

— Elle veut dire qu'elle espère que tu iras, expliqua patiemment Hilda. C'est lui que vous vouliez inviter, n'est-ce pas, mademoiselle Fothergill ? Pas moi ?

— Non, je vous ai invités tous les deux.

— Je crois que vous vous êtes sentie obligée de le faire, mais je suis toujours prise à l'heure du thé et Eustache se débrouille parfois mieux sans moi, il n'est pas aussi timide quand il pense qu'il peut n'en faire qu'à sa tête.»

Mlle Fothergill échangea un coup d'œil avec sa compagne.

« Très bien, nous nous chargerons de lui. Voyons, quel jour te conviendrait, Eustache ?

— Faut-il absolument que ce soit cette semaine ? demanda-t-il, mais Hilda se hâta d'ajouter :

— Il peut venir n'importe quel jour sauf le mardi, où il a un cours de danse.

— Disons donc mercredi. Cela me laissera le temps de te préparer un bon goûter.

— Merci beaucoup, mademoiselle Fothergill, dit faiblement Eustache.

— Non, c'est moi qui te remercie de m'avoir fait passer une si agréable matinée. Maintenant, reprit-elle en voyant qu'il se glissait derrière sa chaise et s'apprêtait à la pousser, il faut te sauver et aller déjeuner. Je suis sûre que tu es affamé après ce dur travail.»

Flatté dans sa fierté masculine, Eustache répondit :

« Oh, ce n'était rien.

— Mais si, et nous ne l'oublierons pas. N'est-ce pas, Helen ? »

Mlle Grimshaw acquiesça d'un air un peu sceptique.

« N'oublie pas, à mercredi. Je compte sur toi, et si tu peux convaincre Hilda de venir aussi j'en serai ravie.»

Mlle Fothergill allait ôter la main de son manchon, soit que ce fût pour le congédier, soit – qui sait ? – pour un signe d'au revoir, quand elle se ravisa soudain et la main réintégra son abri.

«Au revoir, dirent les enfants, qui s'éloignèrent dignement puis se mirent à courir à toute vitesse.

— Elle était gentille, après tout ! dit Eustache, un peu essoufflé.

— Je savais que tu dirais ça », répondit Hilda.

VI

Le cours de danse

Cependant à mesure que la semaine s'écoulait, Eustache se sentait de moins en moins prêt à affronter l'épreuve du mercredi. Tout ce que la présence de Mlle Fothergill avait de rassurant s'effaçait, et seules demeuraient ses caractéristiques les plus alarmantes. L'imagination fertile d'Eustache y revenait inlassablement. Pour ce qui était de ses mains, il connaissait déjà le pire et ne pouvait rien y ajouter ; mais ce pire était tellement épouvantable que le fait d'y penser suffisait à le tenir éveillé jusqu'à ce que sa sœur montât le rejoindre. En vertu de son âge, elle bénéficiait d'une heure de grâce et ne se couchait pas avant huit heures et demie. Le lundi soir, trois jours après la rencontre sur la falaise, Eustache la persuada de renoncer à sa prérogative et elle apparut juste après qu'il eut dit ses prières. Elle n'était pas du tout fâchée contre lui et sa présence lui procura un soulagement immédiat. Sans trop se torturer, il parvint à s'imaginer en train de serrer la main de Mlle Fothergill (bien que l'expression ne fût pas très adéquate). Il réussit presque à se convaincre – comme sa tante et Minney le lui répétaient avec plus ou moins de patience – que les mains de

Mlle Fothergill n'étaient pas réellement des pattes de lion, elles étaient simplement déformées par les rhumatismes – « comme les vôtres le seront peut-être un jour », avait ajouté Minney avec bonne humeur. Mais aucune de ses consolatrices ne put dire qu'elle avait déjà vu les mains en question, et privé de cette assurance, l'esprit d'Eustache ne pouvait trouver de repos véritable.

Cet esprit pourtant était suffisamment ouvert pour laisser entrer (à la façon dont le fait généralement l'esprit) d'autres démons pires que le premier. Tant que ses frayeurs se concentraient exclusivement sur les mains de Mlle Fothergill, Eustache n'avait pas pensé à s'interroger sur son visage. Au cours de la nuit du lundi surgit cette nouvelle hantise, et la présence d'Hilda elle-même fut d'abord impuissante à la conjurer. Eustache était généralement nerveux le lundi soir, car le lendemain l'attendait son supplice hebdomadaire : la leçon de danse. Maintenant, avec l'ingéniosité frénétique des neurasthéniques, il s'efforçait de confronter son ancienne angoisse du cours de danse à celle, toute neuve, du visage de Mlle Fothergill. En vain. Il s'imaginait dans les situations les plus humiliantes, les plus terrifiantes. Mlle Wauchope, la maîtresse principale, l'envoyait seul au milieu de la salle et l'obligeait à décomposer les pas de la valse. « Vous êtes le plus lent des petits garçons auxquels j'aie jamais tenté d'apprendre à danser, lui disait-elle au bout de la troisième tentative. Recommencez, je vous prie. Vous savez que vous retardez toute la classe ? » Pas un lundi soir ne passait sans qu'Eustache ne fût hanté par cet incident imaginaire et parfaitement improbable (Mlle Wauchope n'étant pas une méchante femme), que les pensées les plus agréables – les bassins, les rochers, les volcans, les aigles, Nancy Steptoe elle-même – ne pouvaient tenir en échec.

Pourtant, cette nuit-là, il l'évoqua délibérément dans l'espoir que cette terreur formidable mais non insurmontable pourrait balayer les affres où le plongeait l'idée du visage de Mlle Fothergill. Peut-être n'avait-elle même pas de visage ! Peut-être le voile noir ne dissimulait-il pas les moustaches, le museau et les grands yeux somme toute affectueux d'un lion, mais rien que le vide, des ténèbres informes et effroyables.

« Hilda, chuchota-t-il, tu dors ? »

Pas de réponse. « Je ne dois pas la réveiller », pensa-t-il. Et si Mlle Wauchope disait : « Eustache, vous vous montrez si stupide depuis des mois que je vais demander à votre tante de vous confectionner un bonnet d'âne que vous porterez chaque fois que vous viendrez ici, et je dirai à toute la classe de se moquer de vous. »

Pendant quelques instants l'obsession d'Eustache, distraite par cette nouvelle rivale, s'atténua un peu. Il se sentit plus léger. Puis elle revint à l'assaut avec une vigueur accrue.

« Hilda ! Hilda !

— Oui, Eustache ? murmura-t-elle en s'agitant.

— Ce n'est pas grand-chose…

— Alors rendors-toi.

— Je n'arrive pas à dormir. Hilda, si Mlle Fothergill n'a pas de visage, elle ne doit pas non plus avoir de tête ?

— Bêta ! Bien sûr qu'elle a un visage, tu l'as bien vu !

— J'ai cru voir ses yeux. Mais si elle n'a pas de tête, comment se termine son cou ? »

Hilda comprit bien ce qu'il avait en tête, mais loin de l'horrifier, cela l'amusa et son rire sonore fusa dans la chambre. Fermant les yeux et rassemblant tout son courage, Eustache formula la question qui le tourmentait :

« Serait-il tout sanguinolent ? »

Tentant d'étouffer un gloussement, elle parvint à répondre :

« Non, espèce d'âne ! Bien sûr que non, sinon elle serait morte ! »

Il fut frappé et momentanément convaincu par cette rigoureuse logique. De plus, le rire d'Hilda avait éclairé comme un soleil la Chambre des Horreurs qu'était devenu son cerveau, illuminant ses recoins les plus sombres et révélant que ses occupants n'étaient qu'une misérable rangée de spectres en carton-pâte. Il se tourna et s'était presque endormi quand l'ombre d'un nouveau fantôme assombrit la fenêtre de son imagination. Fiévreusement, il tourna la tête d'un côté, puis de l'autre : impossible de le chasser. Il essaya vainement de se remémorer le rire de sa sœur. Le spectre s'approchait : bientôt il envelopperait sa conscience.

« Hilda ! » appela-t-il tout bas.

Elle grogna.

« Hilda, je t'en prie, c'est la dernière fois que je te réveille.

— Bon, qu'est-ce qu'il y a encore ?

— Hilda, tu crois que Mlle Fothergill est vraiment vivante ? Parce que si elle n'a pas de tête, et si son cou n'est pas tout sanglant, c'est qu'elle est forcément…

— Forcément quoi ?

— Un fantôme. »

Hilda se redressa sur son lit, à bout de patience.

« Vraiment Eustache, tu es trop bête. Comment pourrait-elle être un fantôme ? D'abord, on ne peut pas voir les fantômes le jour, ils viennent toujours la nuit. Et de toute façon ils n'existent pas. Maintenant, si tu ne te calmes pas, je ne dormirai plus avec toi. Je dirai à Minney de me laisser dormir avec elle. Voilà. »

Cette menace, proférée avec plus de véhémence et de détermination que de coutume, réussit là où la logique avait échoué. Elle ramena Eustache au sens de la réalité. Aussitôt apaisé et réconforté par cette réprimande, il ne tarda pas à s'endormir.

Il dormit, mais son expérience nocturne laissa sa marque sur la journée qui suivit, modifiant subtilement la clef de ses humeurs, de sorte que les objets familiers lui paraissaient étranges. Il avait désagréablement conscience d'une fêlure dans l'intégrité de son être ; même le bassin, qu'ils réparèrent plus tôt que d'habitude (en vue de la leçon de danse de l'après-midi), ne lui fit pas reprendre possession de lui-même.

Il eut plus encore conscience de cette dislocation dans le vestiaire de l'hôtel de ville, entouré d'un certain nombre d'autres garçons. L'acte de sortir ses chaussons de leur sac libérait habituellement en lui toute une séquence d'impressions aussi immuables que précises. Il éprouvait généralement une joie craintive qui se disputait à une foule d'appréhensions nerveuses, et s'accompagnait de sensations intenses nées d'odeurs, de sons et d'objets familiers. Ils étaient tous là : l'effluence âcre, un peu nostalgique du plancher récuré des vestiaires, les sinistres murs lambrissés de madrier teint en jaune, dont un nœud déparait chacune des planches (Eustache en avait découvert une qui en était dépourvue et ne manquait jamais de la regarder avec une affectueuse approbation) ; et à travers la porte toujours pareillement entrouverte qui donnait dans l'arène, il entendait le frottement des chaussons, la rumeur des voix, et de temps en temps quelques mesures d'un air de danse répété sur le clavier retentissant du piano.

Toutes ces manifestations étaient réunies ce mardi-là, mais pour une raison ou une autre leur charme avait cessé d'opérer. Eustache y était indifférent. Il entama même la conversation avec un autre garçon en train de se changer, ce qu'il n'aurait pu faire, ordinairement, tant il était crispé. Ce fut seulement en s'approchant de la porte et en se préparant à faire son entrée sur la scène qu'il ressentit le premier frisson de la transformation du mardi après-midi. Devant lui s'étendait l'implacable surface polie de la piste, aussi dure que le cœur des maîtresses de danse. Tout au fond les chaises de bois, disposées en rangs serrés, n'attendaient apparemment qu'un mot pour revenir occuper l'espace que leur avaient ravi les enfants. Et tout autour, les élèves en train de s'aligner pour le défilé préliminaire. L'air se chargeait d'une odeur chaude et sèche de poussière, et d'une vibration d'excitation. Évitant tous les regards, Eustache rasa le mur pour prendre place à la fin de la procession, puis jeta un timide coup d'œil autour de lui. Oui, Hilda était bien là, dans une attitude à la fois détendue et gauche, comme pour défier les trois maîtresses de faire d'elle une poupée de salles de bal. Tordus en tresse, ses beaux cheveux sombres se redressaient en un angle peu satisfaisant ; sa physionomie exprimait à la fois l'ennui et le dégoût ; elle regardait son partenaire (ils défilaient deux par deux) comme si elle le haïssait. Eustache tremblait pour elle, comme toujours lorsqu'il la voyait engagée dans une entreprise où son autorité naturelle ne lui était d'aucun secours. Son regard parcourut les enfants qui le précédaient, puis revint en arrière. Aucune trace de Nancy Steptoe. Elle était en retard ! Elle ne viendrait pas ! Les mains du pianiste s'apprêtaient à planter leur premier accord quand la porte s'ouvrit et Nancy entra. Quelle apparition, dans sa robe bleu vif ! Elle traversa directement la salle et, malgré son retard, trouva le temps d'adresser un sourire fugitif à la jeunesse raffinée d'Anchorstone ainsi rassemblée.

Comme ces trente cœurs durent trembler ! Celui d'Eustache trembla assurément.

L'après-midi suivit son cours normal. Hilda s'acquitta de sa tâche avec négligence, l'arrogance de son attitude, bien que feinte en partie, lui évitant toute semonce. Eustache, appliqué et soucieux de donner satisfaction, comprit assez correctement les pas mais, il le savait, sans en saisir l'esprit. Il se donnait trop de mal pour capter les détails. Sa concentration nerveuse et conciliante aurait transformé en mégère la plus douce des femmes ; il se doutait bien peu que Mlle Wauchope se mordait les lèvres en observant ses mouvements gauches et consciencieux. Quelquefois il lui lançait un regard propitiatoire, et elle disait : « C'est mieux, Eustache, mais il faut suivre le rythme », ce qui flattait sa conscience mais blessait sa fierté. Il n'y arriverait jamais ! Pourtant, tandis que l'aiguille de l'horloge municipale glissait vers la demie de trois heures, proclamant qu'il ne restait que trente minutes, Eustache ne ressentit nullement la gaieté qui aurait dû saluer ce moment essentiel. Où serait-il, le lendemain à la même heure ? En chemin vers Laburnum Lodge, sur le perron peut-être, en train de dire au revoir à Minney qui avait promis de l'accompagner bien qu'elle ne pût revenir le chercher car elle ignorait combien de temps cela durerait. Combien de temps ! Tous les spectres de la nuit passée accoururent en foule dans l'esprit d'Eustache. Il oublia tout ce qui l'entourait, puis à l'appel de son nom il se rendit compte que l'exercice était fini. Confus, il alla reprendre sa place.

« Maintenant, nous allons danser une vraie valse, disait Mlle Wauchope, afin que vous sachiez ce qu'il faut faire quand vous irez au bal. Vous, les garçons, vous pouvez inviter n'importe quelle fille (attention, faites-le dans les formes !), et quand la musique s'arrêtera, vous devrez applaudir pour montrer que vous voulez que la valse reprenne. (Malgré son appréhension, Eustache se promit de ne pas l'oublier.) Et quand la musique cessera pour la seconde fois, vous devrez conduire votre cavalière jusqu'à une chaise et lui parler le plus poliment possible pendant cinq minutes. C'est ce qu'on fait, au bal.»

Eustache regarda autour de lui sans grande conviction. Déjà, certains des garçons plus âgés avaient trouvé des partenaires ; il observa les saluts, suivis de l'acceptation, et le timide sourire de triomphe qui les accompagnait l'emplit d'envie et de dépit. Dans un instant la musique commencerait. Désenchanté, il se laissa happer par la foule. Une ribambelle de garçons essaimait autour d'une silhouette centrale, qui n'était autre que Nancy. Éprouvant la sensation du joueur de tennis médiocre qui se retrouve dans un de ses cauchemars sur le court central de Wimbledon, il s'apprêta à s'esquiver. Peut-être Hilda danserait-elle avec lui ? Mais ils ne se montraient guère brillants, tous les deux, et on décourageait les enfants de danser entre frère et sœur. Il ne put s'empêcher de se retourner pour voir à qui Nancy accorderait finalement ses faveurs, quand avec incrédulité il l'entendit annoncer de sa voix claire : «J'ai bien peur que ce soit impossible aujourd'hui, voyez-vous, car j'ai promis cette danse à Eustache Cherrington.» Il put à peine en croire ses oreilles, mais vit les candidats éconduits reculer en lançant des regards jaloux dans sa direction. Il ne retrouva ses esprits que pour s'apercevoir qu'il tenait Nancy par la main. Ils gagnèrent un coin désert de la piste.

«Tu ne t'es pas incliné, tu sais, dit Nancy. Je me demande si je fais bien de danser avec toi.

— C'est que j'étais tellement surpris, dit Eustache. Je ne me rappelle pas t'avoir entendue me dire que tu danserais avec moi. Je suis sûr que je m'en serais souvenu !

— Chut ! Évidemment je ne l'ai pas dit, mais il fallait bien que je le prétende.

— Mais ce n'était pas un… ? balbutia Eustache stupéfait.

— Tu comprends, dit-elle en souriant, j'avais envie de danser avec toi. »

On avait appris à Eustache que le mensonge était l'un des sept péchés capitaux, et il observait quant à lui une franchise morbide. Ce mensonge flagrant lui fit l'effet d'une gifle. Un halo de ténèbres entoura la fillette. Son esprit, s'envolant aussitôt vers les contes de fées, la mit au nombre des méchants, entre les horribles sœurs de Cendrillon et les sorcières. Puis tout aussi brusquement il prit un cours différent. Pour lui, elle avait commis ce péché, cette violation de sa conscience. Pour lui elle avait volontairement sacrifié sa tranquillité d'esprit. C'était un acte héroïque, comparable en un sens à ceux de Grace Darling. Il ne pourrait jamais en être digne. Le halo noir comme de l'encre se para d'or flamboyant. Ce défi à ses critères moraux fit dévier son esprit de la tâche en cours, et à son intense stupéfaction il s'aperçut qu'il dansait inconsciemment depuis plusieurs minutes, sans penser à ses pas. Cela ne lui était jamais arrivé auparavant, et ce miracle, à l'instar de tous les miracles, ne fut que de courte durée. Dès qu'il se fut souvenu de la terrible responsabilité qui incombait au cavalier de la belle d'Anchorstone – et choisi par elle, de surcroît – ses pieds perdirent leur assurance.

« Qu'y a-t-il ? demanda Nancy. Tu dansais si bien, il y a quelques secondes !

— Ce n'est pas possible que je danse si bien que ça, marmonna-t-il.

— Tu le pourrais si tu ne te donnais pas tant de mal, affirma-t-elle avec une pénétration étonnante pour son âge. Essaie de ne penser qu'à la musique.

— Mais je ne pense qu'à toi ! » dit Eustache.

Il avait pris un ton si désespéré que Nancy éclata de rire. Des petits plis charmants apparurent au coin de ses yeux.

« Oh, Eustache, tu dis de si drôles de choses ! Mais tu danses beaucoup mieux à présent. J'étais sûre que tu en étais capable. »

Fier de récolter l'approbation si éclatante de Nancy, Eustache oublia toute sa nervosité et ses pieds lui semblèrent alors la partie la plus estimable de son individu. Ils l'avaient conduit à la gloire. Jamais, pas même dans les moments les plus extatiques de ses descentes à toboggan, il ne s'était senti si parfaitement en harmonie avec lui-même ou avec le reste du monde : il se voyait en train de sourire avec assurance aux autres couples tandis qu'il pilotait – ou croyait piloter – Nancy parmi eux. Mais il ne les reconnaissait pas ; il ne remarqua même pas Hilda qui passait dans les bras d'un grand adolescent à lunettes. Ce ne fut que lorsque la musique cessa qu'il se rendit compte de son vertige.

« Tourne dans l'autre sens, conseilla Nancy, avec ce rire qui prenait tout à la légère.

— Mais je veux applaudir », s'écria Eustache, craignant que la danse ne cesse faute de ses applaudissements. Elle reprit néanmoins, et la douceur de ces dernières minutes, rendues plus poignantes encore par la conscience de leur fin imminente, laissa à Eustache une impression qu'il n'oublia jamais.

« Maintenant, tu dois me faire la conversation, dit Nancy quand ils furent assis sur les chaises de bois, quelque peu à l'écart des autres, qu'elle avait choisies. De quoi allons-nous parler ? »

Il se sentit complètement désemparé.

« Elles ne nous l'ont pas dit, je crois, répondit-il enfin.

— Oh, Eustache ! Tu attends toujours qu'on te dise ce qu'il faut faire. Je crois bien que tu aimerais aller le demander à Hilda.

— Non, répliqua Eustache. Ça, elle ne le saurait pas. Ça irait, si je te remerciais beaucoup de cette ravissante valse ?

— Oui, mais maintenant tu l'as dit.

— Oh, mais je peux trouver beaucoup d'autres choses. Par exemple, c'est grâce à toi que j'ai si bien dansé. Je ne pensais pas que quelqu'un y arriverait un jour. C'est poli, n'est-ce pas ?

— Très.

— Je le pense, pourtant. Mais ce n'est peut-être pas la même chose que d'être poli ? Je me sentirais beaucoup plus à l'aise si je n'étais pas obligé de l'être.

— Tu es toujours très poli, Eustache.

— Je croyais qu'il fallait te dire que tu es jolie, et j'aimerais te le dire. Mais tu n'aurais pas grand-chose à répondre à ce sujet, je crois.

— Cela dépendrait de toi.

— Oui… heu… nous pourrions parler de la plage. Tu n'y étais pas, hier.

— Non, je crois que je commence à m'en lasser. Hier, j'ai fait de l'équitation.

— Oh ! J'espère que tu n'es pas tombée ?

— Bien sûr que non ! On dit que je monte aussi bien que je danse.

— Tu dois être adroite. Sais-tu chasser ?

— Il n'y a jamais de chasse, dans ce trou. Quel dommage !

— Oui, approuva Eustache avec ferveur, tout en se sentant entraîné en terrain dangereux. Mais j'ai de la peine pour le renard.

— Tu as tort. Le renard s'amuse, lui aussi.

— Bien sûr. Mais ce serait agréable de pouvoir chasser sans renard, comme dans les rallie-papiers.

— Tu as déjà été à un rallie-papier ? demanda Nancy.

— Non mais j'aimerais bien. Que font les chiens au lièvre s'ils l'attrapent ? Ils lui font mal ?

— Oh non, dit-elle en souriant. Quelqu'un le touche, alors il se rend et ils rentrent tous ensemble à la maison… Eustache !

— Oui, Nancy ?

— Ça te plairait d'essayer ?

— Quoi, un rallie-papier ? Et comment !

— Alors viens avec nous demain. Je te l'aurais demandé plus tôt mais je savais que ce n'est pas drôle de faire l'un des chiens. Et puis Gerald a pris froid et ne peut plus y aller.

— Je serai un lièvre, alors ?

— Oui, l'un des deux.

— Qui est l'autre ?

— C'est moi.

— Et c'est demain après-midi ? »

Nancy acquiesça. Eustache, silencieux, fut soudain visité par la vision du lendemain après-midi dans toute son horreur. Le lendemain après-midi, c'était Mlle Fothergill, ses gants, son voile, ses… Son imagination s'efforça de ne pas se la représenter, mais telle une plaque photographique exposée au soleil, l'image s'assombrissait à chaque seconde. Il se tourna vers Nancy, toute d'or, de lis et de rose auprès de lui, et répondit enfin :

« Je suis désolé, Nancy, mais je ne peux pas.

— Tu veux dire qu'Hilda ne te le permettrait pas ? »

Eustache se contracta.

« Ce n'est pas entièrement à cause d'elle. Tu comprends, j'ai dit que j'irai prendre le thé chez Mlle Fothergill. Je n'en ai pas envie, mais je dois y aller parce que j'ai promis.

— Quoi, cette drôle de bonne femme qui se promène en fauteuil d'infirme ?

— Oui, répondit Eustache d'un ton misérable, bien que ses instincts chevaleresques fussent révoltés par cette description méprisante.

— Mais elle est vieille et laide ! En plus tu dois bien savoir qu'elle est sorcière ? »

Le visage d'Eustache se figea. Il n'avait jamais soupçonné cette éventualité.

« Tu en es sûre ?

— Puisque tout le monde le dit, ce doit être vrai. Tu sais, pour ses mains ? Ce ne sont pas du tout de vraies mains mais des griffes d'acier qui se recourbent vers l'intérieur, comme ça, tu vois ! (Non sans complaisance, Nancy crispa ses jolis petits doigts jusqu'à ce que le sang en eût presque reflué.) Et une fois qu'elles se sont emparées de quelque chose, elles ne peuvent plus le lâcher, parce qu'elles sont faites comme ça. Il faut subir une opération pour se libérer. »

Eustache avait pâli, mais Nancy continuait sans s'apercevoir de rien.

« Et en plus elle est folle. Maman est allée la voir et elle ne lui a jamais rendu sa visite. Ça prouve bien qu'elle n'est pas normale ! Et tu as vu cette femme qui l'accompagne. Eh bien, c'est le gouvernement qui l'a placée là-bas, et si elle partait (je me demande comment elle fait pour tenir le coup), on ferait enfermer Mlle Fothergill à l'asile, et ça serait une bonne chose. Elle est dangereuse… Oh, Eustache, si tu te voyais ! Tu n'imagines pas comme tu as l'air inquiet ! Je sais que je n'irais pas, à ta place ! »

Après la valse et quatre minutes de conversation polie, Eustache commençait à avoir tout à fait mal au cœur.

« Ils m'obligeront à y aller parce que j'ai promis », dit-il, essayant de dominer sa nausée en fixant résolument la piste devant lui.

Son ton était pathétique, mais Nancy préféra y voir de la suffisance.

« Si tu préfères sa compagnie à la mienne, dit-elle d'une voix acerbe, tu ferais mieux d'y aller. Elle est très riche… C'est sans doute pour ça que tu cherches à faire sa connaissance.

— Ça m'est égal qu'elle soit riche, gémit Eustache. Si elle était aussi riche que… que le pape, ça ne ferait aucune différence.

— N'y va pas, alors.

— Mais comment faire ?

— Je te l'ai dit. Viens avec moi au rallie-papier. »

Mlle Wauchope s'était levée et se dirigeait vers le centre de la salle. Il y eut un raclement général de chaises suivi d'un frottement de pieds. Les voix changèrent de timbre, s'amenuisèrent puis s'évanouirent. Nancy se leva. Les pensées d'Eustache se mirent à tournoyer dans sa tête.

« Ne t'en va pas, chuchota-t-il.

— Alors ?

— Qu'est-ce que je vais faire ?

— Retrouve-moi au château d'eau à deux heures et demie, dit brièvement Nancy. Nous irons en voiture.

— Oh, Nancy, j'essaierai.

— C'est promis ?

— Oui.

— Jure "croix de bois, croix de fer".

— Non, je ne peux pas.

— Très bien, je t'attendrai. Si tu ne viens pas, tout sera gâché et je ne te parlerai plus jamais ! »

Tout étourdi par le tumulte qui se livrait en lui, Eustache entendit la voix de Mlle Wauchope :

« Dépêchez-vous, tous les deux. Vous avez assez bavardé. »

VII

Le rallie-papier

Eustache n'était confronté à rien d'autrement plus terrible que l'obligation de choisir entre un rallye et une invitation à goûter, mais il n'en alla pas moins se coucher empli du sentiment que le lendemain marquerait plus qu'une crise : une sorte de mort. Dans son imagination enfiévrée et exacerbée par l'appréhension, chacune des alternatives paraissait également impossible. Pour la première fois de sa vie, il était incapable de se voir exister le lendemain. Il y aurait bien un Eustache, supposait-il, mais ce serait quelqu'un d'autre, quelqu'un à qui arrivaient des choses dont lui, l'Eustache de cette nuit, ignorait tout. Déjà il se sentait détaché du présent. Pendant quelque temps il s'étonna de les entendre tous lui parler de banalités avec leur voix ordinaire ; une fois, même, lorsque Minney fit allusion à la paire de sandales de plage qu'on devait lui acheter la semaine suivante, il ressentit un choc d'irréalité, comme si elle lui avait suggéré de prendre un train parti depuis longtemps. Cette sensation lui causa une douleur indicible, mais elle passa, le laissant dans un état d'engourdissement, incapable d'éprouver ni plaisir ni peine.

« Tu es bien silencieux, Eustache, dit son père qui venait de rentrer et prenait un thé tardif. Qu'a donc ce gamin ? »

Eustache sourit machinalement. À force de le ronger, son dilemme avait si bien pénétré en lui qu'il semblait s'être mis hors d'atteinte de sa conscience, et que l'idée d'en parler ne l'effleurait même plus. Une personne atteinte du cancer aurait tout autant pu espérer en guérir en en discutant avec ses amis.

Cette paralysie des émotions eut un seul effet bénéfique : elle fit passer à Eustache une excellente nuit de sommeil. Mais le lendemain, le mercredi tant redouté, elle le libéra de son emprise glacée et tous les nerfs, tous les tentacules de son esprit s'éveillèrent, lui causant l'inquiétude la plus raffinée. Les leçons le soulagèrent un peu ; s'il ne pouvait y appliquer son esprit tout entier, elles requéraient de lui une concentration machinale. À midi, il était libre. Il descendit à la plage sans parler à Hilda ; il avait l'impression qu'elle était la sœur d'un autre. Pendant ce temps, un dialogue commença à se livrer en lui. Il y avait un accusateur et un défenseur, et le centre de leur débat était le cas d'Eustache. Il écouta. Le défenseur prit la parole en premier. À vrai dire, c'était lui qui parlait le plus souvent.

« Eustache a toujours été un très gentil garçon. Il ne vole pas, ne dit pas de mensonges, il est presque toujours obéissant. Il est serviable et dévoué. Par exemple, il a emmené Mlle Fothergill faire un tour alors qu'il n'en avait pas envie, et elle l'a invité à prendre le thé, alors bien entendu il a dit qu'il irait, quoique cela lui ait fait un peu peur.

« Ce doit être un sacré trouillard, répliqua l'accusateur, si une malheureuse vieille dame lui fait peur.

« Oh non, pas tant que ça ! C'est qu'elle était à moitié lion, à moitié sorcière, et folle aussi, alors c'était vraiment très courageux de sa part de dire qu'il irait. Mais ça l'empêchait de dormir la nuit et il ne se plaignait pas, il le supportait héroïquement…

« Et sa sœur ? Ne lui a-t-il pas demandé de monter se coucher plus tôt parce qu'il avait peur ? Voilà qui n'était guère courageux !

« Oh, mais elle se soucie toujours de son bien, alors naturellement elle ne voulait pas qu'il ait peur. Alors il est allé au cours de danse, et il a dansé avec une petite fille qui s'appelle Nancy Steptoe parce qu'elle l'a invité, bien qu'elle soit très jolie et que tous les garçons aient eu envie de danser avec elle. Et il a très bien dansé, et puis ils ont bavardé, et elle lui a dit que Mlle Fothergill était une sorcière pour essayer de l'effrayer. Et à la fin elle l'a invité à l'accompagner à un rallie-papier, au lieu d'aller prendre le thé chez Mlle Fothergill. Mais il a dit : "Non, j'ai promis d'y aller." Il fallait beaucoup de bravoure pour résister à une tentation pareille. Et Nancy a dit : "Alors je ne te parlerai plus jamais", et il a répondu "ÒÇa m'est égal." »

À ce point des débats l'accusateur intervint violemment, mais Eustache s'efforça de ne pas l'entendre. Il eut conscience d'une sorte de rixe mentale, au cours de laquelle l'accusation parut battre en retraite car l'apologiste reprit son plaidoyer sans autre interruption.

« Bien évidemment, Eustache n'aurait jamais pu rompre sa promesse ; c'est mal et d'ailleurs cela n'aurait pas plu à Hilda. Naturellement il regrettait de décevoir Nancy, d'autant plus qu'elle avait dit qu'elle comptait sur lui et que sans lui le rallie-papier ne pourrait avoir lieu. Mais s'il y était allé, il aurait dû tromper Hilda, Minney et tous les autres, et ç'aurait été très méchant. Eustache a peut-être commis des erreurs mais il n'a jamais rien fait de mal volontairement. Et maintenant il n'a pas peur d'aller voir Mlle Fothergill : en allant chez elle avec Minney, il est heureux de ne pas être un lièvre avec Nancy. D'ailleurs sa constitution est délicate et cela aurait fatigué son cœur.

« Quand il est arrivé chez Mlle Fothergill il lui a parlé de Nancy et elle a dit : "Je suis si contente que tu aies préféré venir ici ! J'aime les petits garçons qui tiennent parole, ne racontent pas de mensonges et ne trompent pas ceux qui les aiment. Si tu t'approches encore un petit peu, Eustache, je te ferai voir ma main – personne encore ne l'a vue oui, je vais te la montrer parce que je t'aime beaucoup. N'aie pas peur…" » Sa rêverie s'interrompant brusquement, Eustache regarda autour de lui. Ils étaient devant le bassin. C'était une merveilleuse journée, en dépit de l'amoncellement de nuages suspendu au-dessus de la côte du Lincolnshire.

« Un sou pour tes pensées, dit Hilda.

— Elles sont trop chères pour l'instant. Je te les dirai peut-être cet après-midi.

— Quand ?

— En revenant de chez Mlle Fothergill. »

Ils sc mirent à creuser, et le bassin se remplit lentement d'eau.

« Hilda, reprit Eustache, immobilisant dans les airs la pelletée de sable qu'il venait de ramasser, tu continuerais à m'aimer si j'avais fait quelque chose de mal ?

— Ça dépend quoi.

— Si je rompais une promesse ?

— Peut-être que oui, si ça n'arrivait qu'une seule fois. »

Eustache soupira.

« Et si j'avais été désobéissant ?

— Oh, tu l'es souvent !

— Et si je t'avais trompée ?

— Rien à craindre. Tu ne pourrais pas, dit Hilda.

— Mais si j'avais menti ?

— Peut-être, une fois qu'on t'aurait puni. Évidemment ça ne serait plus tout à fait pareil, après.

— Suppose que je m'enfuie de la maison, continua Eustache en jetant un coup d'œil circulaire sur le ciel bleu, et que je revienne en haillons et mort de faim, comme le fils prodigue ?

— Je serais très fâchée, bien entendu, et je me sentirais coupable de ne pas t'avoir assez surveillé. Mais je te pardonnerais, car la Bible dit qu'il le faut.

— Mais suppose, insista-t-il en aspirant l'air à grands traits, suppose que j'aie fait tout ça d'un coup. Est-ce que tu me haïrais ?

— Oh oui ! répondit-elle sans hésiter. Je te livrerais à la police. »

Eustache demeura silencieux. Certains points particulièrement vulnérables du rempart réclamaient son attention. Quand il les eut réparés avec plus de soin que de coutume, il demanda :

« Je suppose que tu ne pourrais pas venir avec moi chez Mlle Fothergill, cet après-midi ?

— Bonté divine, non ! répondit Hilda d'un air surpris. Je croyais tout cela réglé. Minney va t'y accompagner, et moi je m'occuperai du bébé jusqu'à son retour. Elle ne sera pas longue, car Mlle Fothergill ne l'a pas invitée. »

Pour la première fois dans l'histoire de leurs relations, Eustache eut l'impression qu'Hilda le traitait mal. Furieux, il l'avait souvent été. Mais ce n'était que de la rébellion, de l'irritation, et il n'avait jamais remis en cause sa domination. Sans elle, il était plus démuni encore que le lierre sans son mur. Elle était la clef de voûte qui soutenait son existence. Et la soumission qu'il éprouvait vis-à-vis d'elle s'étendait à presque tous ceux qu'il connaissait ; même

Nancy et la ténébreuse Mlle Fothergill en avaient une part. Devant ce refus péremptoire et insensible de l'accompagner dans l'antre du lion où, après tout, elle l'avait elle-même conduit, il se sentit soudain blessé. L'idée ne lui vint pas qu'il se montrait injuste. Quand elle avait refusé la première fois, il n'avait rien fait pour la convaincre de venir ; et si elle n'avait pas pris ses terreurs nocturnes très au sérieux, elle était sans doute excusable. Certes, il s'était plaint bruyamment et à plusieurs reprises auprès du cercle familial depuis que l'invitation avait été formulée, mais c'était dans son habitude quand on l'obligeait à faire ce qui lui déplaisait. Il avait si souvent crié au loup qu'à l'instant où le monstre était vraiment à sa porte, personne, et la prosaïque Hilda moins que tout autre, ne voulait plus le croire. En outre, il était d'un naturel assez fier et réservé et trouvait désagréable tout appel inconditionnel à la pitié, sauf lorsque ses nerfs seuls étaient affectés, comme les nuits où le sommeil le fuyait ; mais lorsqu'il s'agissait d'une action exigeant de la force de caractère, il essayait de donner le change. Il faisait tout une histoire à la perspective d'aller chez le dentiste, mais ne pleurait pas quand celui-ci lui faisait mal.

Pour la première fois, donc, il eut l'impression qu'Hilda le traitait mal. Elle était un tyran. Il devait lui résister. Nancy avait raison de lui reprocher sa dépendance.

Ses pensées allaient bon train. Il était entouré de tyrans qui s'arrogeaient le droit de le régenter : c'était une conspiration. Son âme ne lui appartenait plus. Dans tous ses actes, il cherchait à se concilier quelqu'un. Cela devait cesser. Son sort, comprit-il avec une clarté soudaine, n'était pas le lot commun à tous les enfants. Comme lui ils obéissaient, sans doute, et étaient punis pour leur désobéissance ; mais l'obéissance ne s'était pas infiltrée dans leurs veines, n'était pas devenue un état d'esprit ; elle restait distincte, comme les vêtements qu'on met et qu'on enlève. Dans la mesure de leurs moyens ils faisaient ce dont ils avaient envie. Ils n'étaient pas hantés, comme lui, par l'appréhension de ne pas donner satisfaction aux autres.

C'est par un cheminement identique, sinon par les mêmes étapes, qu'Eustache en arriva à la conclusion qu'il devait mettre fin à sa servitude et proclamer l'indépendance de sa personnalité.

« Eustache n'avait encore jamais été désobéissant, reprit le monologue flatteur, sauf une ou deux fois, et il ne faisait que ce que Gerald et Nancy Steptoe avaient toujours fait. Bien sûr ils seraient fâchés, à la maison, très fâchés ; ils diraient qu'il avait raconté des histoires, mais ça ne serait pas vrai, parce qu'il s'était glissé hors de la maison sans rien dire à personne (l'avocat d'Eustache combinait les temps sans scrupule, choisissant celui qui semblait le plus rassurant). Et il était faux qu'accomplir un mensonge était pire que d'en dire un. Eustache aurait voulu tout raconter à Minney, mais il savait qu'elle l'arrêterait s'il le faisait. Il avait un peu peur qu'ils le voient, en courant devant les façades de la rue, mais dès qu'il fut hors de vue dans Lexton Road, il se sentit tellement heureux à l'idée que Mlle Fothergill resterait là-bas toute seule, sans personne à effrayer ! Et Nancy apparut sous le château d'eau et lui dit : "Eustache, tu es vraiment chic, nous n'aurions jamais cru que tu aurais tant de cran ! Nous t'en sommes immensément reconnaissants et ça va être une journée merveilleuse." Alors ils rejoignirent en voiture le point de départ des lièvres, tandis que les chiens partaient vers leur point de ralliement, et lui et Nancy avaient chacun un sac rempli de papiers, et ils couraient, couraient, couraient… Nancy était un peu fatiguée et Eustache l'aida, il la porta même pendant une partie du chemin. Puis, quand les chiens furent tout proches, Eustache les lança sur une fausse piste et revint bien vite rejoindre Nancy, et après avoir couru encore pendant une ou deux heures, ils furent de retour à la maison. Les chiens ne rentrèrent que beaucoup plus tard, et dirent que ce n'était pas juste d'avoir à pourchasser les deux meilleurs lièvres d'Anchorstone. Et le major Steptoe dit: "Oui, c'est vrai." Et quand Eustache retourna à Cambo, ils furent tous très heureux de le voir, même Hilda, et dirent qu'ils n'auraient jamais cru qu'il en était capable et qu'à l'avenir il pourrait faire tout ce qu'il voulait, pourvu que ce ne soit pas méchant.»

À ce moment, le disque qui depuis quelque temps s'était mis à chevroter et à s'érailler finit sur un cri de dépit. Nerveusement Eustache en essaya un autre. «Et quand Eustache rentra chez lui ils étaient tous très en colère, surtout Hilda. Et ils lui ordonnèrent d'aller immédiatement au lit, et Hilda dit que pour le punir, on ne devrait plus jamais lui permettre d'aller jouer sur la plage. Et Eustache répondit qu'il s'en moquait. Et comme Minney ne voulait pas monter l'écouter réciter ses prières, il se les dit à lui-même. Mais Dieu dit: "Je ne veux pas t'écouter, Eustache. Tu as été très méchant. Je suis très fâché contre toi. Je crois que je vais te foudroyer sur place!"»

En se tournant, Hilda vit Eustache appuyé sur sa pelle.

«Comme tu es pâle! Tu as mal au cœur?»

Au son de sa voix il se sentit un peu réconforté.

«Tu es resté trop longtemps au soleil.

— Non, c'est juste que je réfléchissais.

— Tu ne devrais pas, dit-elle en lançant son rire éclatant. Ça ne te réussit pas.»

Il essaya de sourire.

« Minney a entendu le docteur dire que je n'avais pas le cœur très solide.

— Elle n'aurait pas dû t'en parler. Mais tout ira bien si tu ne te surmènes pas. »

Eustache se replongea dans ses pensées.

« Alors le docteur dit :

— Mademoiselle Cherrington, je n'aurais jamais imaginé que le cœur de ce garçon se rétablirait ainsi depuis qu'il a pris l'habitude de faire ces rallyes. C'est un petit gaillard tout à fait robuste, à présent.

— Oui c'est merveilleux, docteur Speedwell ! Nous craignions qu'il ne se le blesse... ne se le blesse... ne se le blesse... (Le monologue perdit peu à peu ses accents optimistes.)

— Je crains, mademoiselle Cherrington, qu'Eustache n'ait effectivement blessé son cœur. Il est brisé en deux endroits. Je suis navré d'avoir à vous l'apprendre, à vous qui êtes sa tante, mais il risque de tomber raide mort à tout moment. »

Avec difficulté il coupa le flot de ses pensées, car il se sentait à nouveau pris de faiblesse. Mais Hilda, occupée par un pan menacé du mur, ne remarqua pas la pâleur revenue sur son visage. Un moment plus tard il commença à se sentir mieux ; sa conscience déclinante se raffermit. En levant les yeux, il aperçut le sommet arrondi du château d'eau qui s'élançait au-dessus des toits d'Anchorstone. Bannissant la rêverie de son esprit, il rassembla toute sa volonté.

« Tant pis pour ce qui arrive, pensa-t-il. J'irai, et ils ne m'arrêteront pas. »

Il était quatre heures passées quand Hilda revint à Cambo. Mlle Cherrington l'attendait sur le seuil.

« Eh bien ? demanda-t-elle avec anxiété.

— Oh, tante Sarah ! J'ai longé toute la plage jusqu'au vieil Anchorstone, et j'ai fait ce que tu as dit, je me suis approchée le plus possible du bord de la falaise et j'ai regardé partout au cas où… où Eustache serait tombé, mais il n'y avait rien. Et j'ai demandé à tous ceux que je rencontrais s'ils n'avaient pas vu un petit garçon en pull-over bleu – Eustache était habillé ainsi, au déjeuner. Mais personne ne l'avait vu. Pourtant certains le connaissent bien !

— Entre, dit Mlle Cherrington. Il ne sert à rien de rester ici. J'ai envoyé Minney chez Mlle Fothergill au cas où Eustache y serait allé, en fin de compte. Elle ne devrait plus tarder.

— Elle ne le trouvera pas là-bas, tante Sarah, assura Hilda en se laissant tomber dans un fauteuil recouvert de peluche, luxe qu'elle se permettait rarement. Il ne voulait pas y aller.

— Je sais, mais tu le connais : il dit souvent qu'il ne fera pas quelque chose, puis finit par le faire. »

Elles se turent, tendues par l'incertitude.

« Ah, voilà Minney », s'exclama Mlle Cherrington en se levant.

Minney entra précipitamment, la gaieté habituelle de ses mouvements démentie par l'angoisse qui se lisait sur son visage.

« Je vois que vous ne l'avez pas trouvé non plus. Mais qu'elle a donc été gentille, cette Mlle Fothergill ! Elle avait préparé un goûter extraordinaire, et l'eau frémissait dans une bouilloire d'argent – vous n'avez jamais vu de votre vie toute l'argenterie qu'il y avait dans cette pièce ! Et je ne sais combien de servantes ! J'en ai vu trois différentes pendant que j'y étais. »

Hilda resta insensible à cette information, cependant Mlle Cherrington redressa la tête.

«Je n'aurais pas dû m'y attarder si longtemps, mais elle m'a forcée à accepter une tasse de thé – un thé de Chine, qui ressemble à du foin et n'apporte aucun réconfort – et pendant tout ce temps elle n'a pas cessé de me poser des questions, où nous pensions qu'il pouvait être, et ainsi de suite. Elle semblait aussi inquiète que nous. Elle m'a demandé si je ne croyais pas qu'il avait été intimidé à l'idée de venir seul, car il lui avait donné l'impression d'être assez nerveux. Et bien sûr en la regardant, avec ces gants noirs et cette bouche qui remonte au coin, j'ai bien vu ce qu'elle voulait dire. Eustache se préoccupe beaucoup des apparences, je lui ai souvent dit que nous sommes tous pareils, en dessous.

— Il ne lui aurait jamais parlé si je ne l'y avais pas forcé, observa Hilda. Il s'est montré très obstiné.

— Je suppose qu'elle n'avait rien d'autre à suggérer? demanda Mlle Cherrington.

— Non. Je lui ai dit que nous craignions qu'il se soit fait renverser par un de ces engins à moteur. J'en ai encore vu un hier, ce qui fait quatre en l'espace de quinze jours. J'ai dit qu'il avait toujours la tête dans les nuages. Elle a eu l'air très troublée, comme si elle avait vraiment de l'affection pour lui.

— Elle ne l'a vu qu'une seule fois, objecta Hilda.

— C'est un enfant auquel on s'attache vite, répondit Minney en tirant son mouchoir (l'excitation du récit passée, toute son anxiété reprenait le dessus). Ah oui! Elle a également dit qu'il fallait la prévenir si elle pouvait faire quoi que ce soit, comme avertir la police ou le crieur des rues.»

À ces mots sinistres suggérant que la disparition d'Eustache avait franchi le cercle de famille pour devenir un objet de préoccupation publique, le silence tomba sur les trois femmes.

« Mieux vaut attendre le retour de son père avant de faire quoi que ce soit de ce genre, dit enfin Mlle Cherrington en consultant la pendule de marbre noir. Il sera là dans une demi-heure. »

Elle alla à la fenêtre et écarta l'un des rideaux de dentelle.

« Mais je n'aime pas ces nuages… Je vais aller m'occuper du bébé, Minney. Asseyez-vous et reposez-vous un peu. Il fera encore jour pendant quelques heures, Dieu merci ! »

La porte se ferma derrière elle.

« Minney, demanda Hilda, si Eustache a fait exprès de s'attarder au-dehors, quelle punition faudra-t-il lui donner ?

— Ne parlez pas de punitions, dit Minney en reniflant. S'il rentrait maintenant, je tomberais à genoux de reconnaissance. »

Pendant ce temps, Nancy et Eustache descendaient en trottinant un petit chemin verdoyant, à six bons kilomètres de Cambo. Sur son épaule, Nancy portait un sac en drap bleu orné d'un motif d'hirondelle en papier. Eustache en avait un plus masculin et légèrement plus grand, en toile, dont l'emblème était un cheval de course. Les deux sacs étaient aux trois quarts pleins de papiers. Eustache s'apprêtait à en semer une poignée quand Nancy lui dit :

« Attends un peu. Il ne faut pas leur rendre la tâche trop facile.

— Je pensais qu'ils ne remarqueraient peut-être pas ceux que tu as laissés derrière cet arbre, dit-il en retirant sa main du sac.

— C'est leur affaire ! N'oublie pas qu'ils sont dix. »

Eustache eut l'air soucieux. Au bout d'une ou deux minutes, il demanda :

« J'en jette un peu, maintenant ?

— Oui, mais pas de façon trop visible. »

Faisant un petit détour jusqu'à un buisson de genêts, il répandit une généreuse contribution à la piste. Nancy, qui l'observait, dit lorsqu'il l'eut rejoint :

« Fais attention. Il faut qu'ils durent jusqu'à ce que nous arrivions à l'église du vieil Anchorstone.

— C'est encore loin ?

— À trois kilomètres, si on ne se trompe pas de chemin.

— Mais tu as dit que tu le connaissais.

— Je ne sais plus très bien par où il faut passer une fois qu'on est entré dans le parc.

— On ne ferait pas mieux de rejoindre la route, comme tu l'avais dit au début ?

— Elle est si monotone ! C'est un raccourci à travers le parc, ils ne penseront jamais que nous l'avons pris car il est fermé au public, sauf le jeudi. »

Eustache se souvint qu'on était mercredi alors qu'ils quittaient les collines des Downs.

« Nous allons entrer dans une propriété privée ?

— Je pense que oui.

— On ne risque pas d'être poursuivis ?

— Allons, Eustache, tu as promis que tu allais changer à partir de maintenant.

— Bien sûr. Tu as bien fait de me le rappeler. J'ai été courageux de venir, tu ne trouves pas ? Je leur ai filé sous le nez.

— Tu nous l'as déjà dit.

— Excuse-moi. Tu crois qu'ils se sont déjà aperçus de mon absence ?

— Ça ne m'étonnerait pas.

— Tu crois qu'ils vont s'inquiéter ?

— Ça n'a aucune importance. »

C'était une idée neuve, pour Eustache. Il avait toujours cru que donner de l'inquiétude aux gens, outre le fait de provoquer leur colère, était la pire chose qui pût arriver. Avec circonspection, il introduisit cette nouvelle notion dans sa conscience et l'y sentit prendre racine.

« Peut-être qu'ils me cherchent partout, remarqua-t-il d'un ton insouciant qui semblait étrange, dans sa bouche.

— Et comment, qu'ils te cherchent ! répondit-elle en se baissant pour ramasser un long brin d'herbe qu'elle se mit à sucer.

— C'est drôle, dit-il courageusement. Si nous nous perdions, ils ne nous retrouveraient peut-être jamais. Nous serions comme le Petit Poucet.

— Ça t'ennuierait ?

— Pas tant que tu serais avec moi.

— Je pourrais m'enfuir et t'abandonner. »

Une ombre passa sur le visage d'Eustache.

« Oui, c'est moi qui me fatiguerais le premier. C'est que j'ai couru jusqu'au château d'eau, pour commencer.

— Tu nous l'as dit.

— Oh, excuse-moi. Tu trouves que je me vante ?

— Pas trop, pour un garçon. »

Pour une raison indéfinissable, cette réponse lui fit plaisir. Il accéléra le pas pour rattraper Nancy qui avait pris un peu d'avance. À cet endroit, le sentier s'élargissait et débouchait sur une clairière. Nancy et Eustache continuèrent à suivre le chemin de charroi. Sur leur gauche se dressait une ceinture d'arbres, dont l'ombre les baignait tandis qu'ils couraient, et se confondait parfois avec la leur. Sur leur droite, après une dépression, le terrain s'élevait de nouveau, formant une étendue de broussailles décolorées et de minuscules sapins. Le contraste entre la plantation naissante, grise, touffue, un peu mystérieuse, et la végétation d'un vert intense déjà embrasé d'or par le couchant ravissait Eustache. Il avait oublié Cambo et Mlle Fothergill ; le plaisir de l'instant l'absorbait tout entier. Il observa les entrelacs dessinés par l'ombre des arbres, les formes ventrues comme des nuages qui se pressaient sur son chemin telle une armée en marche. Il se surprit à penser que si l'une de ces ombres recouvrait la sienne, ce serait de mauvais augure. À deux reprises, comme un dôme menaçant d'obscurité s'allongeait sur la verdure, il courut vers une portion ensoleillée pour éviter d'être englouti. Nancy, qui observait ses manœuvres, éclata de rire. Mais lorsqu'il tenta pour la troisième fois de déjouer le Sort, il échoua. Non contente de le submerger, l'ombre fondit sur la clairière, anéantissant la lumière et la couleur sur son passage. L'air lui-même sembla plus sombre.

Les enfants s'arrêtèrent et scrutèrent le ciel. Le recouvrant à moitié, s'étirait un énorme nuage, arrondi et blanc sur ses flancs, violacé au milieu. Ses bords étaient sereins mais en son centre quelque chose semblait frémir ; des rubans gris fumée en filaient de tous côtés, lui prêtant une profondeur et une proximité terrifiantes. Eustache fixa Nancy en silence.

« Allons, dit-elle, ça ne veut rien dire. Nous approchons de l'entrée du parc. Il ne faut plus perdre de temps ou ils nous rattraperont.

— Mais… commença-t-il.

— Écoute, ne discute pas ! Nous n'avons eu que vingt minutes d'avance. Mettons-les un peu sur la piste, ainsi ils ne pourront pas dire que nous avons triché. »

L'entrée du parc n'était qu'une simple trouée dans la haie qui limitait la lisière. Ils s'y faufilèrent et pénétrèrent dans le sous-bois, qui à cet endroit était presque aussi dense que la haie. Se frayant un chemin, ils atteignirent une échappée.

« À présent nous sommes en sûreté », dit Nancy.

Un instant plus tard, comme pour la démentir, résonna un roulement de tonnerre lointain mais puissant. Le cœur d'Eustache se mit à battre à un rythme désagréable.

« On ne serait pas plus en sécurité sur la route que sous tous ces arbres ?

— On ne peut plus revenir en arrière, maintenant. On tomberait droit sur eux. Écoute ! Est-ce que tu les entends ? »

Ils eurent beau tendre l'oreille, ils n'entendirent rien hormis le tonnerre, encore éloigné, qui grondait presque sans discontinuer.

« À mon avis, ça ne servirait à rien que je laisse une piste, puisqu'ils nous ont perdus, dit lugubrement Eustache.

— On dirait que tu as envie qu'ils nous rattrapent, répliqua-t-elle avec aigreur, devinant ce qu'il avait en tête. Bien sûr, il ne doit plus nous rester de papiers à notre arrivée : ils nous traiteraient de tricheurs. Regarde, voilà ce que je vais faire. »

Elle entreprit de secouer son sac pour le vider, sous le regard stupéfait d'Eustache.

« Maintenant, annonça-t-elle avec son sourire gai et moqueur, nous avons tout utilisé, comme tu vois. »

Il porta son regard sur le petit tas de papiers.

« Mais comment feront-ils pour nous retrouver ?

— Ils n'y arriveront pas, grosse bête. »

Une goutte de pluie tomba sur la nuque d'Eustache. À contrecœur il vida son sac au-dessus du tas de Nancy. Renversé, le cheval de course agita frénétiquement ses membres. La pluie crépita sur le monceau de petits papiers blancs épars, les mouchetant de taches d'un gris verdâtre. C'était un spectacle pitoyable.

« Il y en a presque assez pour nous recouvrir », dit Eustache d'un ton pathétique. Il se baissa alors et ramassa une poignée de papiers détrempés, qu'il remit dans son sac.

« Pour quoi faire ? demanda Nancy.

— Juste au cas où nous voudrions vraiment qu'ils nous trouvent.

— Eustache, tu es un chou. Quand nous prendrons le thé je te mangerai.

— Un chou comment ?

— À la crème. Maintenant, courage ! Il ne reste plus qu'un kilomètre jusqu'à l'église où maman et papa nous attendent. C'est sûrement par là », ajouta-t-elle avec assurance, et Eustache se sentit ragaillardi.

Il n'y avait pas de sentier. Ils coupèrent en diagonale à travers la clairière, dont on apercevait à peine le bout sous la pluie battante. Eustache fut bientôt trempé jusqu'aux os : à l'endroit où ses petits doigts de pied déformaient ses sandales de plage, l'eau sourdait en formant des bulles. Il se sentit tout réjoui. Rien de tel ne lui était jamais arrivé auparavant.

Pleins d'espoir, ils parvinrent à l'autre bout de la clairière. Hélas, ils n'y trouvèrent aucun passage. Le sous-bois était lourdement fortifié de ronces.

« Ça doit être par là », dit Nancy en plongeant en avant. Une épine laissa une trace écarlate sur son bras.

« Oh, Nancy !

— Ce n'est rien. Viens ! »

Ils avancèrent péniblement à travers la végétation hostile et ruisselante, tandis qu'au-dessus d'eux les éclairs et le tonnerre déchiraient le ciel.

« Ça ne sert à rien, soupira-t-elle. Il faut rebrousser chemin et trouver un autre passage. »

Mais c'était plus facile à dire qu'à faire ; ils avaient perdu leurs points de repère et il leur fallut deux fois plus de temps pour sortir du sous-bois que pour y entrer. Au moment où ils débouchaient à découvert, la foudre illumina toute la clairière.

« J'ai vu un passage par là, s'écria Nancy en tendant le doigt. J'en suis sûre ! »

Mais ses mots se perdirent dans un coup de tonnerre assourdissant : on eût dit que la foudre s'était abattue sur une réserve de poudre. Subrepticement, espérant malgré son inquiétude extrême que Nancy ne s'en apercevrait pas, Eustache tira une poignée de papiers presque liquéfiés. Quelqu'un les verrait peut-être. Il remarqua que le cheval de course avait disparu, sans doute arraché par les ronces. Ce menu détail accrut son sentiment d'échec. Devant lui, dans la pénombre, il distinguait le corsage blanc de Nancy. Il voulut l'appeler, mais aucun son ne sortit de ses lèvres. « Évidemment, je ne peux pas courir et crier en même temps », pensa-t-il, car son esprit n'avait pas capté le message que ses forces défaillantes ne cessaient de lui chuchoter. Il s'immobilisa, et son cœur épuisé s'apaisa un peu.

« Nancy ! Je n'en peux plus ! »

Il ne sut pas si elle l'avait entendu et ne vit pas si elle revenait, car la pénombre s'épaissit soudain. Mais cette fois l'obscurité n'était pas autour de lui. Elle montait, à toute vitesse, du plus profond de lui.

« Il est neuf heures, dit Mlle Cherrington. Hilda, tu ferais mieux d'aller te coucher. Il ne sert à rien que tu veilles ainsi. »

La fillette ne bougea pas. Son visage, du moins ce qui en était visible, était couvert de larmes, bouffi par toutes celles qu'elle gardait rentrées. Ses longues mains fines pressaient ses joues, repoussant sa peau au-dessus des pommettes. Les coudes appuyés sur ses genoux, elle ressemblait à une étude de la Muse tragique.

« Papa a dit que je pouvais rester jusqu'à l'arrivée de la police, dit-elle presque impertinemment. Si j'allais au lit, je ne dormirais pas. Je crois que je ne pourrai plus jamais dormir. »

Un silence suivit cette déclaration.

« Très bien, répondit enfin son père en essayant de mettre de la conviction dans sa voix. Mais ne le prends pas tellement à cœur. Il finira par revenir sain et sauf.

— Il ne reviendra pas ! cria-t-elle en levant la tête. Tout est ma faute. J'aurais pu le sauver. Je n'aurais pas dû le quitter des yeux un instant. Je suis la dernière à l'avoir vu. Il se lavait les mains dans la salle de bains. Il ne le fait jamais sans qu'on le lui demande. J'aurais dû comprendre qu'il préparait quelque chose. »

Ses larmes se remirent à couler.

« Elle ne le laisse pas une seconde en paix, mademoiselle Cherrington ! éclata Minney, incapable de contenir sa rancœur de voir Hilda s'attribuer à la fois toute la responsabilité et la douleur. Je n'en sais rien, remarquez, mais ça ne m'étonnerait pas qu'il se soit sauvé en partie à cause de ça – pour être seul, pour une fois, là où elle ne pourra plus lui donner d'ordres ! »

Hilda ne dit rien mais adressa à Minney un regard haineux qui était presque effrayant dans un si jeune visage. Mlle Cherrington prit la défense de sa nièce.

«Vous ne devriez pas dire ça, Minney, c'est trop cruel. Eustache ne saura jamais tout ce qu'il doit à Hilda... du moins, ajouta-t-elle, désagréablement frappée par ce que sa remarque sous-entendait, pas avant d'être plus âgé.

— Cessez donc de vous quereller! s'écria M. Cherrington. À quoi bon discuter! Vous n'avez pas arrêté de toute la soirée.»

Honteux sans doute de son éclat, il alla regarder par la fenêtre.

«Il ne pleut plus, c'est au moins une bonne chose. Attendez, je vois quelqu'un descendre de bicyclette. C'est l'agent de police. J'y vais.»

Elles attendirent son retour en silence. Il revint, le visage grave, et dit d'une voix tremblante :

«Jusqu'à maintenant, rien de nouveau. L'agent a dit qu'il y a tant de petits garçons en pull-over bleu, à Anchorstone... Mais ils poursuivent les recherches. Maintenant il faut aller au lit, Hilda.»

Elle se dévêtit lentement. La vue du lit vide d'Eustache l'émut aussi douloureusement que s'il se fût agi de son cercueil. Elle vit qu'il n'avait pas plié convenablement sa chemise de nuit, qui formait une grosse bosse dans l'enveloppe brodée à son nom. Elle l'en sortit avec délicatesse et la replia proprement; elle tamponna soigneusement avec un mouchoir les larmes qui y étaient tombées. Puis se ravisant, elle ressortit la chemise de nuit de son enveloppe et la mit dans son lit. «Pour qu'il la trouve bien tiède», pensa-t-elle. Elle se coucha, mais son esprit ne cessait de la torturer en retournant inlassablement les événements de la journée. Elle se reprocha une vingtaine de manquements à sa surveillance. Elle aurait dû se montrer plus stricte, l'élever de telle sorte qu'il lui fût tout simplement impossible de s'enfuir ainsi... À moins, comme l'avait suggéré Minney, qu'un gitan...

Non, c'était absurde. Le hasard n'a aucun pouvoir quand on s'acquitte convenablement de ses responsabilités. Elle avait peut-être été négligente, après lui avoir fait promettre d'aller chez Mlle Fothergill…

Un bruit troubla ses réflexions. Cela ne ressemblait à rien de ce qu'elle avait pu entendre à Cambo à cette heure de la nuit, mais il ne pouvait s'agir de rien d'autre : un attelage s'était arrêté devant la maison. Il y eut des voix, d'abord assourdies puis sonores, puis à nouveau étouffées. Quels que fussent les visiteurs, ils avaient traversé le couloir et étaient entrés dans le salon.

Il n'y avait pas de lumière sur le palier. Hilda se pencha par-dessus la rampe. Ils avaient oublié de fermer la porte du salon, aussi les entendit-elle très distinctement. Elle reconnut les intonations retentissantes du major Steptoe.

« Il est tout à fait sec, à présent. Pauvre gosse ! Ils lui ont prêté des vêtements, au Hall ! Un peu grands pour lui, hein ! Oui, il a le teint un peu verdâtre mais il n'a pas eu de nouvelle crise. Nancy a été terrorisée… seule avec lui pendant plus d'une heure, jusqu'à l'arrivée du jeune Staveley… Ça a été une sacrée veine, où il y serait passé, à l'heure qu'il est. Oh, pendant tout ce temps nous attendions à l'église, et on commençait à se ronger les sangs, c'est moi qui vous le dis. Ils ont envoyé un message du Hall, par un type à bicyclette. »

La conversation redevint générale, et Hilda en perdit le fil.

Puis elle entendit Mme Steptoe dire comme pour s'excuser :

« Vous savez, cela nous a effectivement étonnés… Mais il a assuré qu'il pouvait parfaitement courir. Bien sûr, si nous avions su…

— Il a eu du cran… dit le major Steptoe.

— Oui, il se remet à trembler, reprit Mme Steptoe... Le coucher immédiatement, c'est également mon avis... Ce soir même?... Vous le croyez nécessaire?... Alors nous pourrions peut-être, en rentrant, laisser un message chez le docteur Speedwell... Oh, mademoiselle Cherrington (elle avait baissé la voix, mais Hilda n'en distinguait pas moins tout ce qu'elle disait) il a un peu divagué, vous savez – les enfants le font souvent. Il répétait que vous seriez tous très fâchés contre lui, surtout sa grande sœur. J'ai essayé de lui faire comprendre qu'il se trompait, mais il s'était de toute évidence fourré cette idée dans la tête. Nancy? dit-elle d'une voix qui évoquait un haussement de sourcil. Oh, nous l'avons laissée à la maison, merci. Elle a passé par une dure épreuve, mais elle s'en remettra. Bonne nuit... bonne nuit. Je vous en prie... nous sommes tellement confus... non, cela nous a fait plaisir... »

La porte d'entrée se referma derrière eux.

«Vous seriez tous très fâchés contre lui, surtout sa grande sœur.»

Hilda se glissa à nouveau dans son lit. Minney entra une minute plus tard.

« On l'a retrouvé, le pauvre agneau.»

Hilda ne répondit pas, ruminant ses griefs contre la nurse.

« Seulement il ne va pas fort. Je dois dormir avec lui cette nuit. Vous coucherez dans ma chambre.

— Je veux le voir, dit la fillette en se redressant.

— Mlle Cherrington a dit qu'il valait mieux l'éviter, ce soir. Cela risquerait de l'agiter. Vous le verrez demain.»

En sortant, Hilda lança par-dessus son épaule:

« Tu trouveras sa chemise dans mon lit.»

VIII

Une visite à l'heure du thé

Au bout d'un laps de temps indéfinissable, Eustache s'éveilla un beau matin avec l'impression que quelque chose d'agréable allait arriver. Il savoura un moment cette sensation, trop heureux pour s'interroger sur son origine. Puis en se retournant dans son lit il vit dans la pénombre le visage de l'infirmière Hapgood endormi sur l'oreiller. Aujourd'hui elle partait. Voilà ce que c'était.

Eustache ne se souvenait pas de son arrivée. Il avait peu à peu pris conscience de sa figure, d'une taille démesurée, suspendue au-dessus de lui dans un brouillard. C'était toujours le plus grand visage féminin qu'il eût jamais vu, mais il s'y était habitué, comme il s'était habitué à sa maladie. Il l'aimait bien. Elle était gentille. Elle augmentait, entretenait même, son sentiment d'importance, et surtout elle l'empêchait de s'inquiéter.

« Je ne veux plus entendre ces scrupules de conscience », lui disait-elle quand après avoir longuement débattu en son for intérieur, Eustache formulait un des problèmes qui l'obsédaient.

Son père serait-il ruiné par les frais occasionnés par sa maladie ? Non, répondait l'infirmière Hapgood, M. Cherrington était encore loin d'être ruiné. Il le lui avait dit. Lui en voulaient-ils tous beaucoup à cause de… de ce qu'il avait fait ? Ils n'en avaient pas l'air, mais il en avait l'impression. Non, ils ne lui en voulaient pas du tout. Ils l'aimaient autant qu'avant. Dieu était-il très fâché ? Non, de toute évidence, sinon il n'aurait pas permis à Eustache de guérir si rapidement. Pourquoi Hilda n'était-elle pas venue le voir pendant tout ce temps ? N'était-ce pas parce qu'elle était fâchée ? Bien sûr que non. C'est parce qu'elle ne se sentait pas très bien après être restée dans sa chambre, près de la bouilloire à bronchite. Certaines personnes sont ainsi faites. Sa maladie était-elle une punition pour s'être montré égoïste, méchant et désobéissant ? L'infirmière Hapgood admit qu'il s'était conduit de façon stupide, mais lui affirma que maintes personnes tombaient malades sans avoir commis de fautes. Un grand nombre de ses patients étaient de véritables saints. Croyait-elle qu'il mourrait, et qu'il serait le seul à blâmer ?

« Vous vous souciez beaucoup trop de blâme et de punition. Mais si vous mourez, oui, je vous en blâmerai, c'est moi qui vous le dis. »

Il ignorait évidemment que le médecin avait enjoint à sa famille de tout faire pour renforcer son amour-propre.

« S'il continue dans cette voie, je ne réponds pas des conséquences », avait-il annoncé sans ménagement au tout début de la maladie d'Eustache.

C'était une raison supplémentaire, et peut-être la plus légitime, pour tenir Hilda à l'écart de sa chambre. Elle avait certes été bouleversée en le voyant respirer et parler avec difficulté, le dos calé contre des oreillers. Elle était assez grande pour comprendre le sens implicite de la bouilloire fumante, du crachoir, du verre de tisane d'orge recouvert d'une carte postale pour le tenir au chaud, et de la rangée de flacons, en particulier le tout petit qui, elle le savait, contenait les gouttes dont il pouvait avoir besoin à tout moment.

« Il vaut mieux être prudent, avait dit le docteur à Mlle Cherrington devant Hilda. Son cœur n'a aucune malformation organique, mais il est faible et Eustache l'a un peu déplacé. »

« C'est à cause du rallie-papier », pensa Hilda, et lorsqu'elle alla voir Eustache elle ne put s'empêcher de le lui reprocher. L'infirmière Hapgood remarqua l'effet de cette entrevue sur le moral du malade, qui était presque aussi bas que celui d'Hilda à la fin de leur conversation, et recommanda vivement de séparer le frère et la sœur pour leur bien à tous deux. C'était d'autant plus facile que depuis la venue de la garde-malade, le manque d'espace obligeait la fillette à loger en ville. On lui avait trouvé une chambre au-dessus du bureau de poste, et elle ne revenait que pour les repas.

Le départ de l'infirmière Hapgood entraînerait le retour d'Hilda ; c'est pourquoi il se sentait si joyeux par cette matinée ensoleillée. Il savait qu'il y avait du soleil parce que le rai de lumière sur le plafond était éclatant, presque orangé, et dépassait pratiquement la porte, ce qui voulait dire qu'il avait passé une bonne nuit – raison de plus de se féliciter. Ce rai de lumière lui servait d'horloge, au petit jour. Il donnait aussi lieu à un jeu passionnant, qui consistait à vérifier son estimation de l'heure sur la montre d'argent que lui avait prêtée son père, et qu'il conservait comme un trésor sous son oreiller. S'il parvenait à accomplir cette manœuvre sans tousser, le jeu n'en était que plus excitant. Le matin, le moindre de ses mouvements déclenchait une quinte de toux, réveillant l'infirmière par-dessus le marché. « Sept heures et quart », songea-t-il avant de chercher précautionneusement la montre à tâtons. Bien joué ! Il était sept heures cinq.

Malgré tout il avait perdu la moitié de son pari ; il sentit le chatouillement familier tout au fond de sa gorge et, se redressant d'un mouvement convulsif, il s'abandonna à sa crise.

« Avons-nous déjà commencé le nettoyage de printemps ? » demanda de sa voix enjouée l'infirmière Hapgood, qui ouvrit les yeux.

Eustache ne put répondre que lorsque sa gorge eut accompli tous les gestes réflexes par lesquels elle se débarrassait de la douleur.

« Oui, mais il est très tard en réalité : sept heures passées. Je ne me suis trompé que de dix minutes, ce matin.

— Quel garçon intelligent ! Bientôt vous n'aurez plus besoin de cette montre. Je la prendrai pour un autre petit garçon que je connais. »

Eustache se rappela, mais avec moins de satisfaction qu'auparavant, qu'elle partait le jour même.

« J'aurais bien voulu que vous ne partiez pas. Ç'aurait été possible si papa avait accepté de dormir avec tante Sarah, comme je l'ai proposé.

— Les frères et les sœurs ne dorment plus ensemble à cet âge-là, répondit l'infirmière en souriant.

— Pourquoi ? Je voudrais toujours dormir avec Hilda, si elle me le permet.

— Oh non ! Vous verrez que vous n'en aurez plus envie.

— Ça veut dire que je ne l'aimerai plus autant ?

— Si. Mais les choses sont différentes, quand on grandit.

— Vous disiez qu'Hilda ne dormirait pas avec moi à son retour.

— Non, ce sera Mlle Minney, pendant une ou deux nuits. Mais vous n'allez pas vous débarrasser de moi comme ça, vous savez ! De temps en temps je reviendrai voir si vous êtes sage.

— Oh, je le suis toujours ! dit Eustache d'un ton pénétré.

— Je me le demande… Maintenant je vais me lever, alors fermez les yeux et pensez à quelque chose d'agréable. »

Eustache obéit.

« Mais j'ai déjà pensé à toutes les choses agréables que je connais, et plusieurs fois !

— Pensez à Mlle Fothergill. Vous savez, elle s'est vraiment entichée de vous. Elle a très souvent fait prendre de vos nouvelles.

— Je sais que je devrais l'aimer, mais c'est plus fort que moi. Elle n'est pas agréable.

— Pensez à ce charmant garçon qui vous a aidé quand vous avez eu ce malaise dans le parc.

— Le jeune M. Staveley ? J'ai pensé à lui hier. »

Après un silence, Eustache demanda sur le ton de celui qui rouvre une vieille controverse :

« Ne puis-je penser à Nancy ?

— Oh quant à moi, je ne me soucierais pas d'elle ! Je ne crois pas qu'elle soit vraiment gentille. »

Eustache soupira. C'était toujours ce que disait l'infirmière Hapgood. Il décida de penser au bateau express de Harwich. C'était un sujet de contemplation assez aride, mais il pourrait bientôt ouvrir les yeux.

« Vous êtes en si bonne forme aujourd'hui, annonça Minney en entrant chargée du petit déjeuner, qu'on vous autorise à recevoir un visiteur. Devinez qui ! »

Eustache se creusa la cervelle, mais en vain.

« Hilda ? suggéra-t-il enfin, avec l'impression exacte qu'il avait lorsque à ses leçons il donnait une réponse qu'il savait fausse.

— Mais non, voyons ! Elle vient tous les jours, et d'ailleurs elle est de la famille. La famille et les visiteurs, ce n'est pas la même chose. »

Une idée folle traversa l'esprit d'Eustache.

« Pas Nancy ?

— Non, pas Nancy, répliqua Minney en plissant les lèvres. Vous ne voulez pas la voir, j'espère ! Mme Steptoe a eu la gentillesse de s'enquérir de votre santé. C'était la moindre des choses, à mon avis. »

C'est à de tels indices qu'Eustache mesurait la force du ressentiment familial à l'encontre de Nancy.

« Non, je ne veux pas la voir, répondit-il, regrettant aussitôt ses paroles. Mais évidemment, si elle venait je serais bien obligé de la recevoir.

— Je ne crois pas qu'elle viendra (à nouveau, ce ton plein de sous-entendus). Mais si Nancy avait été différente, ce n'aurait pas été une mauvaise réponse. Est-ce que vous vous rapprochez, à présent ? »

Au contraire, Eustache était encore plus mystifié.

« Qui a été très gentil avec vous, un jour qu'il pleuvait ?

— Ce n'est pas le jeune M. Staveley ? s'enquit Eustache, les yeux ronds.

— Si. Mais il n'a rien d'un "monsieur", c'est seulement un gamin de quinze ou seize ans. Il était allé faire une promenade et il est passé ici au retour. Il a permis à Hilda de tenir son cheval.

— C'est vrai ? Elle ne me l'avait pas dit.

— Elle a sans doute oublié. Mais c'est un beau jeune homme.

— Je ne me souviens pas de lui. Tout est si confus ! Il doit être très fort car il m'a porté jusqu'au Hall, et il avait son fusil – je me rappelle qu'il était brillant et humide.

— Eh bien, il vient cet après-midi prendre le thé avec vous.

— Hilda devra lui tenir son cheval pendant tout ce temps ?

— Oh, il aura certainement un valet. »

Ainsi qu'il l'expliqua à Eustache, Dick Staveley n'était pas venu à cheval mais en voiture, et le cocher passerait le reprendre après avoir fait quelques courses en ville.

« Il attend certainement en haut de la route, à présent. »

L'idée que quiconque put être forcé de l'attendre avait toujours consterné Eustache, et depuis le rallie-papier elle semblait doublement sacrilège.

« Vous devriez peut-être partir, alors ? demanda-t-il avec une politesse inquiète.

— Oh ! ça lui fera les pieds d'attendre un peu », répondit avec désinvolture son visiteur.

Eustache entendit cette déclaration impitoyable avec une stupeur non dénuée d'admiration. Il se sentit obligé de protester, mais la porte s'ouvrit et Minney entra, apportant le thé.

« Permettez-moi ! dit Dick Staveley en lui prenant le plateau des mains avec une grâce infinie. Je vais l'installer sur cette chaise et m'asseoir sur le lit, ainsi nous l'aurons entre nous deux.

— Je crains qu'il n'y ait pas beaucoup de place, dit-elle sur un ton d'excuse en songeant à Anchorstone Hall et à ses dimensions plus confortables.

— Je suis très bien comme ça. Voulez-vous que je serve le thé moi-même, afin que vous n'ayez pas à vous en soucier ?

— Depuis quand les jeunes gentlemen servent-ils le thé ? demanda-t-elle avec une intonation qu'Eustache n'avait jamais entendue dans sa voix, et qu'il n'entendit jamais plus.

— Mais nous le faisons à l'école », répliqua Dick à Minney qui s'attardait près de la porte. Puis, avec une exclamation d'excuse, il fit passer ses longues jambes par-dessus le lit pour aller lui ouvrir.

« Merci », dit Minney. Elle parut sur le point d'ajouter quelque chose, hésita, et sortit.

« Est-ce une vieille duègne ? demanda-t-il en reprenant place sur le lit.

— Une duègne ? répéta Eustache avec perplexité.

— Voici votre thé. Je vous demandais si elle est dans votre famille depuis longtemps.

— Oh oui, avant même que je puisse m'en rappeler ! Elle a été la nurse d'Hilda, puis la mienne et maintenant celle de Barbara. Barbara, c'est le bébé.

— Alors Mlle Cherrington est beaucoup plus âgée que vous… Un toast beurré ?

— Merci beaucoup, vous êtes gentil. Oui, c'est ma tante.

— Je parlais de votre sœur.

— Ah, Hilda ! (Eustache n'avait jamais pensé à elle en tant que Mlle Cherrington : comme cela sonnait bien ! quelle autorité cela lui donnait !) Oui, elle a presque quatre ans de plus que moi.

— Elle paraît plus âgée, si je puis me permettre.

— C'est parce qu'elle a toujours dû s'occuper de moi, vous comprenez.

— Oui. Je sais que vous demandez beaucoup d'attention !

— Je ne recommencerai plus, promit Eustache en rougissant. Plus jamais ! Oh, quand vous m'avez demandé comment j'allais j'ai oublié de vous dire que nous vous sommes tous très reconnaissants de m'avoir sauvé.

— Ce n'est rien. D'ailleurs votre sœur m'a déjà remercié.

— Je n'étais pas trop lourd ? »

Dick Staveley s'étira. Le soleil de cinq heures ne tombait pas directement dans la pièce, mais son éclat fauve se réverbérait sur le mur de la maison voisine et dorait le visage de Dick, scintillait dans ses yeux bleu foncé et illuminait ses cheveux bruns frisés. Ses bras retombèrent le long de son corps, comme heureux d'être de nouveau unis à lui.

« Ça ne m'a pas gêné, mais je n'avais pas envie de porter aussi votre amie.

— Mais Nancy n'était pas malade !

— Elle le prétendait pourtant.

— On ne m'a jamais rien raconté, dit Eustache après un silence pensif.

— Elle hurlait comme une folle, expliqua Dick Staveley. C'est ainsi que je vous ai trouvés. Elle avait complètement perdu la tête. Je parie que votre sœur aurait gardé son sang-froid, elle.

— Je suis content que vous aimiez Hilda.

— Je ne l'ai vue qu'une fois. Elle semblait attirée par mon cheval. Vous croyez qu'elle aimerait faire une balade, un de ces jours ?

— Elle ne sait pas monter. Ça ne serait pas dangereux ?

— Elle serait parfaitement en sécurité, avec moi.

— Oui, j'en suis sûr, approuva Eustache en le contemplant avec admiration.

— Voyons, votre tasse est vide. Reprenez-en encore un peu. On pourrait le lui demander.

— Elle est partie faire des courses.

— À son retour, alors. Vous permet-on de prendre du gâteau ?

— Seulement un petit bout.»

Eustache orienta à nouveau la conversation sur son arrivée à Anchorstone Hall. Il apprit que Lady Staveley, la mère de Dick, lui avait fait boire du brandy, que Sir John avait envoyé un laquais à l'église, pour porter un message au major et à Mme Steptoe. On lui avait fait enfiler une vieille veste de Dick – qu'il était donc comique ! Mais il n'avait cessé de répéter qu'il s'était tué et que tout le monde lui en voudrait terriblement.

«Je n'ai pas pu m'empêcher de rire tant vous étiez drôle, conclut Dick. Mais vous étiez dans un sale état, vous savez. Vous n'êtes pas encore très vaillant, mais c'est sans comparaison avec ce soir-là.»

Il adressa à Eustache un sourire fascinant, déconcertant, qui exprimait d'abord une nuance d'intimité puis se faisait brusquement plus froid, comme si c'était un don qu'il ne convenait pas d'accorder à la légère. Eustache était enchanté. Son emprise sur la réalité, qui n'avait jamais été très solide, se relâcha totalement et il se sentit transporté dans un autre monde, un monde où des formes étranges et des ombres plus fantastiques encore servaient d'arrière-plan à des exploits héroïques accomplis aux côtés de Dick Staveley. Une foule de fantômes glorieux se pressait encore autour de lui quand il demanda d'un air un peu désabusé :

«Je ne pense pas qu'il vous arrive de jouer sur la plage ?

— Non, mais j'y fais parfois du cheval.»

Il parut juste à Eustache qu'un être aussi magnifique fît voler d'humbles grains de sable sous les sabots de son palefroi.

« Elle vous appartient ?

— La plage ? Oui. Nous sommes les seigneurs de la côte, répondit-il en riant. D'après la légende, elle nous appartient aussi loin qu'un homme peut avancer à cheval dans la mer, plus une portée de flèche. »

Immédiatement l'imagination d'Eustache lui représenta Dick Staveley en train d'accomplir ce geste symbolique.

« Peut-être qu'un jour en passant vous vous arrêterez pour nous parler à Hilda et moi. Elle pourrait tenir votre cheval et vous pourriez… »

Il s'interrompit, sentant confusément l'inconvenance d'une telle invitation, la première qu'il eût formulée de sa vie.

« Merci. Un jour, peut-être, mais je vais habituellement de l'autre côté pour éviter ces maudits rochers. »

Avec un pincement de cœur mi-plaisant, mi-douloureux, Eustache eut la vision de ses chers rochers réduits au simple rôle d'embûches destinées à faire trébucher la monture de Dick.

« Mais il faut que vous veniez nous voir, reprit Dick Staveley, et votre sœur aussi, avant que je ne retourne à Harrow le 20. Nous sommes le 5 aujourd'hui, n'est-ce pas ? »

Eustache secoua la tête pour indiquer son ignorance. Il connaissait l'heure, mais pas le quantième du mois.

« Et vous êtes tombé malade le 2 août. Je m'en souviens car c'est le jour où je suis sorti pour la première fois avec mon nouveau fusil. Vous êtes resté alité près de cinq semaines. Quel espoir y a-t-il que vous soyez assez rétabli pour venir avant le 20 ?

— Je ferai tout mon possible, dit Eustache avec ferveur.

— Je ferais mieux d'en parler personnellement à votre sœur, déclara Dick en consultant sa montre. Eh ! Il est six heures pile ! Il faut que je parte. Peut-être pourrais-je parler à Mlle Cherrington en descendant ?

— Elle devrait être là d'un instant à l'autre, monsieur Staveley, si vous voulez prendre la peine d'attendre…

— Appelez-moi Dick, si vous voulez.

— Oh ! Merci !

— Bien. Je vais arranger ce lit. J'y ai mis une terrible pagaille ! Quelle chance vous avez de pouvoir choisir entre deux lits !

— En fait, Dick, l'autre est celui d'Hilda.

— Vraiment ? »

Dick Staveley cessa de lisser et de tapoter le lit, et le considéra attentivement.

« Ainsi elle vous tient compagnie ? Ce doit être bien agréable.

— Oh oui, Dick ! Je préfère de loin dormir à côté d'Hilda que de l'infirmière ou même de Minney.

— Ça ne m'étonne pas. Elle est quand même un peu grande, non ?

— Mais il y a assez de place, répondit Eustache, se méprenant sur ses propos. Ses pieds ne touchent même pas le bout.

— Où arrivent-ils ?

— À peu près à votre main. »

Dick Staveley fixa sa main, puis l'extrémité du lit, comme s'il se livrait à une sorte de calcul. Sans déplacer son pouce il écarta les doigts, posa ensuite son pouce à l'endroit qu'avait atteint son petit doigt, et répéta l'opération jusqu'à la rampe de bois. Deux largeurs de main. À cet instant précis, la porte s'ouvrit.

« Oh ! s'exclama Hilda, qui s'immobilisa sur le seuil et parut sur le point de se retirer. Je suis montée directement… Je ne savais pas…

— Que votre frère avait de la visite ? Comment allez-vous, mademoiselle Cherrington ? »

D'un bond Dick Staveley s'était levé, et s'était planté le dos à la cheminée, où la bouilloire à bronchite exhalait un petit nuage de vapeur autour de son pantalon au pli impeccable – son dernier râle, car elle serait supprimée le lendemain.

« Prenez ma place, mademoiselle Cherrington. Eustache vient de m'apprendre qu'elle vous revenait de droit. »

Encore hors d'haleine, sa queue-de-cheval à l'extrémité tout emmêlée retombant sur sa poitrine palpitante, Hilda évita le regard de son interlocuteur. Eustache se sentit embarrassé par son attitude et plus encore par son apparence. Troublée par la chaleur étouffante de la pièce, l'odeur du thé et la silhouette imposante devant la cheminée, Hilda s'assit au bord de son lit.

« Je vous croyais parti », dit-elle sans regarder Dick.

Eustache en rougit pour elle, mais Dick n'en fut pas décontenancé le moins du monde.

« J'aurais dû, mais j'attendais de vous voir. D'après Eustache, il serait possible que vous veniez un jour faire une promenade à cheval à Anchorstone.

— Ce n'est pas tout à fait ce que j'ai dit ! intervint Eustache.

— Nous avons un cheval très doux, continua Dick Staveley sans paraître remarquer cette interruption. Il serait idéal pour vous. »

Il baissait la tête vers elle en mordillant le bout de son index effilé.

« Je ne vois pas pourquoi Eustache a dit ça, répliqua-t-elle en continuant de fixer ses pieds. Il sait que je ne sais pas monter.

— Vous n'aimeriez pas essayer ?

— Non, merci.

— Vous m'avez pourtant dit que vous aimez les chevaux.

— Seulement les regarder, dit Hilda, levant malgré elle les yeux vers Dick.

— Oh, Hilda ! protesta Eustache. Tu sais bien que tu as toujours voulu faire de l'équitation. Et il a dit que je pouvais venir aussi !

— Certainement, si vous vous sentez assez fort. Nous ne pourrions pas le laisser à la maison, n'est-ce pas ? » dit-il à Hilda.

Malgré le regard implorant d'Eustache, elle répondit aussi peu gracieusement qu'elle le pouvait.

« Je ne comprends pas pourquoi vous voulez tous les deux m'obliger à faire quelque chose qui ne me plaît pas.

— Nous pensions simplement que cela pouvait vous faire plaisir.

— Alors vous vous êtes trompés », dit Hilda sans grande conviction.

La détermination de Dick était si forte qu'Eustache eut l'impression de la sentir flotter dans la pièce. Soudain la résistance d'Hilda sembla s'effondrer. Elle tourna un instant l'adorable ovale de son visage vers Dick Staveley : elle avait un air déconcerté, sans défense, qu'Eustache n'y avait encore jamais vu.

« Je demanderai à tante Sarah, après votre départ.

— Splendide ! s'écria Dick, quittant la cheminée telle une armée victorieuse en marche. Au revoir, Eustache. Je suis vraiment ravi que vous alliez mieux. Mais plus de rallie-papier, dorénavant ! Et merci pour ce délicieux goûter. »

Il se tourna vers Hilda, la main tendue. Effrayée, comme hypnotisée, elle y confia la sienne.

« Faites-moi savoir quand je puis vous espérer, mademoiselle Cherrington. Nous viendrons vous chercher et nous vous reconduirons ensuite. Ne tardez pas trop. »

Il disparut, et l'atmosphère romanesque avec lui.

« Bon débarras ! marmonna Hilda.

— Ne dis pas ça ! Il a été si gentil…

— Oh, je ne sais pas, dit-elle avec lassitude. Regarde, j'ai fait une échelle à mon bas. J'espère qu'il l'a vue. »

La perspective enthousiasmante d'une visite à Anchorstone Hall lui fit passer les jours suivants dans l'euphorie. Outre les délicieuses sensations de la convalescence, il y avait désormais un but défini vers lequel il pouvait tendre. Il reprit des couleurs ; on lui permit de quitter son lit, et bientôt il put descendre, enveloppé dans sa robe de chambre marron.

Eustache avait l'habitude de la maladie, bien qu'elle eût été cette fois-ci plus sérieuse : il attendait avec une satisfaction exquise les phases successives de sa guérison. Il les savourait d'avance plus intensément qu'il ne les vivait, et pourtant il les voyait se succéder à regret, désolé de perdre les privilèges et l'impunité propres aux malades au profit des responsabilités et surtout des critiques éventuelles dont s'accompagnait la santé. Pourtant quelque chose troublait, sans toutefois les détruire aucunement, ses visions extatiques de l'avenir tout proche. Autrefois, elles culminaient toujours en un invariable paroxysme : sa première visite au bassin avec Hilda. L'invitation de Dick Staveley avait altéré cette image de parfaite félicité pour s'y substituer en rivale. Tel un homme épris de deux femmes, Eustache tentait de les concilier, songeant à chacune tour à tour. Mais cela n'allait pas : elles se nuisaient mutuellement. Malgré lui, il se rappelait combien le bassin – en fait, tous les aspects de la vie sur la plage – avait paru insignifiant et trivial lorsque Dick Staveley avait expliqué qu'il allait de l'autre côté pour éviter ces maudits rochers. La vieille loyauté d'Eustache était mise à rude épreuve, et n'en sortit pas indemne. Chaque fois qu'il demandait à Hilda – à tout bout de champ et hors de propos – si elle avait écrit à Dick pour lui annoncer le jour de leur visite, le bassin, les rochers, le sable et les falaises semblaient perdre toute magie. Pour les invoquer, il lui fallait faire comme si Dick n'était jamais entré à Cambo avec dans son sillage des nuages de gloire inconnus, sinon ils paraissaient ternes et ne stimulaient pas son imagination.

Mais dans l'ensemble il aimait assez ce conflit entre ses deux avenirs. L'annonce qu'Hilda n'avait nullement l'intention de se rendre à Anchorstone Hall lui fit l'effet d'une bombe. Cela lui fut présenté comme un *fait accompli**. Elle ne lui en dit rien avant que la lettre de refus n'eût été envoyée. C'est en vain qu'il pleura et affirma avec son exagération coutumière que désormais il n'avait plus aucune raison d'aller mieux. Hilda s'était apparemment acquis aussi bien son père que sa tante. Elle avait fourni des arguments. À quoi bon apprendre à monter à cheval, puisqu'ils n'auraient jamais les moyens d'en posséder un ? Qui plus est, elle stupéfia son frère en déclarant qu'elle n'avait pas de vêtements convenables, objection que d'aussi loin qu'il s'en souvînt elle n'avait jamais soulevée. « Et puis de toute façon je ne veux pas y aller », avait-elle ajouté. Eustache était tout prêt à le croire. Aussi quelle ne fut pas sa surprise de la découvrir en larmes, peu après, fait si inhabituel que ses propres larmes se tarirent à ce spectacle. Il l'implora de lui dire ce qu'elle avait, mais elle répondit entre deux sanglots qu'elle ne le savait pas et qu'il ne devait en parler à personne.

S'étant réconforté en tentant de consoler Hilda, Eustache chercha des idées agréables susceptibles d'adoucir encore sa déception, et ne tarda pas à en trouver. Comment n'y avait-il pas pensé plus tôt ? Son vague espoir se mua rapidement en certitude. Certes, Hilda avait bel et bien refusé l'invitation de Dick, mais ce n'était pas une raison pour que lui, Eustache, n'aille pas à Anchorstone Hall. C'est lui que Dick avait invité en premier ; il ne l'avait proposé à Hilda (ainsi raisonnait Eustache) qu'en y repensant après coup, et parce qu'elle se trouvait là. En apprenant qu'elle ne pouvait venir, il lui demanderait naturellement de s'y rendre sans elle. Il restait encore six jours avant le 21 septembre fatidique. Dick ne se donnerait certainement pas la peine de lui écrire, il lui enverrait simplement un message, cela irait plus vite. Le lendemain Eustache avait la permission de passer une demi-heure au soleil, aussi ne pourrait-il y avoir aucune objection à ce que sa visite ait lieu, disons, le surlendemain. Il avait désormais une perception intense des jours…

Comme ce serait merveilleux de rouler en *dog-cart*[1], sans doute en compagnie d'un gros chien amical ! Eustache n'avait voyagé qu'en voiture de louage, et la perspective de monter dans un véhicule privé le grisait. Il l'attendrait tout en haut de la route, peut-être en face de Boa Vista ; tout le monde sortirait pour le voir partir, le laquais l'aiderait à monter, le chien frétillerait de la queue, un claquement de fouet, et en route ! Eustache agiterait son mouchoir de soie rouge. Au petit trot, ils traverseraient le parc qui serait complètement désert, les simples mortels n'y étant pas admis ce jour-là. Ils franchiraient les douves et devant la porte principale, il y aurait Dick, Sir John Staveley, Lady Staveley et peut-être de

1. Littéralement, « charrette à chiens ».

nombreux serviteurs, qui tous se précipiteraient pour l'accueillir et lui dire combien ils étaient heureux qu'il eût recouvré la santé. Ensuite ils prendraient le thé, et après…

Il existait maintes versions de ce qui se passerait après. L'imagination d'Eustache n'avait jamais été plus fertile qu'en concevant des incidents pour glorifier sa nouvelle amitié. Fréquemment, Dick le sauvait d'une mort violente, par exemple d'un taureau furieux qui rôdait depuis longtemps dans le parc dont il terrorisait les propriétaires. Parfois leurs rôles s'inversaient et c'était Eustache qui sauvait Dick. Mais cela se produisait dans des circonstances moins sensationnelles, et consistait le plus souvent à soigner Dick tout au long d'une grave maladie contractée en Afrique équatoriale. Ou bien il se jetait dans la gueule d'un lion, donnant ainsi à Dick le temps de se dégager et d'abattre le fauve. Eustache périssait souvent au cours de ces affrontements, et lors d'une scène bouleversante près de son lit de mort, Dick reconnaissait tout ce qu'il lui devait et lui demandait quelquefois de lui pardonner une faute depuis longtemps oubliée. Mais Dick, lui, ne mourait jamais ; Eustache n'avait pas le cœur de le tuer.

Leurs aventures communes n'impliquaient cependant pas toutes une menace de mort. Bien souvent, ils se contentaient de se promener dans le parc, et Dick franchissait un gouffre béant qui venait très opportunément de s'ouvrir à leurs pieds, et indiquait à Eustache la façon de faire de même ; ou encore il escaladait un arbre dont le tronc s'élevait à la verticale, soutenant Eustache de la main gauche. À la tombée de la nuit ils s'en revenaient, écorchés et couverts de cicatrices. Lady Staveley (qu'Eustache, en dépit de ses vagues souvenirs, se représentait sous les traits de la reine Alexandra) lui serrait affectueusement la main et lui disait : «Je suis très heureuse que Dick se soit fait un ami aussi agréable.» Aucune version de la visite n'eût été complète sans cette scène d'adieu.

Les jours précieux s'écoulèrent sans qu'aucun message ne vînt d'Anchorstone Hall. Eustache n'arrivait plus à se concentrer sur ses rêves éveillés : leur splendeur radieuse s'était ternie sous la grise lumière de la réalité. Le 17, il écrivit une lettre.

Cher Dick,

Merci beaucoup d'avoir invité Hilda à faire une promenade à cheval. C'est vraiment dommage qu'elle n'ait pas pu y aller. Ce n'est pas ma faute car je lui ai dit qu'elle s'amuserait beaucoup, et moi aussi : comme je vais très bien à présent et qu'on me permet de sortir. Quel dommage que vous deviez retourner à Harrough si tôt !

Votre ami sincère,

Eustache Cherrington

Un flot d'espoir gonfla sa poitrine après l'envoi de ce message, et les rêves reprirent, plus fréquents et enivrants que jamais. Mais au matin du 20 septembre il attendait toujours une réponse.

IX
Laburnum Lodge

M. Cherrington et sa sœur étaient tous deux assis dans le salon, lui fumant sa pipe, elle à son tricot. Les sourcils froncés, elle regardait, non sans une certaine irritation, son frère qui ne faisait aucun effort pour dissimuler la détente qu'il éprouvait après sa journée de travail. Il fallait mettre un terme à cette humeur insouciante.

«Je ne sais pas ce qui arrive à Eustache, dit-elle. Il se montre si capricieux depuis un ou deux jours! Le fait est que depuis sa maladie, nous nous sommes tous évertués à le gâter.

— Nous ne faisions que suivre les instructions du médecin, répondit son frère, tirant placidement sur sa pipe.

— Je sais. Je me suis toujours demandé si elles étaient bien sages. De toute façon, on ne peut continuer ainsi ou l'enfant deviendra parfaitement impossible.

— Qu'a-t-il fait?

— Tu sais comme il aimait jouer sur la plage avec Hilda? C'est ce qu'il y a de meilleur pour lui, surtout après une telle attaque. Eh bien aujourd'hui, je lui ai dit qu'il pourrait y descendre. C'est la première fois, et je pensais qu'il serait fou de joie.

— Et il ne l'était pas ?

— Loin de là. Il m'a répondu qu'il ne voulait pas y aller ; il a dit qu'il était lassé de la plage. Lassé, je te demande un peu ! Alors qu'il n'y est pas allé depuis deux mois. Aussi je l'ai pris au mot et je l'ai envoyé se promener sur la falaise. Je lui ai dit qu'il le regretterait, et quand il est rentré pour déjeuner j'ai bien vu que j'avais eu raison.

— Ça ne m'a pas l'air bien grave, répondit le père d'Eustache en fumant paisiblement.

— Pour toi, peut-être. Mais écoute. Sur la falaise ils ont rencontré Mlle Fothergill, qui a eu tant de peine quand Eustache s'est enfui ; et tout le temps de sa maladie, tu te souviens qu'elle a fait prendre de ses nouvelles et lui a envoyé cette ravissante grappe de raisins.

— La vieille dame à moitié paralysée qui circule en fauteuil d'invalide ?

— Oui. Hilda a obligé Eustache à s'arrêter pour lui parler – même cela, c'était trop exiger ! Elle a été très contente de le voir et lui a demandé s'il avait envie de pousser son fauteuil. Il l'avait fait une fois déjà, si tu t'en souviens. Eh bien, Eustache a tout bonnement refusé, sous prétexte qu'il devait se ménager depuis sa maladie ! Et la faute à qui s'il a été malade, je te le demande ?

— La sienne, évidemment.

— C'est aussi mon avis. Alors elle l'a invité à prendre le thé après-demain, mais Hilda n'a pu le convaincre d'accepter. Il a dit qu'il devait d'abord nous en parler, bien qu'il sache pertinemment que nous en serions ravis.

— Il n'aurait pas dû répondre ainsi.

— Certainement pas, et ça ne lui ressemble guère ; il est si docile, d'habitude ! Il s'est conduit de façon inqualifiable avec Hilda à ce sujet. Elle me l'a dit ensuite, elle qui se plaint si rarement de lui.

— Il ne lui donne pas de grands motifs de se plaindre, en général.

— Vraiment ? Qu'en sais-tu ! Ensuite il est venu me trouver, et m'a demandé tout de go pourquoi Nancy Steptoe ne lui avait jamais rendu visite. Il est certain que nous avons refusé de la recevoir, et il trouve injuste que nous voulions lui faire prendre le thé avec Mlle Fothergill qui est si vieille, laide, effrayante et que sais-je encore – des histoires qu'il a été pêcher Dieu sait où – alors que nous refusons qu'il voie Nancy qui est la perfection même ! Vraiment s'il n'était pas si jeune, on pourrait croire qu'il s'est épris d'elle ! Sur quoi, médecin ou pas, je lui ai dit notre façon de penser au sujet de Nancy et du tour qu'elle lui a joué.

— Oui, je doute qu'elle ait une bonne influence sur lui. Mais que veux-tu que je fasse ?

— Je veux que tu lui parles sérieusement. Inutile de l'effrayer, mais il est grand temps qu'il comprenne que toute l'anxiété et les dépenses occasionnées par sa maladie sont entièrement sa faute. Tout provient de la stupide idée qu'il a eue de s'enfuir ce jour-là. Nous ne l'en avons jamais puni, il était trop malade, et le docteur nous l'avait déconseillé ; mais maintenant il est assez remis pour qu'on lui dise quelle épreuve il nous a infligée. Sinon, il croira avoir accompli un exploit et il deviendra complètement pourri, si ce n'est déjà fait.

— Très bien, dit M. Cherrington. N'en fais pas un drame. Je lui en parlerai demain. »

Comme tous les êtres aimables et accommodants, M. Cherrington rendait l'administration de la discipline beaucoup plus pénible pour le coupable que nécessaire. Il commença d'un air si amène et conciliant qu'un enfant beaucoup plus âgé qu'Eustache n'aurait pu se douter de ce qu'il avait en tête. Aussi Eustache exposa-t-il son cas, tel qu'il était, ne s'attendant à rencontrer que de la sympathie. Il expliqua plus longuement qu'il ne l'avait jamais fait, sauf à Hilda, qu'il avait peur de Mlle Fothergill et que c'était en partie pour cela qu'il s'était enfui le jour du rallie-papier. Mais il était trop réservé et peut-être trop timide pour révéler à son père la pleine mesure de sa terreur. Quand celui-ci lui demanda pourquoi il s'était montré si désagréable avec Hilda, il essaya de lui faire comprendre combien il avait été déçu qu'elle eût refusé l'invitation de Dick ; et son père l'écoutait si attentivement qu'il commença même à dévoiler les moins extravagants de ses rêveries sur les Staveley et Anchorstone Hall. Sa seule erreur fut de ne pas pousser sa confession assez loin. M. Cherrington n'était pas sot, et avait conservé le souvenir de sa propre enfance. Peut-être eût-il compris, si la timidité d'Eustache n'avait pas mis un frein à ses révélations, que son fils vivait en imagination et que son horreur de Mlle Fothergill, de même que les délices fantasmés de la compagnie de Dick Staveley, étaient pour lui plus réels que n'importe quelle véritable expérience. Au lieu de quoi il eut l'impression que Eustache amplifiait ses rêveries et tentait de les substituer à des arguments. Il trouva peu convaincante l'éloquence de son fils, principalement parce que Eustache était embarrassé par la difficulté de rendre intelligibles aux facultés limitées de l'esprit adulte les forces régissant sa vie intérieure. Il le sentait si bien qu'il devenait de plus en plus nerveux, et aurait volontiers repris la réserve naturelle qu'il observait avant que l'attitude compatissante de son père ne l'eût désarmé.

« Tu comprends, dit-il en se trémoussant sur son siège, la plage n'est plus pareille après ce qu'il en a dit, et chaque fois que je pense que nous aurions pu être amis si seulement Hilda avait accepté, je suis furieux contre elle et je n'ai pas envie de jouer avec elle.

— Ta sœur a le droit de faire ce qui lui plaît, répondit M. Cherrington. Elle est très sensée en ne voulant pas se rompre le cou. Dommage que tu n'aies eu la même prudence au sujet du rallie-papier. »

Eustache garda le silence, tristement conscient du changement d'attitude de son père. En écoutant ses explications, celui-ci avait adopté le rôle du confesseur. « C'est de la faiblesse, s'était-il dit. J'ai promis à Sarah de parler sérieusement au gamin. » Aussi, reportant sur son fils son irritation de ne pas être à la hauteur, il se retrancha derrière une attitude sévère avec une alarmante soudaineté.

« Je ne veux plus entendre parler de tes reproches vis-à-vis d'Hilda. Elle t'a soutenu à travers toutes tes épreuves. Elle a été une seconde mère pour toi. »

Il s'interrompit. La rancœur de s'être trahi et d'avoir fait allusion à sa femme dans une circonstance aussi insignifiante monta en lui.

« Tu sembles avoir oublié tous les tracas et les dépenses que tu nous as causés cet été, reprit-il, s'emportant plus encore. Sans le dire à personne, tu t'es délibérément sauvé, et tu nous as donné à tous une peur bleue. (Il marqua une pause pour s'assurer que son indignation fonctionnait toujours). Et pour couronner le tout, il a fallu que tu tombes malade. Je ne dis pas que tu l'as fait exprès, mais tu étais parfaitement en âge de comprendre ce que tu risquais en te surmenant aussi sottement. Tu n'es plus un bébé à présent. Quel âge as-tu ?

— Presque neuf heures et demie », sanglota Eustache, confondant dans son agitation les heures et les années. On lui avait souvent demandé son âge, mais jamais aussi brutalement, toujours avec une sollicitude et un intérêt affectueux.

« À ton âge… »

M. Cherrington se reprit. Il ne se rappelait pas ce qu'il faisait à l'âge de son fils, mais la conscience d'Eustache combla le silence :

« Je subvenais aux besoins de ma famille. »

« De toute façon, poursuivit son père, c'était parfaitement imbécile (Eustache ne supportait pas ce mot ; il sursautait chaque fois qu'il l'entendait). J'espérais que tu aurais le bon sens de comprendre que cette maladie était en elle-même une punition, mais il semble que je me sois trompé. Il te faut quelque chose de plus sévère. Eh bien, tu l'auras probablement. Entre le docteur, l'infirmière, et la chambre qu'il a fallu louer pour Hilda, nous avons dépensé tout notre argent et nous devrons vraisemblablement quitter Cambo. Voilà qui ne te plaira pas, j'imagine ! »

De surprise et d'horreur, Eustache écarquilla ses yeux baignés de larmes. Déjà il voyait la sombre ruelle d'Ousemouth et sentait l'odeur de moisi et de renfermé de la maison où ils vivaient, au-dessus du bureau de son père.

« Tu n'avais pas pensé à ça, hein ? Tu es si fier d'aller mieux que tu ne te soucies de rien d'autre ; peu t'importent les sacrifices que tu nous as infligés, tant que tu ne soupçonnes pas qu'ils peuvent aussi t'affecter. »

M. Cherrington aurait pu en rester là, car bien qu'Eustache eût cessé de pleurer, son désarroi était visible. Mais il voulait s'acquitter entièrement de sa tâche et surtout (pour être juste) ne plus jamais avoir à revenir sur la question. S'il n'avait pas détesté les scènes, sans doute y eût-il été plus habile. Il voulait rétablir ses anciennes relations cordiales et facétieuses avec son fils, ce qui lui serait impossible, pensait-il, tant qu'il n'aurait pas vidé l'abcès une bonne fois pour toutes. Aussi, tel un chirurgien exécutant une opération abdominale, il chercha autre chose à réparer avant que la blessure ne se referme à tout jamais.

«Et voilà que j'apprends que tu as le toupet de vouloir fréquenter cette Nancy Steptoe. (Eustache avait bien failli expliquer qu'il n'avait pas vraiment eu envie de la voir avant que le retrait de Dick Staveley de l'avant-scène de son imagination n'eût nécessité un substitut susceptible de combler ses aspirations romantiques.) J'aurais cru que tu avais plus de jugeote. C'est une fillette stupide, vaniteuse et mal élevée, qui ne t'a fait que du mal, et ta tante t'interdit de lui parler.

— Mais comment vais-je faire si elle me parle? demanda Eustache d'une voix étranglée. Je la rencontre tout le temps, sur la plage, dans la rue, partout. Ce n'est pas ma faute.

— Tu dois soulever ton chapeau et t'éloigner, répliqua d'un ton ferme M. Cherrington. Mais elle ne te parlera pas. Elle sait très bien ce que nous pensons d'elle.»

Même dans sa détresse, Eustache tressaillit en percevant dans la voix de son père une nuance de satisfaction sardonique.

«Autre chose, Eustache. Et arrête de pleurer, tu ne fais que rendre la situation plus pénible en te conduisant comme un bébé. Redresse-toi et ne prends pas cet air de martyr. J'apprends que tu recommences à faire des tiennes à propos de l'invitation de Mlle Fothergill. Je ne veux plus entendre un mot à ce sujet. C'est une très brave femme, qui veut simplement être gentille avec toi, et le moindre que tu puisses faire c'est d'aller la voir quand elle te le demande. Bien que nous lui en ayons dit le moins possible sur ton comportement imbécile le jour du rallie-papier, je m'étonne qu'elle ait encore envie de te voir après avoir été ainsi déçue. Elle sait que tu t'es montré stupide, c'est tout.»

Cela semblait une appréciation si modérée et si généreuse de son caractère qu'Eustache fondit de nouveau en larmes.

«Allons, ne pleure plus. Tournons la page à compter d'aujourd'hui. Allons, Eustache, qu'est-ce que tu as ?

— Oh, papa, je me sens tellement mal ! »

M. Cherrington lança à son fils un regard troublé, pitoyable.

« Oh mon Dieu ! Attends une seconde ! »

Il sortit dans le couloir en criant : « Minney, Minney, j'ai besoin de vous ! Venez immédiatement dans la salle à manger ! »

Vers quatre heures de l'après-midi, le lendemain, deux silhouettes franchirent le portail blanc de Cambo et gravirent lentement la côte. Elles étaient visiblement vêtues de leurs plus beaux atours. Le manteau et la jupe bleu foncé de Minney n'étaient pas neufs car ils avaient un éclat lustré où la lumière miroitait, mais ils étaient d'une netteté scrupuleuse et parfaitement repassés. Eustache portait un manteau marron dont le col en velours était d'un ton de brun plus foncé. Son visage paraissait minuscule et pâle sous la casquette de drap bombée dont les rabats relevés convergeaient vers le bouton du sommet. Autour du cou, soigneusement croisée sur sa poitrine, il portait une écharpe de soie rouge. Il marchait d'un air apathique, s'attardant en arrière de sa compagne puis s'élançant de temps en temps pour prendre le bras qu'elle lui tendait généreusement.

« C'est bien, dit Minney. Vous n'êtes pas encore fatigué, vous savez.

— Mais je me sens fatigué, répondit-il, profitant sans vergogne du soutien qui lui était offert. Tu oublies que j'ai vomi quatre fois.

— Oui, mais c'était hier. Vous êtes un tout autre garçon aujourd'hui.

— Oui, soupira Eustache, je suis différent. Je crois que je ne serai plus jamais comme avant.

— Quelles bêtises ! Là, attention à ne pas patauger dans cette flaque avec vos chaussures neuves. Qu'est-ce qui vous fait croire que vous avez changé ? Vous êtes bien l'affreux petit garnement que j'ai toujours connu.

— Oh, j'ai la même apparence, mais je n'ai plus l'impression d'être le même. Je crois que je n'aime plus personne.

— Vous ne m'aimez plus ?

— Si, mais tu ne comptes pas. Je veux dire, ajouta-t-il précipitamment – et assez confusément –, ça ne serait pas si grave si je ne t'aimais pas.

— Qui est-ce que vous n'aimez pas, alors ?

— Papa, tante Sarah et Hilda.

— Oh, ça vous passera vite !

— Non. Je n'ai pas demandé à Dieu de les bénir, hier soir.

— Mais si. Je vous ai entendu.

— Oui mais après, en cachette, je Lui ai demandé de ne pas le faire.

— Il ne vous écoutait peut-être pas à ce moment-là. En tout cas, ce n'était pas très gentil.

— Oui, mais ils n'ont pas été gentils avec moi. Bien sûr, je continuerai à être obéissant et à faire ce qu'ils veulent. Je ne parlerai pas à Nancy. Je ne ferai plus jamais ce que j'ai vraiment envie de faire. C'est en partie pour ça que je vais chez Mlle Fothergill.

— Vous m'avez dit que vous n'avez pas vraiment peur.

— J'ai eu peur jusqu'à hier. Après ça n'a plus paru avoir d'importance.

— Qu'est-ce qui n'a plus paru avoir d'importance ?

— Si j'avais peur ou pas. C'était tellement pire, quand papa m'a dit toutes ces choses !

— Il ne l'a fait que pour votre bien. Vous l'en remercierez un jour, quand tout le monde vous dira que vous êtes plus gentil que certains petits garçons gâtés de ma connaissance.

— Je ne l'en remercierai pas, dit Eustache d'un ton lugubre. Ou bien seulement parce qu'il s'y attendra. Je ferai toujours ce que les autres attendent de moi. Comme ça, ils ne pourront pas se fâcher.

— Je serai fâchée si vous ne montrez pas un peu plus d'entrain, répliqua vivement Minney. Regardez, voici le château d'eau. Combien de gallons dites-vous qu'il contient ?

— Deux cent cinquante-six mille cinq cents, répondit-il d'une voix morne.

— Bonté divine, quelle mémoire ! Et combien de temps faudrait-il pour tout boire ?

— Un million vingt-six mille jours, si j'en buvais une pinte par jour, répondit-il avec un léger regain d'intérêt.

— Vous êtes vraiment bon en calcul mental », s'extasia Minney.

Eustache perça à jour ses efforts pour le réconforter, et le chagrin sincère qu'il éprouvait sous ses grands airs tragiques revint de plus belle.

« Je ne l'ai pas calculé de tête, avoua-t-il. C'est papa qui me l'a dit. Il me racontait des choses intéressantes, dans le temps.

— Il vous en racontera encore.

— Non. Il sera trop occupé à essayer de gagner de l'argent parce que ma maladie a coûté très cher, répondit-il en se mettant à pleurer.

— Allons, allons, ce qui est fait est fait. Vous ferez plus attention une autre fois. Nous sommes presque arrivés. Voici le portail de Mlle Fothergill, entre ces buissons.

— Oui, je sais.

— À présent, séchez-vous les yeux, qu'elle ne s'aperçoive pas que vous avez pleuré. Vous verrez, elle est adorable. Je suis sûre que vous tomberez amoureux d'elle et que vous nous oublierez tous… Vous ne trouvez pas que c'est un joli portail ? »

Le portail de Mlle Fothergill comptait au moins cinq barres et était fait de chêne fumé, paré de clous et d'autres ornements en fer, peints en bleu. Tout en haut, en caractères gothiques, figurait l'inscription « Laburnum Lodge ».

« Ce sont tous des laburnums ? demanda Eustache en fixant avec respect les arbustes au feuillage épais.

— Non, ce sont des lauriers. Je pense que nous verrons des laburnums mais ils ne seront pas encore en fleurs. »

Ils franchirent le portail et se dirigèrent vers la demeure, presque dissimulée derrière un immense massif ovale.

« Et ça, ce sont des rhododendrons, chuchota Minney.

— C'est vrai ? Par où passe-t-on, maintenant ? »

L'allée carrossable, couverte de gravier jaune, se divisait pour contourner majestueusement les rhododendrons élancés.

« Par la gauche, c'est le plus court. Voici la maison. »

Construit dans la pierre rousse de la région, tout en longueur et d'une profondeur insondable, le manoir de Mlle Fothergill aurait pu avoir été conçu de sorte à inspirer crainte et respect chez celui qui le contemplait. Eustache eut l'impression de très nombreuses fenêtres. Ils s'arrêtèrent devant le porche qui entourait une arche semi-circulaire en brique rouge sombre, surmontée d'une lampe d'allure vaguement ecclésiastique.

« On dirait une église, chuchota-t-il.

— Pas à l'intérieur. Regardez la sonnette, elle est drôle, suspendue ainsi ! Ne tirez pas trop fort. »

Eustache était beaucoup trop troublé pour conserver le souvenir précis de ce qui suivit. L'intérieur qui devait lui devenir si familier lui laissa peu d'impressions, cet après-midi-là, hormis l'image de meubles sombres et polis, l'éclat de la peinture blanche, et les inexplicables allées et venues de la bonne qui lui prit son manteau et sa casquette pour les dissimuler quelque part. Puis elle ouvrit une porte, et ils pénétrèrent dans une longue pièce basse inondée par le soleil de fin d'après-midi, et remplie du sol au plafond d'objets qui, aux yeux d'Eustache, parurent telle la ligne découpée sur le ciel par quelque fabuleuse cité.

Hébété par la complexité de ses sensations, il se tint immobile. Il remarqua un mouvement à l'autre bout de la pièce, entre la fenêtre et la cheminée. S'insinuant entre les fauteuils, les tabourets et les tables, Mlle Grimshaw fondit sur eux. Elle ne parla pas, mais derrière elle résonna une voix qui, semblable au chantonnement d'une bouilloire, paraissait émettre de petites bulles.

« Eh bien ! Voici le héros du rallie-papier ! Comme c'est gentil, vraiment ! Je suis navrée de ne pouvoir me lever pour t'accueillir. Est-ce que tu arriveras à me trouver ?

— Elle a dit que j'étais un héros », souffla-t-il hâtivement à Minney avant qu'ils n'approchassent de la table à thé, escortés de Mlle Grimshaw.

Mlle Fothergill était encore masquée par la bouilloire en argent. Que verrait Eustache ? Le chapeau, le voile, les gants ? Il avança d'un pas mal assuré, contourna la table, et tomba face à face avec l'objet de tant de cauchemars éveillés.

Ce fut certainement un choc. Le chapeau et le voile avaient disparu. À cet instant, la terreur que lui inspirait Mlle Fothergill s'évanouit et ne réapparut qu'en une seule occasion. Avant la fin du goûter il put regarder sans ciller son visage rouge brique, son long nez pas tout à fait droit, sa bouche qui remontait sur le côté en formant une ouverture arrondie comme pour l'aération, même lorsque ses lèvres étaient censées être closes. Mais le plus surprenant fut que ses mains, dont les doigts sortaient de mitaines noires curieusement renflées, ne le gênaient pas. Cet après-midi-là marqua plus d'un changement dans l'attitude d'Eustache à l'égard de la vie. La laideur physique cessa de le repousser, et réciproquement la beauté perdit un peu de son attrait.

« Il vaut mieux qu'il s'asseye là-bas afin d'être à côté des gâteaux », dit Mlle Fothergill.

Eustache était trop jeune pour remarquer que grâce à cet agencement, Mlle Fothergill aurait le dos à la lumière.

« Et vous, mademoiselle Minney, asseyez-vous là. Vous prendrez bien une tasse de thé ?

— Une seule, merci. Il faut vraiment que je parte. »

Elle jeta un coup d'œil vers Eustache qui s'était déjà servi du gâteau.

« Je pense qu'il se débrouillera très bien tout seul.

— J'en suis sûre. »

La physionomie d'Eustache ne sembla lui opposer aucun démenti.

« À quelle heure dois-je venir le chercher ? » demanda-t-elle d'un air songeur et triste, en remarquant la satisfaction avec laquelle son petit corps s'adaptait aux lignes du fauteuil. Il leva la tête et dit d'un ton dégagé :

« Oh, Minney, je retrouverai bien le chemin tout seul ! » Un peu blessée, elle riposta :

« Et ce gros chien noir, près de la poste ?

— Helen le raccompagnera si cela vous arrange, proposa Mlle Fothergill, voyant l'hésitation d'Eustache. N'est-ce pas, Helen ? »

Mlle Grimshaw se contenta d'acquiescer d'un signe de tête.

« Nous nous débrouillerons pour vous le ramener, dit paisiblement Mlle Fothergill.

— Alors je n'aurai pas besoin de partir à une heure précise ? observa Eustache, visiblement soulagé.

— Ce soir le lièvre peut reposer ses membres las », dit Mlle Fothergill en souriant.

Mais Minney avait l'air grave en se levant pour prendre congé.

« Nous ne voulons plus qu'une chose pareille se reproduise. » Eustache lui adressa un sourire distrait, puis son regard se détacha d'elle pour parcourir la pièce, séduit par les couleurs douces et lumineuses, les reflets de l'argent et de la porcelaine, les groupes de bibelots délicats.

« Je serai parfaitement en sécurité ici », déclara-t-il.

X

Quand te reverrai-je ?

C'était un nouveau mois de septembre, mais Eustache ne s'était pas lassé de la compagnie de Mlle Fothergill, pas plus qu'elle de la sienne. Le salon où ils étaient assis l'attirait désormais aussi irrésistiblement qu'il le repoussait autrefois. Il y allait pour retrouver non seulement la vieille dame, mais la personnalité qu'il aimait le mieux en lui-même.

On n'avait pas encore tiré les rideaux, mais ils avaient fini de prendre le thé et étaient installés de part et d'autre d'un grand tabouret rond, tapissé d'un gai motif de fleurs en laine brodée. Il formait une table de jeu assez exiguë, mais il est vrai que le piquet ne nécessite guère de place.

« Voulez-vous que je donne pour vous ?

— Si ça ne t'ennuie pas.

— Est-ce que Mlle Grimshaw le fait ainsi ? demanda Eustache, qui distribuait les cartes alternativement par deux puis par trois.

— Non, mais la méthode que je t'ai enseignée est la bonne. »

Eustache eut l'air satisfait, cependant son visage se rembrunit bientôt.

« Vous jouez encore avec elle, parfois ?

— De temps en temps, mais je pense qu'elle est heureuse d'avoir un peu de répit.

— Ce n'est pas ce qu'elle a dit l'autre soir.

— Qu'a-t-elle dit ?

— Oh ! répondit-il après une brève hésitation, qu'elle regrettait le temps où vous et elle passiez toutes vos soirées à jouer ensemble.

— Vraiment ? Allons, parle ! On dirait que tu as honte de déclarer un point de sept.

— J'en ai jeté un, admit Eustache.

— Quelle sottise ! Tu dois compter tes points à présent. »

Eustache s'exécuta, un sourire complaisant aux lèvres.

« Cinquante-six.

— Ce n'est pas bon. Tu vois, maintenant, ce qui arrive quand on gaspille ses chances ?

— Il fallait bien que je garde mes quatre rois.

— Ah ! J'aurais dû me douter que tu avais plus d'un tour dans ton sac.

— Oui, quatre rois, quatorze, trois as, dix-sept, trois valets, vingt. »

Il annonça très vite ces chiffres en essayant de ne pas trahir sa jubilation devant ce total impressionnant, et ajouta avec hésitation :

« Et j'ai aussi une majeure.

— Eh bien, ne fais pas cette figure d'enterrement ! Tu sais très bien que ça te fait plaisir, au fond.

— Je crois que oui.

— Tu devrais certainement t'en réjouir. C'est une grave erreur de ne pas éprouver de satisfaction quand on en a l'occasion. Souviens-t'en, Eustache.

— Oui, mademoiselle Fothergill, dit-il en posant sur la table les cartes qu'il venait de ramasser par terre, à tâtons. Voici votre talon. Je ne l'ai pas regardé, précisa-t-il avec dignité.

— Non, tu es un petit garçon beaucoup trop poli pour ça, n'est-ce pas ? »

Eustache sentit la critique derrière ces paroles amicales.

« Vous me trouvez trop poli ?

— Ce serait impossible. »

La nuance d'ironie dont se teintait la réflexion de Mlle Fothergill le troubla un peu. À la fin de la partie, qui résulta en une victoire écrasante pour Eustache, elle lui demanda son sac. Il le prit et en défit le fermoir. Manifestement, ce geste était devenu pour lui une seconde nature car il l'accomplit machinalement. Mais ce soir-là un pli barrait son front, entre ses sourcils.

« Est-ce tant que cela ? demanda Mlle Fothergill. M'as-tu ruinée ? Tu as l'air si affligé !

— Ce n'est pas ça, répondit-il avec embarras.

— Ça t'est égal que je sois ruinée ?

— Bien sûr que non… C'est seulement qu'on m'a dit qu'il ne fallait pas jouer aux cartes pour de l'argent.

— Qui a dit ça ?

— Tout le monde, à la maison.

— J'ai remarqué que tu te faisais plus rare, ces derniers temps. Est-ce pour cela que tu n'es pas venu la semaine dernière, et une seule fois celle d'avant ? »

Eustache ne répondit pas.

« Mais il n'y a pourtant rien à redire au petit arrangement dont nous sommes convenus ? Je le croyais idéal. Ça ne te dérange pas d'avoir cet argent, n'est-ce pas ?

— Non, ça me plaît beaucoup. Mais ils disent que je devrais avoir la fierté de refuser.

— Oh ! Cela me paraît un peu extravagant. Quel mal peuvent te faire un ou deux pence supplémentaires par semaine ? »

La voix de Mlle Fothergill semblait émettre de petites bulles, comme toujours lorsqu'elle était nerveuse ou animée, et sa main déformée qui reposait sur ses genoux décrivit un petit cercle impatient.

« C'est une question de principe, dit Eustache, citant visiblement une réflexion prononcée par un adulte indigné. Ça risque de me donner de mauvaises habitudes.

— Bien, bien, soupira Mlle Fothergill. Nous jouerons donc pour l'amour. Alors je ne pourrai plus réclamer ma part de gains. Mais peut-être cela les ennuie-t-il aussi !

— Eux non, mais… commença Eustache, virant à l'écarlate.

— Mais toi, oui ? »

Eustache se leva d'un bond, au supplice. Il s'était habitué à la souffrance qui se peignait souvent sur le visage de Mlle Fothergill : on l'y voyait même sur la photographie, prise bien des années auparavant, qu'elle lui avait donnée. Mais il ne connaissait pas cette expression de colère mortifiée qui, tel un masque recouvrant un masque, transformait ses traits à cet instant.

« Bien sûr que non ! Bien sûr que non !… Comment, s'écria-t-il, pensant déjà en homme qu'un raisonnement aurait plus de poids que des protestations, mais je vous ai toujours embrassée, mademoiselle Fothergill, bien avant que nous n'ayons commencé à jouer au piquet, bien avant, ajouta-t-il, saisi d'une heureuse inspiration, que vous me l'ayez même demandé ! Vous vous en souvenez bien, dit-il, certain dans sa candeur qu'elle ne pouvait l'avoir oublié, c'était sous le gui, le jour où vous aviez cet arbre de Noël !

— Oui, dit-elle, un peu adoucie, je m'en souviens parfaitement.

— Vous n'avez pas cru, dit-il en se laissant tomber avec soulagement dans son fauteuil, que je vous embrassais uniquement parce que… parce que… c'est la coutume ?

— Non, certainement pas. »

Elle s'exprimait avec un calme affecté qui froissa légèrement Eustache: il suggérait d'une certaine façon qu'il avait manqué de tact en insistant si longuement.

«Je craignais que le piquet ne fût un peu au-dessus de ton âge, reprit-elle, et qu'il serait plus… plus amusant si chacun donnait un gage à l'autre quand il perdait, moi six pence le cent et toi… toi…»

La voix de Mlle Fothergill, qui lui faisait rarement défaut, se noya dans un léger gargouillement.

«Et moi, un baiser, acheva Eustache. Vous savez, c'était un plan excellent, à mon avis, et il a toujours parfaitement marché.

— Du moins jusqu'à présent, précisa en souriant Mlle Fothergill. Je me demande pourquoi il déplaisait à Helen. Elle t'en a peut-être parlé?»

Eustache lui coula un regard de sous ces cils. Il ne lui avait pas dit – et jamais il ne lui dirait – que c'était Mlle Grimshaw qui désapprouvait ces baisers. Un soir, sous prétexte de l'aider à enfiler son manteau, elle lui avait donné une petite bourrade qui l'avait beaucoup saisi, et lui avait méchamment soufflé à l'oreille: «Ce n'est pas moi qu'on prendrait à vous donner des baisers… ou des demi-couronnes!» Pendant plusieurs jours il avait redouté qu'elle ne recommençât. Il revécut la scène en pensée tout en fixant Mlle Fothergill, qui semblait amusée et pas contrariée le moins du monde.

«Je n'ai pas dit que c'était Mlle Grimshaw répondit-il enfin.

— Non. Mais c'est elle.»

Comme si souvent dans le passé, Eustache sentit que trouver une réponse appropriée était au-dessus de ses forces.

«Quand vous jouiez… quand vous jouez avec Mlle Grimshaw, avez-vous les mêmes arrangements? Je veux dire… » continua-t-il, voyant que Mlle Fothergill ne répondait pas. Mais elle l'interrompit.

« Je vois ce que tu veux dire. Non, je doute que nous ayons conclu les mêmes arrangements.

— Eh bien, dit Eustache d'un ton apaisant, c'est sans doute qu'elle le regrette et que ça l'a ennuyée.

— Ainsi elle était ennuyée ? demanda Mlle Fothergill, un sourire aux lèvres.

— Euh… En fait, non. Pas à la façon dont Hilda l'aurait été.

— C'est à Hilda que je dois tes visites, rappela la vieille dame, apparemment heureuse de trouver un nouveau sujet. Je regrette qu'elle ne vienne pas plus souvent. Elle ne t'a accompagné que deux fois.

— Elle n'aime pas autant s'amuser que moi. Et elle n'est pas tellement attirée par les beaux objets, les photographies et les livres.

— Ni par les cartes ?

— Non. Elle trouve que c'est une perte de temps.

— J'espère qu'elle ne pense pas que j'ai une mauvaise influence sur toi, dit négligemment Mlle Fothergill.

— Oh non ! pas vraiment, ni les autres, d'ailleurs. » Mlle Fothergill médita cette remarque.

« Il y a un an, elle semblait tant tenir à ce que tu viennes me voir !

— C'est vrai, répondit-il avec empressement, mais parce qu'elle pensait que je ne le voulais pas… Non », se reprit-il, consterné plus encore par l'explication qu'il devrait fournir que par son indiscrétion même. L'intervention de Mlle Fothergill le sauva.

« Mais elle t'aime beaucoup, cela saute aux yeux.

— Oh oui ! Ils m'aiment tous. Mais je ne sais pas pourquoi, dès qu'ils me voient vraiment heureux et que ça dure, ça n'a pas l'air de leur plaire.

— Et tu es heureux ici ?

— Très », dit Eustache.

Il y eut un long silence, pendant lequel Mlle Fothergill contempla le feu pétillant derrière la grille d'acier qu'Eustache admirait tant. Peut-être y voyait-elle une image. Enfin elle tourna son regard vers lui.

« Il ne faut plus venir aussi souvent, si c'est ce que pensent ton père et ta tante. Je ne me vexerai pas, tu sais. »

Le visage d'Eustache s'allongea.

« Mais j'aurais voulu que tu aies d'autres… d'autres amis. Et le petit Staveley ? Il t'arrive de le voir, ces temps-ci ?

— Il a écrit à Hilda, à Noël, et lui a encore proposé une promenade à cheval, mais elle a refusé.

— Je me demande pourquoi. Mais ne pourrais-tu pas y aller sans elle ?

— Il ne me l'a pas demandé.

— Eh bien, dit Mlle Fothergill, ne désespérons pas. Tu iras sans doute bientôt à l'école et tu te feras une foule de nouveaux amis.

— Papa n'a pas les moyens de m'envoyer dans une bonne école, dit tristement Eustache, et tante Sarah ne veut pas que j'aille dans une mauvaise.

— Elle a tout à fait raison, approuva Mlle Fothergill. Peut-être iras-tu dans une bonne école un jour. Quel âge as-tu ? demanda-t-elle avec douceur.

— Presque dix ans et demi. Je prends de l'âge. »

Depuis l'algarade de son père, il avait toujours l'impression d'être plus vieux qu'il n'en avait le droit. Mlle Fothergill parut se livrer à un calcul. Brusquement, une extrême tristesse se peignit sur ses traits. Un étranger ne l'eût sans doute pas remarqué, tant son expression habituelle était déroutante. Elle se mit à fouiller dans son sac.

« Tu prendras bien les deux shillings, cette fois-ci ? » demanda-t-elle, et Eustache s'attendit à la voir sortir l'argent de sa bourse ; mais c'était son mouchoir qu'elle cherchait. Elle se moucha, puis lui tendit la somme qu'il avait gagnée. Aussitôt, bien que cela ne fût pas stipulé dans leur contrat, il se leva et alla l'embrasser. Sa joue mouillée avait un goût de sel.

« Vous pleurez ?

— Comme tu dirais, "pas vraiment". Je devrais pourtant être heureuse d'économiser tant de shillings à l'avenir ! »

Tout jeune qu'il fût, Eustache connaissait déjà l'embarras qui s'installe entre deux personnes en train de vider une dette d'honneur.

« Mais vous me laisserez tout de même vous embrasser ? Une fois si je perds, deux si je gagne ? »

Pendant quelques instants, Mlle Fothergill demeura silencieuse, puis elle lui demanda :

« Quand te reverrai-je ? »

Eustache suggéra le surlendemain.

« Malheureusement j'attends de la visite ce jour-là », dit Mlle Fothergill.

Cette réponse le glaça. Il savait qu'elle avait souvent repoussé la visite d'autres amis pour le voir, mais l'inverse ne s'était jamais produit.

« Voyons un peu plus tard. Que dirais-tu de vendredi en huit ?

— Vous serez occupée pendant tout ce temps ? demanda-t-il, désappointé.

— Non, mais je pense que toi tu devrais l'être. Tu ne dois pas consacrer trop de temps à jouer aux cartes avec une vieille femme.

— C'est ce que j'aime le mieux, dit-il d'une voix lugubre.

— Disons mercredi, alors. Maintenant, sonne trois fois et quelqu'un viendra te reconduire.»

Le petit cérémonial du départ ne laissait pas de procurer à Eustache un plaisir exquis. Le simple fait de presser la sonnette électrique – luxe inconnu à Cambo – le ravissait.

«Et dis bien à ta tante que nous ne faisons pas que jouer aux cartes, déclara soudain Mlle Fothergill. Tu me lis des vers, tu joues du piano, tu m'emmènes en promenade, tu fais ma correspondance et je... Eh bien, tout cela me fait très plaisir, conclut-elle à voix basse.

— Vous faites bien plus que cela pour moi, s'écria-t-il avec ferveur. Vous... Vous... »

Il s'aperçut que Mlle Fothergill le regardait avec l'air d'attendre quelque chose. Son cœur était empli de tous les bienfaits qu'elle lui avait prodigués, mais ses lèvres étaient incapables de les exprimer par des mots. Dans toute la pièce, il avait conscience des influences enrichissantes, rafraîchissantes, enivrantes – qu'elle avait libérées dans sa direction. Mais il ne savait en quels termes formuler sa reconnaissance ; et pendant qu'il les cherchait, l'expression avide de Mlle Fothergill s'évanouit, cédant la place à la déception.

«Vous avez sur moi un effet civilisateur, trouva-t-il enfin. C'est papa qui l'a dit.»

Il avait sauvé la situation, car Mlle Fothergill parut tout à fait ravie.

«En ce cas tu peux peut-être rester encore un peu.

— Faut-il laisser attendre Alice ?

— Cours lui dire qu'il s'agissait d'une fausse alerte.»

Eustache s'attarda un moment dans le hall d'entrée pour s'excuser auprès d'Alice de l'avoir dérangée pour rien. L'obligeance avec laquelle elle accepta ses explications l'incita à rester plus longtemps. En regagnant le salon, il y trouva Mlle Grimshaw. Elle lui tournait le dos et parlait à Mlle Fothergill. Elle ne le regarda pas. Il y eut quelques instants de silence comme il contournait les tables basses pour s'arrêter entre les deux femmes. Mlle Grimshaw ignora sa main tendue. Elle regardait fixement Mlle Fothergill, qui chuchotait :

« Je vous répète que ce n'est rien, Helen. Cela m'est déjà arrivé souvent. »

Ses mains gantées de mitaines eurent un mouvement maladroit comme pour se réfugier sous la dentelle lilas de ses longues manches larges. Sa poitrine se soulevait rapidement, et elle pressait sa tête contre le dossier du fauteuil. Eustache fixait sur elle un regard fasciné.

« Je téléphone au docteur, décida Mlle Grimshaw. Eustache, vous feriez mieux de vous sauver, à présent. »

Eustache les regarda tour à tour, indécis. Aucune d'elles ne paraissait consciente de sa présence, tant elles étaient absorbées par cette nouvelle situation d'où il était exclu. Enfin Mlle Fothergill dit d'une voix moins indistincte :

« Qu'il reste, Helen. Il me tiendra compagnie pendant que vous téléphonez. »

Mlle Grimshaw regarda sa patronne d'un air qu'il ne sut déchiffrer, mais qui semblait l'inclure dans son ressentiment.

« Est-ce bien juste pour l'enfant, Janet ? » dit-elle en s'apprêtant à sortir.

Que c'était étrange ! songea Eustache. Il ne l'avait jamais entendue appeler Mlle Fothergill par son prénom. Et qu'est-ce qui n'était pas juste pour lui ? Mlle Grimshaw se souciait-elle vraiment que ça ne le fût pas ? Par le passé, elle n'avait jamais eu l'air de prendre son parti. Mais pourquoi l'eût-elle fait, puisque Mlle Fothergill s'en chargeait toujours ? Il observa anxieusement la silhouette affalée dans son fauteuil. Elle tournait le dos à la lumière déclinante du jour, et comme il s'était assis il avait du mal à la distinguer. Les petits mouvements nerveux qu'il connaissait si bien et que ses vêtements, ses bijoux, semblaient accentuer, avaient cessé. Un froid glacial s'insinua dans son cœur, comme si sa longue amitié avec Mlle Fothergill avait soudain été abolie et qu'il se trouvait seul avec l'inconnue qui l'avait tant effrayé sur la falaise.

« Dois-je reprendre les cartes, mademoiselle Fothergill ? demanda-t-il. Aurez-vous le temps de faire une nouvelle partie ? »

Le son de sa propre voix le rassura ; celle de la vieille dame, aussi altérée fût-elle, lui procura un soulagement indicible.

« Non merci, Eustache. Je ne suis pas sûre que nous en ayons le temps. Il va falloir que tu rentres chez toi et quant à moi…

— Vous êtes déjà chez vous, dit-il doucement.

— Oui, mais je vais devoir subir ce médecin assommant, le docteur Speedwell. Je ne devrais pas dire ça, c'est vraiment un très brave homme. C'est lui qui t'a soigné, n'est-ce pas ? Il m'a dit qu'il t'aimait beaucoup. Que tu avais en toi une foule de qualités qui ne demandaient qu'à s'exprimer. Ne l'oublie pas, Eustache, ne l'oublie pas. »

Il s'épanouit sous ce compliment mais ne put s'empêcher d'être surpris par l'urgence qu'il sentait dans la voix de Mlle Fothergill.

« Il ne m'a vu qu'au lit. Ça n'a pas pu lui apprendre grand-chose ?

— Oh mais si, les docteurs comprennent beaucoup de choses ! Il a dit, reprit Mlle Fothergill, un peu essoufflée, que tu ne peux pas faire plaisir à tout le monde – cela, personne ne le peut – et que si tu te préoccupais moins de ne pas décevoir les autres, tu ne les décevrais pas du tout. Tu comprends ?

— Il parlait d'Hilda, de tante Sarah, de papa, de Minney… ?

— Et de moi, si tu veux. Nous sommes toutes des intrigantes. Tu ne dois pas nous laisser te dévorer.

— Mais ne m'avez-vous pas déjà dit quelque chose de ce genre ? demanda Eustache, un soupçon naissant dans son esprit.

— C'est possible… J'ai oublié… mais le docteur Speedwell le pense aussi. Et il a dit que tu avais bien fait d'aller au rallie-papier, c'était à ton honneur même si par la suite tu es tombé malade. Souviens-t'en, Eustache, souviens-t'en. »

Elle se tut, puis demanda d'un ton qu'elle s'efforçait de rendre plus léger :

« Te souviens-tu s'il a dit quelque chose de gentil à mon sujet ? »

Eustache fouilla désespérément sa mémoire. Le docteur Speedwell avait-il fait la moindre allusion à Mlle Fothergill, sinon en l'appelant « la vieille dame de Laburnum Lodge » ? Cela ne convenait pas. Il n'aurait pas aimé qu'on l'appelle simplement « le petit garçon de Cambo ». Mais toute autre réponse eût été une invention, un mensonge. Tant pis.

« Il a dit que vous étiez une vieille dame charmante et qu'il vous aimait beaucoup. »

Mlle Fothergill eut un mouvement d'impatience.

« Non, Eustache ! Je suis sûre qu'il n'a jamais dit ça, tu viens de l'inventer. Je ne suis pas une vieille dame charmante, et je refuse qu'on m'appelle ainsi. »

Avec quelle rapidité s'était abattu le juste châtiment ! Eustache demeura silencieux. Quand Mlle Fothergill reprit la parole, sa voix avait perdu toute sa causticité.

« A-t-il un jour suggéré une manière d'améliorer mon caractère ? »

Ça, c'était facile.

« Non.

— Il met bien du temps à venir, s'il a tant d'affection pour moi ! dit Mlle Fothergill avec une soudaine irritation. Et Helen est longue à téléphoner ! Tout le monde est-il mort, dans cette maison ? Toi qui as de bons yeux, Eustache, dis-moi : fait-il aussi sombre que j'en ai l'impression ? Est-ce que tu me vois ? Est-ce que je suis là ? Dirais-tu que je suis vraiment là, dans cette pièce ? »

Eustache perçut l'anxiété sous l'ironie familière et s'en effraya.

« Oui, vous êtes bien là, mademoiselle Fothergill, répondit-il de son ton le plus rassurant. Et il fait plutôt sombre. Voulez-vous que j'aille... ?

— Va voir à la fenêtre s'il arrive. Non, non, c'est idiot... Allume la lumière, veux-tu ? Non, non... Je ne le veux pas non plus... Peut-être Helen avait-elle raison. Je n'aurais pas dû te faire rester. C'était égoïste de ma part. Mais je me sentais mieux et je voulais te dire quelque chose. Je te l'ai dit. Tu t'en souviens ?

— Oui. Oui, mademoiselle Fothergill.

— Eustache ! » cria-t-elle. Elle avait toujours du mal à prononcer son nom ; les syllabes étaient noyées, déformées par l'infirmité qui gênait son élocution. « Eustache ! » Ces sons étaient à peine plus intelligibles que le ressac déferlant sur les rochers.

« Oui, mademoiselle Fothergill.

— Veux-tu me tenir la main ? »

Eustache s'approcha d'elle. Il y avait des années que Mlle Fothergill n'avait serré la main à personne. Elle en était visiblement incapable, et avait depuis longtemps cessé d'éprouver de l'embarras quand un étranger lui tendait la sienne. Elle refusait d'un geste vif, exubérant. De fait, « C'était comme de serrer la main à Mlle Fothergill» était une expression communément utilisée à Anchorstone pour décrire une entreprise stérile. Aux yeux d'Eustache, ses mains avaient fini par paraître stylisées, à peine plus réelles que celles représentées sur un portrait. Il ne les considérait plus comme faites de chair et de sang. Les toucher à présent lui semblait un acte d'une insupportable intimité, auquel tout son être se refusait – non point tant par frayeur, car sa peur était devenue trop générale pour voir d'anciennes terreurs dans un vieux croque-mitaine, que par le sentiment obscur d'enfreindre la règle, de faire ce qu'elle n'aurait jamais toléré, eût-elle été elle-même. Mais il ne pouvait se dérober à son appel. Prenant place sur le tabouret en tapisserie qui leur servait de table de jeu, il chercha à tâtons les doigts gantés qu'il prit entre les siens, étonné de les sentir si froids. Il porta son regard sur le visage dépouillé de la réserve qu'elle lui imposait, sans défense désormais, et ce faisant il aperçut dans la pénombre deux silhouettes qui passaient devant la fenêtre. Un moment plus tard, des voix retentirent dans le couloir, la porte s'ouvrit, il y eut un déclic et la lumière inonda le salon.

« Il était assis là comme s'il lui prenait le pouls, raconta plus tard le docteur Speedwell. Au début, il a refusé de la quitter. Bien entendu nous l'avons éloigné dès que nous l'avons pu. Le téléphone était en panne et Mlle Grimshaw était venue me chercher, sans quoi j'aurais été là plus tôt. Pauvre petit… il ne cesse de s'attirer toutes sortes d'ennuis ! »

XI

Salon et salle de bains

« Tu diras ce que tu voudras, Alfred (et la voix de tante Sarah suggérait qu'il y avait quelque chose de profondément répréhensible au fait de dire ce que l'on voulait), mais je ne crois pas que nous devions le lui dire.

— En ce cas, il faut t'attendre à ce que quelqu'un d'autre s'en charge bientôt ! rétorqua M. Cherrington, avec une pointe d'excitation qu'il faisait visiblement de son mieux pour réprimer.

— Je doute même que nous puissions accepter.

— Pourquoi donc, Sarah ? Et de toute façon, ce n'est pas à nous d'accepter ou de refuser. »

Il se leva et se planta le dos à la cheminée, son verre à la main. La bouteille à peine débouchée et son inévitable siphon étaient posés sur le meuble indéfinissable, ni desserte ni buffet mais à mi-chemin entre les deux, qui donnait au salon de Cambo l'air d'être peu disposé à se prêter aux usages de la vie quotidienne. Ces emblèmes de détente, de même que le feu – assurément un luxe, en septembre – crépitant et grésillant, comme furieux d'avoir été allumé, formaient les seules notes qui offensaient l'austérité puritaine de la pièce. Mais ils suffisaient à en modifier l'aspect; elle avait pris, quoique de très mauvaise grâce, un petit air de fête d'autant plus insolite que M. Cherrington et sa sœur étaient tous deux vêtus de noir et arboraient une expression endeuillée, lui quand il y pensait, elle comme une seconde nature.

« Qui aurait cru que la vieille dame avait tant d'argent ? remarqua-t-il pensivement. Eustache ne nous parlait pas beaucoup d'elle.

— Tu as bien vu tous les objets ravissants qu'elle possédait, le jour où nous sommes allés y prendre le thé. Eustache en parlait souvent, trop souvent parfois à mon gré. Tu ne peux t'attendre à ce qu'un enfant de cet âge sache ce qu'est l'argent.

— Maintenant il le saura. »

Mlle Cherrington releva le défi.

« Je ne pense pas que cela soit très sage. Cela risque de pervertir toute sa conception de la vie. Nul mieux que moi ne connaît toutes les qualités d'Eustache, bien que j'espère ne pas le gâter. Mais il est influençable, et ce serait mauvais pour lui de savoir qu'il possède tout cet argent.

— Ce n'est pas une si grosse somme.

— Vraiment ? Pour moi, dix-huit mille livres sont une somme considérable.

— Elle ne sera à lui qu'à sa majorité, dans plus de dix ans ; entre-temps je serai libre d'en gérer les intérêts comme bon me semblera pour son éducation. »

Mlle Cherrington ne répondit pas tout de suite. Elle parcourut la pièce, si nette, inconfortable et inamicale, de son regard froid ; elle contempla le feu injustifiable, achevant résolument sa combustion ; elle regarda le verre dans la main de son frère. Alors seulement elle dit :

« Il y a une autre raison qui devrait nous inciter à refuser l'héritage de Mlle Fothergill. Il pourrait nous donner des habitudes extravagantes. »

M. Cherrington traversa la pièce afin de remplir à nouveau son verre.

«Je ne sais pas ce que tu veux dire, Sarah, mais je me satisferais fort bien d'un peu d'extravagance, crois-moi.»

Il baissa les yeux vers sa sœur, observant les fils grisonnants mêlés à la chevelure brune, les fortes lignes verticales qui en supportaient d'autres tout aussi creusées, barrant son front, ses yeux sans éclat distraitement fixés sur ses chaussures noires usées.

«J'en suis certaine, Alfred, dit-elle sans dureté aucune. Mais songe un peu : il y aurait les revenus de ces dix-huit mille livres – plus de sept cents par an, m'as-tu dit – tellement supérieurs aux tiens, et tu en serais responsable pour Eustache ; quel contrôle aurais-tu sur lui ? Et quelle serait la position d'Hilda et de Barbara, sœurs sans-le-sou d'un homme fortuné ? Je ne dis pas qu'elles seraient jalouses, ni qu'il se sentirait supérieur. Je suis convaincue qu'ils s'efforceraient de l'éviter. Mais rien ne crée plus vite la rancœur que lorsqu'un membre d'une famille obtient plus que les autres. Cela fait ressortir le pire en chacun. Sans parler des parents de Mlle Fothergill, qui seront sans doute froissés. Tu m'as dit toi-même que certains d'entre eux avaient l'air furieux et déçus à la lecture du testament.

— Mlle Grimshaw avait certainement l'air plutôt pincé, répondit M. Cherrington en riant dans sa barbe.

— On pouvait difficilement espérer le contraire, après toutes ces années. Je suppose que Mlle Fothergill se montrait parfois un peu difficile à vivre.

— Je suis sûr qu'elles s'entendaient comme chien et chat, dit Cherrington en sirotant confortablement son verre.

— Nous n'avons pas le droit de dire cela, répliqua sa sœur, la mine réprobatrice. Les gens n'ont que trop tendance à imaginer des disputes entre intimes. Même en supposant qu'elles n'aient pas toujours fait bon ménage, Mlle Grimshaw devait penser, à juste titre, que toute une vie de dévouement méritait bien plus que les visites occasionnelles d'un petit garçon qui ne pouvait rien faire pour aider Mlle Fothergill et a dû bien souvent les importuner.

— N'oublie pas que son dévouement était rémunéré. Elle vivait aux frais de Mlle Fothergill, et au bout du compte elle a eu autant qu'Eustache. Il y avait des quantités d'autres legs. Elle n'a pas dû toucher loin de cent mille livres.

— Je sais, je sais, mais malgré tout l'idée me déplaît. Que diront les gens ? Ils penseront que nous avons poussé Eustache, que nous l'avons incité à s'attacher l'affection de Mlle Fothergill, sachant qu'elle était vieille, solitaire, et qu'elle n'avait peut-être plus toute sa tête depuis son attaque. »

M. Cherrington prit un cigare qu'il alluma soigneusement, sinon avec adresse, sous le regard de sa sœur qui l'observait comme un étranger violant l'aménité d'un wagon non fumeurs.

« Eh bien ce serait vrai, en un sens. Il ne voulait pas y aller, il s'est même enfui pour l'éviter et tu l'y as forcé. J'en suis très heureux, étant donné la façon dont les choses ont tourné. Mais à la seule vue de Mlle Fothergill, tout son instinct lui criait de détaler à toutes jambes. Il ne voulait pas la fréquenter.

— Les autres n'ont pas besoin de le savoir. Bien entendu, nous n'avons jamais voulu que ces visites deviennent une habitude. Je ne voulais simplement pas qu'il grandisse avec l'idée qu'il faut éviter les gens sous prétexte qu'ils sont vieux et laids. Tu sais combien il est sensible à la beauté. Ça paraît stupide de dire ça d'un enfant, mais il était un peu amoureux de Nancy Steptoe.

— Il a certainement obtenu plus de Mlle Fothergill qu'il n'avait espéré obtenir d'elle.

— Je n'aime pas ta façon de présenter les choses, Alfred, dit avec répugnance Mlle Cherrington. Cela frise la vulgarité. Mais il y a du vrai dans ce que tu dis : la première fois qu'Eustache a rendu visite à Mlle Fothergill, c'était par devoir. Ensuite il y est retourné parce que cela lui plaisait. Elle le gâtait, elle lui préparait un goûter soigné…

— Il faut admettre que ses manières se sont étonnamment améliorées grâce à ses leçons. C'est presque un homme du monde à présent.

— Et elle lui a appris à jouer pour de l'argent. Ça ne me plaisait pas, et je n'aimais pas qu'il y aille si souvent. Naturellement Hilda en souffrait ; même si elle ne se plaignait jamais, on voyait bien qu'il lui manquait. Comme tu le disais, il y allait parce qu'il en tirait quelque chose. Pas seulement un ou deux shillings, cela, je n'y voyais pas vraiment d'objection, mais plutôt… Je ne sais pas, un sentiment de luxe, l'impression qu'il suffit de sourire et d'être aimable pour que tout soit facile. Il n'en avait certes pas conscience ; il savait seulement qu'un thé et des gâteaux l'attendaient à Laburnum Lodge chaque fois que l'envie lui prenait d'y aller. Ce que je crains, c'est que si nous acceptons cet argent pour lui, il s'attende plus tard à ce qu'on lui retourne la moindre de ses gentillesses. Tu ne voudrais pas qu'il soit élevé de cette façon !

— Tu veux dire que la vertu devrait comporter en elle-même sa propre récompense ?

— Certainement.

— Eh bien, répondit-il en s'étirant, tu t'apercevras, j'en ai peur, que la loi a une conception des choses tout à fait différente. »

À la rumeur des voix dans la pièce du dessus s'ajoutèrent le martèlement de pieds et d'autres bruits moins faciles à identifier. L'eau du bain descendit en cataractes dans la canalisation qui longeait la fenêtre, et des odeurs de cuisine, qui ne se dissipaient jamais totalement à Cambo, s'infiltrèrent par d'invisibles orifices pour se mêler à l'effluve du cigare de M. Cherrington. Il serait bientôt l'heure de dîner – de dîner, sous la lampe à manchon qu'une fois de plus il fallait changer, de mets froids, à part le légume qui ce soir s'annonçait être du chou. Il avait juste le temps de reprendre un verre. C'était son quatrième et il fit naître en lui une résolution dont ni lui ni sa sœur ne le savaient capables. Quand ils se levèrent quelques minutes plus tard, il avait eu gain de cause. Eustache hériterait de Mlle Fothergill mais, par déférence aux désirs de sa tante, on ne lui dirait rien de sa fortune, ni de la manière dont elle affecterait son avenir.

Pendant ce temps au premier étage, dans la salle de bains, se déroulait une autre conversation. Cela faisait plus d'un an qu'Eustache avait obtenu le droit de prendre son bain seul. Au début il avait considéré ce privilège avec consternation. Il présentait maints dangers redoutables : les robinets étaient du genre à tourner interminablement dans un sens comme dans l'autre sans modifier sensiblement le débit d'eau. Même les adultes, menacés d'être ébouillantés ou transis de froid, perdaient la tête, se défiaient de leurs sens et appliquaient à ces robinets trop malléables un système frénétique d'approximations successives. Bien d'autres risques existaient encore. Eustache n'avait plus peur d'être englouti en même temps que les eaux usées quand il soulevait la bonde, mais il avait un jour posé le pied au-dessus de l'orifice et le souvenir de la brutale succion qu'il avait ressentie l'inquiétait encore. Si toute sa jambe était aspirée, il serait peut-être coupé en deux. La peur que l'eau du bain déborde pour s'insinuer dans le plancher et le dissoudre, le faisant tomber, lui, dans le salon en provoquant un accident qui coûterait à son père plusieurs centaines de livres, était trop irrationnelle pour l'effrayer vraiment, bien que l'idée lui en traversât parfois l'esprit ; mais il avait conçu une autre terreur plus proche de son tempérament. L'émail blanchâtre de la baignoire, écaillé par endroits, révélait des taches d'un bleu livide. Ces marques représentaient des cités destinées à l'engloutissement. Chacune avait son nom, qui changeait au gré de la fantaisie d'Eustache. Parfois une seule inondation satisfaisait son désir destructeur, mais certaines villes semblaient presque insubmersibles et pouvaient être immolées de façon répétée sans perdre leur vertu. Celles qu'il aimait le moins étaient situées tout au fond de la baignoire, et à mesure que l'eau atteignait les strates supérieures de sacrifice, l'extase d'Eustache grandissait. Quand enfin, après de nombreuses manipulations glaciales, l'eau s'élevait jusqu'à Rome, sa victime de prédilection, l'esprit du raz de marée l'habitait tout entier. Mais il se permettait rarement cette liberté, car au-dessus de Rome, à guère plus d'un ou deux centimètres, se trouvait une autre marque, la Marque de la Mort. Si l'eau touchait la Marque de la Mort, ne fût-ce qu'en l'effleurant, Eustache serait maudit.

Mais ce soir-là il ne serait pas seul. Par un privilège exceptionnel, Minney viendrait lui raconter l'enterrement. Il l'avait interrogée dès l'instant où elle était rentrée, mais elle était occupée et n'avait pas cessé d'atermoyer. « Tu n'as pas besoin qu'on te parle d'enterrement », avait-elle répété. Mais Eustache voulait savoir et s'irritait confusément d'être trop jeune pour connaître de pareilles choses. Pourtant son courage fléchissait devant l'épreuve. Il était empli d'un sentiment mitigé, fait de terreur et d'avidité, qui grandissait à mesure que l'absence de Minney se prolongeait.

Il avait perdu la notion des jours écoulés entre sa dernière visite à Mlle Fothergill et sa mort. Il ne devait pas y en avoir beaucoup, car on lui avait dit qu'elle n'avait jamais repris conscience – expression qu'il comprenait imparfaitement, et qui l'oppressait par son importante gravité, son air de finalité, l'insupportable barrière qu'elle dressait entre son imagination et Mlle Fothergill. Cette tiède région de la pensée, que durant toute une année elle avait meublée d'objets délicieux et d'idées passionnantes à contempler, avait semblé un don éternel. Et voilà qu'elle était morte en l'emportant avec elle. Les jalousies étaient baissées, disait-on, à Laburnum Lodge, les marchands ambulants enjoués ne montaient plus en sifflotant jusqu'à la porte de l'office, le facteur avait supprimé le manoir de sa tournée, et tout signe de vie en avait disparu. Faute d'être actionné, le portail de chêne s'enfonçait davantage dans ses gonds, bientôt la clenche serait rouillée et pour entrer il faudrait escalader la porte, mais seuls d'intrépides garçons de courses oseraient le faire. «Je ne passerai plus jamais par là, songea Eustache. Je prendrai par l'autre côté, celui du phare, par la plage et les falaises. Et au moins une fois par semaine j'irai au cimetière du vieil Anchorstone pour déposer des fleurs sur sa tombe.»

Cette tombe était constamment dans ses pensées. Il ne l'avait pas vue, car on l'avait dissuadé d'assister aux obsèques. On ne le lui avait pas vraiment défendu, rien ne semblait plus défendu depuis la mort de Mlle Fothergill. Cela ajoutait encore à son impression d'étrangeté, comme si un repère familier, un avertissement aux contrevenants, avait soudain été supprimé. On lui avait dit qu'elle n'était pas partie pendant qu'il était près d'elle ; il ne devait pas se faire de souci, la main qu'il tenait n'était pas celle d'une morte. Pendant une fraction de seconde, Eustache avait respiré plus librement, bien que son sentiment d'importance en eût pâti : avoir tenu la main d'une morte était une distinction insigne. À la connaissance de Minney, aucun enfant de son âge n'avait vécu semblable expérience et Eustache, qui avait déjà la passion des records, se sentait désappointé, quand sa peur s'estompait, d'être passé à côté de celui-là. Il aurait voulu s'en vanter un peu, même si ce n'était pas tout à fait un record, mais personne ne semblait disposé à l'écouter et Hilda, qu'il y avait forcée, lui rappela qu'il pleurait lorsque Alice l'avait ramené à la maison.

Malgré tout il voyait bien qu'elle était impressionnée, et elle avait été gentille avec lui, cet après-midi, quand la maison s'était vidée de ses adultes et qu'ils étaient restés seuls pour s'occuper de Barbara, dont l'humeur était encore plus exubérante que d'habitude et qui ne comprenait pas que l'heure était mal choisie pour grimper sur les fauteuils et lancer des éclats de rire stridents. Eustache pensait qu'elle aurait dû porter un signe de deuil, comme peut-être un nœud noir sur sa robe chasuble, puisque ses cheveux étaient trop courts pour être noués ; mais cette idée fut rejetée. Quant à lui, il portait une cravate noire et un brassard cousu sur sa manche. Il était impatient de les arborer au-dehors. Les étrangers chuchoteraient : « Qui est ce petit garçon qui paraît avoir subi une si terrible perte ? » et peut-être l'arrêteraient-ils pour le lui demander. Et ses amis… mais qui étaient ses amis ? Pas Nancy Steptoe, la belle d'Anchorstone. Se soumettant douloureusement à la loi familiale, il ne lui avait pas adressé la parole depuis le jour du rallie-papier. Plus d'une fois, alors qu'il soulevait son chapeau pour la saluer, elle avait paru toute prête à s'arrêter, les sourcils levés d'un air interrogateur, un demi-sourire aux lèvres, mais Eustache, détournant la tête, avait passé son chemin. Et maintenant elle le reconnaissait à peine, imitée de ses amis sur lesquels elle régnait sans partage. Dick Staveley ? Depuis Noël, il n'avait pas donné signe de vie. Perdu dans les vastes profondeurs d'Anchorstone Hall, il évoluait sous des plafonds vertigineux parmi d'innombrables sofas, menant une existence glorieuse dont même en imagination Eustache se sentait exclu. Si seulement Hilda avait répondu plus aimablement à sa proposition de lui enseigner l'équitation ! Elle était là, dans sa robe bleu sombre, le ton le plus proche du noir que renfermât sa garde-robe, ses longues jambes formant un V disgracieux, sa tête languidement penchée dessinant avec son dos voûté le point d'interrogation qui faisait le désespoir de Minney, quand elle aurait pu galoper follement sur le sable en compagnie de Dick, dans un grondement de sabots, pendant qu'Eustache, debout sur un rocher ou toute autre éminence sans danger, jouerait le rôle de poteau d'arrivée. « Hilda gagne d'une tête ! »…

Mais non, il était vain d'évoquer cette scène exaltante, vain d'imaginer une vie d'actions, d'émotions haletantes parmi des compagnons radieux et insouciants, des aventures où l'on s'élançait éperdument pour s'en affranchir tout aussi vite. Blessé par la cruelle réalité du rallie-papier, ce rêve s'était enfui, l'aile brisée ; puis Mlle Fothergill l'avait presque exorcisé, Mlle Fothergill qui adoucissait la vie, qui en supprimait les aspérités et les contraintes, qui réunissait dans son salon pour y être appréciés sans effort, sans rivalité ni danger, des trésors auxquels une partie d'Eustache attachait plus de prix qu'aux sensations plus impétueuses de l'expérience physique. En vérité, elle avait fini par incarner pour lui toutes les aspirations qui submergeaient la routine de sa vie à Cambo ; elle représentait le monde extérieur et les amis qu'il y avait ; dans son exploration, son regard ne voyait pas plus loin que Laburnum Lodge ; l'aiguille magnétique de son être s'était fixée sur elle.

Allongé dans la baignoire en attendant Minney, il avait conscience non seulement de la douleur sans mélange que lui avait causée sa perte, mais des menaces du monde extérieur, telles des fumerolles serpentant au-dessus de ses fondations fracassées. Et comme si souvent, son sens aigu du danger se concentrait sur une terreur particulière : « Et si j'étais la ville de Rome, pensait-il, et que le raz de marée soit quelqu'un d'autre, peut-être Hilda, il me tuerait sans même toucher la Marque de la Mort. »

Il examina attentivement les parois de la baignoire. Rome était encore haute et sèche ; l'eau n'avait atteint qu'Odessa, déjà maintes fois engloutie sans procurer à Eustache le moindre sentiment intime de puissance.

Ne valait-il pas mieux, par cette sombre journée, rester prudent et vider un peu d'eau ? Mais ce geste le rendrait coupable de lâcheté ; c'était une voie qui, suivie à l'extrême, finirait par le rendre à jamais incapable de prendre un bain. Mais lorsque le Destin semblait s'acharner autour de lui, il lui était sans doute permis de faire une petite concession pour sauvegarder sa tranquillité d'esprit ? Il se pencha vers la chaîne, si résolu à déjouer le sort qu'il n'entendit pas la porte s'ouvrir.

« Eh bien ! s'exclama Minney, sa voix affairée prenant un ton d'excuse. Suis-je tellement en retard ? Vous avez fini ? Vous étiez sur le point de sortir ? »

Eustache s'écarta de la chaîne et s'allongea, puis pour reprendre son sang-froid il se mit à tapoter l'eau avec ses mains.

« Non, dit-il tristement, je voulais juste retirer un peu d'eau, c'est tout.

— Dieu me bénisse, s'écria Minney en s'approchant vivement, mais il n'y en a déjà pas moitié assez ! »

Tout en parlant, elle fit couler les deux robinets, des torrents aveugles, tumultueux, se déversèrent, comme impatients d'effacer tous les repères d'Eustache. Minney portait un tablier blanc par-dessus sa robe noire ; on aurait dit un surplis. À travers la vapeur, il vit que ses cheveux châtains un peu clairsemés étaient coiffés et tirés en arrière avec plus de soin que d'habitude.

« Je n'ai pas eu le temps de me changer, dit-elle. Barbara mijotait toutes sortes de sottises. C'est vraiment une petite coquine. »

Eustache était trop abattu pour demander ce que Barbara avait fait, mais il s'intéressait à son caractère qui trahissait déjà des signes d'indépendance.

« Est-ce qu'elle s'est excusée ?

— Non, vous savez bien qu'il n'y a pas moyen de lui tirer des excuses. Elle se contente de rire ou de hurler. Voyons, où êtes-vous le plus sale ? Est-ce que je commence par le visage ? »

Prenant le gant de toilette, elle plissa le front et lança à Eustache un regard férocement inquisiteur. Il remarqua qu'elle avait les yeux rouges.

« Mais tu as pleuré !

— N'en ai-je pas le droit, de temps en temps, répondit-elle en essuyant une larme. Cela vous arrive souvent. »

Une interrogation planait entre eux, presque palpable.

« Tu as eu beaucoup de peine, à l'enterrement ?

— Oh ! un peu, mais pas trop ; d'abord, il faisait si beau ! Le soleil n'a pas cessé de briller. »

Soumis aux soins vigoureux de Minney, Eustache fut forcé de garder le silence. Dès qu'elle eut fini de lui sécher les cheveux, il demanda :

«Je vous ai tous regardés monter en voiture. M. Craddock était aussi en noir. Et le cheval était tout noir. Il s'appelle Cauchemar. Un jour M. Craddock me l'a dit.

— C'est une jument, rectifia Minney. Et ce n'est pas sa faute, si elle est en noir! Elle n'a rien d'autre à se mettre. Elle serait aussi en noir pour un mariage.»

Eustache sourit faiblement de cette plaisanterie.

«Vous êtes allés au pas tout le long du chemin?

— Oh, non! Seulement en gravissant la côte, au moment de traverser le village. Quand nous sommes arrivés sur la grand-route, loin des maisons, nous nous sommes mis au trot. Maintenant donnez-moi votre main gauche. Seigneur! Qu'en avez-vous fait? C'est vous qui êtes en noir, pas d'erreur!

— Vous êtes passés devant Anchorstone Hall? s'enquit Eustache.

— Non, vous savez bien qu'on ne peut traverser le parc que le jeudi. Nous avons suivi la route blanche, comme vous l'appeliez quand vous étiez petit, et l'un de ces horribles engins à moteur nous a dépassés en nous enfarinant de poussière. La route longe le mur du parc. Bien entendu, on voit les cheminées au-dessus de la cime des arbres – ces grandes cheminées, elles ressemblent plus à des tours! Et on aperçoit un bout de la maison, du portail de l'église. Donnez-moi l'autre main. Oh! On dirait un vrai petit Nègre!

— Dick Staveley était-il là? demanda Eustache, tendant passivement sa main droite.

— Juste au moment où nous approchions il sortait par la vieille porte en pierre donnant dans le parc et qui est tellement jolie avec toutes ces sculptures! Et il y a une mare sur le parvis de l'église, vous vous rappelez? Elle est toute bordée d'arbres d'un côté, et des canards s'y promènent. Ils avaient l'air tellement joyeux, à cancaner dans tous les sens !

— Vous avez parlé à Dick ? demanda Eustache, tout en essayant de faire correspondre la description de Minney et ses souvenirs brumeux de l'église du vieil Anchorstone.

— Oh non ! Son père et sa mère étaient avec lui. Il y avait aussi une jeune demoiselle qui pouvait être sa sœur, et plusieurs autres. Ils étaient toute une bande. Il nous a salués en enlevant son chapeau haut de forme. Ça ne se fait pas de parler aux gens, quand on entre à l'église. Nous les avons suivis, mais ils sont allés s'asseoir au premier rang, dans le chœur.

— Et quand Mlle Fothergill est-elle arrivée ? Elle était peut-être déjà là ?

— Mon Dieu, quelles drôles de questions vous posez ! dit Minney en sursautant. Penchez-vous que je vous frotte le dos. C'est une chance que vous ne vous en serviez pas autant que de vos mains !… Non, elle n'était pas encore là.

— Elle était au ciel ?

— Oui, je pense. Seulement ils ont dû enterrer son corps, vous comprenez, et il était devant le portail, dans le cercueil. Après ils l'ont apporté à l'intérieur, le long de l'aile, pendant que le prêtre marchait devant et que le chœur chantait.

— Faisait-il noir dans l'église ? Est-ce que tu as eu peur ?

— Oh non ! C'est une église très claire comparée aux autres, car elle n'a pas de vitraux. Je n'avais pas peur. Je suis allée à tellement d'enterrements ! De plus, il n'y avait aucune raison d'avoir peur… Maintenant, donnez-moi ce pied. Mais il est tout tremblant ! Vous avez froid ? Vous voulez que j'ajoute un peu d'eau chaude ?

— Non, je n'ai pas froid, dit Eustache. Je pensais simplement à elle, dans son cercueil. Il devait faire noir à l'intérieur. Et elle ne pouvait pas bouger, ni se lever comme moi dans la baignoire. Bien sûr, elle n'a jamais pu se déplacer très facilement. Peut-être que ce n'était pas tellement terrible pour elle. J'allais toujours lui chercher de petites choses, mais quand elle voulait se lever, elle appelait Mlle Grimshaw. Est-ce que Mlle Grimshaw était là ?

— Oui, elle était assise devant avec la famille, des cousins, je crois.

— Comme j'aurais voulu y assister ! Je suis sûr qu'elle s'est demandé pourquoi je ne suis pas venu. Elle m'aurait certainement préféré à Mlle Grimshaw ! Si j'étais mort, ajouta Eustache les larmes aux yeux, elle n'aurait pas été assez forte pour aller à mon enterrement, mais moi je l'étais assez pour aller au sien.

— Allons, allons, dit Minney en le nettoyant avec vigueur, regardez-moi cette tache marron. J'ai beau frotter, elle ne part pas ! Elle doit être sous la peau. Nous avons déjà discuté de tout ça. Les petits garçons ne vont pas aux enterrements. Mlle Fothergill ne l'aurait pas voulu. Combien de fois m'a-t-elle répété qu'elle voulait vous voir heureux ! Si déjà ça vous fait pleurer qu'on vous le raconte, qu'est-ce que ç'aurait été si vous étiez venu ? Je vous l'ai dit, en réalité ce n'était pas vraiment triste. C'était une vieille dame, elle était malade et souffrait beaucoup. Je suis sûre qu'elle n'a pas regretté de s'en aller.

— Ç'aurait été plus triste, si c'était moi qui étais mort ? demanda Eustache.

— Certains le penseront peut-être, mais moi j'aurais dit : bon débarras ! De toute façon vous n'êtes pas encore mort, non, pas du tout ! L'autre jambe à présent. À moins que vous ne l'ayez perdue ?

— Comment était la tombe ? Est-ce que c'était un trou gros comme un puits au milieu de l'église ? Voyait-on le fond ?

— Elle n'a pas été enterrée dans l'église, répondit Minney, mais dehors, dans le cimetière, au soleil. Il y avait du vent, les hommes étaient obligés de retenir leur chapeau. Celui de Dick Staveley s'est envolé, et il lui a couru après en essayant de garder son air digne. Que c'était donc drôle ! Votre tante Sarah était très élégante. J'ai toujours dit que plus ses vêtements sont simples, mieux ils lui vont. Et votre papa avait l'air d'un vrai gentleman ! C'est drôle, les hommes ont toujours l'air plus jeune, en haut-de-forme. Vous en porterez aussi, un de ces jours.

— Et j'aurai l'air plus jeune ?

— C'est bien possible. Vous paraissez tellement vieux et laid, à présent !

— Je suis sûr que tu étais très élégante toi aussi, dit Eustache, hypnotisé par le récit de Minney au point de confondre momentanément les funérailles de Mlle Fothergill avec un genre de défilé de mode.

— Oh, ça m'est bien égal du moment que je suis mise proprement. Je déteste avoir une apparence négligée. Surtout aux enterrements, remarqua-t-elle imprudemment. Levez-vous maintenant, que je termine. »

Eustache se leva docilement. Minney lui avait raconté beaucoup de choses, mais il avait l'impression qu'il restait encore une question à lui poser, une question qu'elle avait peut-être éludée délibérément. Il ne savait laquelle, mais tandis que le rituel du bain approchait de son terme, cette question informulée se pressait du fond de son esprit, exigeant d'être exprimée. Il pressentait que s'il l'excluait de son interrogatoire, quelque chose serait irrémédiablement perdu ; non seulement cette occasion, qui plus jamais ne se présenterait, aurait été gâchée, mais ses rapports avec Mlle Fothergill seraient dépossédés de leur sens et de leur valeur. Une porte se refermerait sur ses souvenirs et il n'en trouverait jamais la clef.

Ce qu'il manquait, c'était un sentiment: celui qu'il aurait éprouvé s'il avait assisté aux funérailles et dont Minney, connaissant intuitivement les voies de moindre résistance de son esprit, le lésait volontairement. Il était convaincu qu'elle lui livrerait la réponse, la sensation que son cœur cherchait à tâtons, si seulement il parvenait à l'y inciter par surprise. Ce devait être une chose digne de son amitié avec Mlle Fothergill, une chose qui ferait revivre et préserverait à jamais un fragment de l'expérience qu'il avait connue avec elle, depuis leur première rencontre près du Deuxième Abri. Les minutes s'écoulaient et il la perdait, il la perdait.

« C'est tout ? demanda-t-il faiblement. Vous êtes sortis, ensuite ? »

Peut-être légitimement, Minney crut s'en être très bien tirée. Elle avait éveillé l'intérêt d'Eustache, elle en eut la conviction en constatant qu'il ne tremblait plus, et à bien d'autres indices. Elle avait donné à l'enterrement l'allure d'une sortie ordinaire, presque d'un pique-nique. Elle s'était apaisée elle-même. Si elle était jalouse de l'affection d'Eustache pour Mlle Fothergill, elle en était inconsciente car c'était une femme généreuse ; mais comme Mlle Cherrington, elle pensait que cette affection prenait trop de place dans sa vie, qu'elle empêchait le développement normal de sa nature.

En cela sans doute avait-elle raison. L'influence personnelle et morale qu'Hilda avait imposée à son frère avait fait dévier le cours de son être. Son esprit avait été épuisé, non point tant par sa rencontre avec Mlle Fothergill que par l'acte de rébellion par lequel il s'était efforcé de l'éviter. Les conséquences du rallie-papier, cet apparent jugement du Ciel, avaient pesé lourdement sur sa santé mais plus encore sur sa conscience, le détournant des sentiers aventureux où il s'engageait à peine. Bien que mutilé, son esprit ne s'était pas laissé briser ; il avait cherché et trouvé l'épanouissement dans le havre enchanteur de Laburnum Lodge. Non sans que cela lui valût un sacrifice – si c'est un sacrifice que de fuir les turbulences d'un courant bourbeux pour se réfugier dans un bief paisible. Dans cette atmosphère d'intérieur, préparée par l'affection et policée par l'argent, son aversion naturelle et juvénile pour la laideur, l'infirmité et l'immobilité s'était évanouie. Trouver sa plus intense satisfaction à satisfaire autrui, être heureux en faisant plaisir, telle était la leçon que Mlle Fothergill lui avait apprise. Elle n'en avait nullement eu l'intention, au contraire, elle avait tenté de l'éviter. Aucune femme, surtout si elle est jeune, ne souhaite que l'homme qu'elle aime manque de désirs et demeure indifférent à l'appel de l'expérience. Elle est jalouse de sa sécurité émotionnelle, même si c'est en elle que celle-ci réside. C'est pourquoi l'élément féminin de Cambo, sous la direction d'Hilda, avait imposé à Eustache cette étape révolutionnaire, ce changement complet de pression atmosphérique qu'impliquait la fréquentation de Mlle Fothergill. C'est aussi pourquoi, voyant qu'il s'accommodait bien sous ce nouveau climat, elles avaient instinctivement senti qu'il y avait suffisamment germiné. Minney, qui n'était pas la moins ardente à sa cause, partageait cette opinion.

Elle entendit la petite voix répéter avec plus d'insistance :

« C'est tout, Minney ? Vous êtes partis, après ça ?

— Voyons, où en étais-je ?… Ah oui ! (Minney croyait tout danger écarté.) Eh bien, ce n'était pas tout à fait terminé. Vous comprenez, ils ont dû sortir le cercueil de l'église, puis ils l'ont porté près de la fosse, et ils l'ont descendu avec toutes les fleurs, les couronnes et les croix…

— Tu as vu mes fleurs ? » demanda Eustache.

Minney dit qu'elle les avait vues.

« Ensuite, bien sûr, nous sommes tous restés immobiles tout autour, les messieurs tête nue. Mlle Cherrington, votre père et moi nous tenions un peu en retrait parce que nous n'étions pas des proches de Mlle Fothergill, mais seulement des connaissances, et que nous ne voulions pas avoir l'air de nous mettre en avant, vu que les amis et les parents de Mlle Fothergill ne nous sont rien. Je doute d'ailleurs que nous les revoyions jamais. Maintenant, allongez-vous bien dans l'eau, Eustache, et débarrassez-vous de tout ce savon. Après je vous ferai une bonne friction avec cette serviette chaude. »

Doucement, avec précaution, observant inconsciemment l'économie de mouvements imposée par le péril de la Marque de la Mort, Eustache se glissa sous l'eau ; mais son esprit aspirait encore à l'apaisement, au signe d'adieu, à l'élancement final, intense, douloureux, sans lesquels l'année passée et tout ce qu'elle avait signifié pour lui serait une victoire sans étendard, une campagne sans histoire, une course sans gloire.

« Raconte encore un peu, supplia-t-il.

— Il n'y a rien de plus à raconter, affirma Minney, le soulagement éclatant dans sa voix. Le prêtre s'est approché de la tombe pendant qu'on y abaissait le cercueil, et il a prononcé une prière.

— Qu'est-ce qu'il a dit ? »

Minney hésita. Il y avait un passage de l'office des morts qu'elle connaissait par cœur : il lui revint au moment précis où Eustache le lui demandait. Elle ne pouvait l'entendre sans pleurer, le simple fait de s'en souvenir lui nouait la gorge et faisait naître un picotement sous ses paupières. L'émotion était le tribut qu'elle rendait à la mortalité, et non à Mlle Fothergill en particulier ; néanmoins elle ne voulait pas qu'Eustache le vît.

« Oh ! c'est quelque chose qu'on dit toujours aux enterrements. On le fait pour tout le monde, vous savez, pas seulement pour Mlle Fothergill. Vous ne comprendriez pas, si je le répétais. »

Mais tandis qu'elle parlait l'écho de la prière se fit entendre dans sa mémoire et altéra son expression. Eustache remarqua le frémissement involontaire de ses lèvres et eut immédiatement conscience d'un fourmillement intérieur, comme si une partie endormie de son être revenait à la vie.

« Je t'en prie dis-le-moi, Minney. Ça ne fait rien si je ne comprends pas. »

La tête appuyée contre l'émail défraîchi, il levait les yeux vers le bon visage ingrat qui, sous l'effet de l'indécision, était devenu lointain, impersonnel et grave. « Je peux peut-être y arriver », pensa-t-elle, mais le tremblement de ses lèvres et le serrement douloureux de sa gorge l'avertirent de s'arrêter. Elle respira profondément et regarda Eustache. Ses yeux étaient fixés sur elle, suppliants, avec une lueur qu'elle n'y avait jamais vue et qui alluma en elle une flamme subite, l'irrésistible impulsion de lui dire ce qu'il voulait savoir. Elle sentit qu'elle le lui devait. Pourtant elle hésitait encore, par habitude, par seconde nature, réticente à reconnaître son statut d'être humain, son droit de souffrir comme souffrent les adultes. Mais pourquoi pas, après tout ? Il lui faudrait bien apprendre un jour, alors pourquoi pas en cet instant, quand la douleur possédait encore le baume qu'il désirait inconsciemment ?

Le visage de Minney se figea en une expression solennelle, comme ciselée dans le bois, et d'une voix différente, qui ressemblait à celle d'un prédicateur, elle commença en fixant une congrégation imaginaire au-delà d'Eustache, au-delà du mur de la salle de bains.

« J'ai entendu une voix venue du Ciel me dire : "Écris, désormais sont bénis ceux qui meurent dans le Seigneur." »

Brusquement le masque de bois s'effrita ; sa voix se mit à trembler, incapable d'aller plus loin. Les larmes ruisselèrent sur son visage et tombèrent dans l'eau du bain avec des éclaboussures. Eustache la contempla avec ahurissement ; jamais auparavant il n'avait vu d'adulte perdre son sang-froid. Puis, ressentant à son tour l'effet que ces mots avaient produit sur elle, ému par le spectacle de son désarroi, il se mit lui aussi à pleurer. Un bruit de sanglots remplit la salle de bains et se mêla au gargouillement joyeux du réservoir à eau chaude. Dans un mouvement plongeant, aveugle, Minney se détourna et s'essuya les yeux avec un coin de la serviette d'Eustache. Pendant ce temps, saisi d'émotions inconnues qu'il redoutait de perdre, il criait avec une inconsciente cruauté :

« Qu'a-t-il dit encore, Minney ? Qu'a-t-il dit encore ? »

L'autorité habituelle qui aurait commandé à Minney de répondre : « Voyons, maintenant ça suffit », l'avait totalement désertée. Elle se retourna vers la baignoire, composa son attitude du mieux qu'elle le put, et, ayant oublié où elle en était restée, reprit du début :

« J'ai entendu une voix venue du Ciel me dire : "Écris, désormais sont bénis ceux qui meurent dans le Seigneur ; même ainsi, dit l'Esprit ; car ils se reposent de leurs peines." »

Eustache se sentit transporté par la beauté de ces paroles. Elles scintillèrent dans son esprit jusqu'au moment où, sans doute en raison d'une association d'idées avec sa situation présente, elles se transformèrent en océan d'or, en ondes éclaboussées de soleil où Mlle Fothergill et lui, réunis dans le repos de leurs peines, flottaient pour toujours dans la communion des âmes bénies. Jamais il ne s'était senti aussi proche d'elle. Peut-être n'était-il plus vivant ; peut-être, ce qu'il avait redouté devenant réalité, s'était-il noyé dans le bain sans s'en apercevoir. S'il en était ainsi, la mort était assurément une bénédiction, allègre, tiède, radieuse, infiniment désirable.

Perdu dans sa contemplation extatique, Eustache ne vit pas que ces paroles de promesse avaient eu sur Minney un tout autre effet. Elle pleurait amèrement, et dans l'espoir de dissimuler son émotion, elle s'était penchée pour ramasser la robe de chambre qui gisait par terre. Mais ses sanglots la trahirent. En les entendant, en ne voyant plus le visage affectionné qui avait marqué le jour naissant de ses visions célestes, Eustache revint à la réalité dans un sursaut douloureux. Déterminé à la consoler, il émergea hâtivement du bain, des raz de marée d'une amplitude encore jamais vue virèrent autour de lui, et non contente d'inonder Rome, une lame claquante monta, monta encore vers la Marque de la Mort…

Ce fut tout ce qu'il vit du coin de l'œil en courant vers Minney.

« Non, non ! s'écria-t-elle en repoussant ses bras tendus au moyen de la serviette de bain. Ne m'embrassez pas ! Regardez comme vous êtes mouillé. Vous allez faire une mare, et si vous continuez à pleurer (Eustache mêlait à présent ses larmes aux siennes), elle deviendra un océan. Là, là, je vais sécher vos yeux, et vous, vous sécherez les miens. »

S'étant mutuellement rendu ce service, ils se sourirent et furent tous deux surpris, car il leur sembla qu'ils n'avaient pas souri depuis longtemps.

« Que vous êtes grand ! s'exclama-t-elle. Bientôt vous m'arriverez tout à fait à l'épaule ! J'aimerais quand même vous voir un peu remplumé. »

Elle fut interrompue par la sonnerie d'une clochette, rythmique, irritée, insistante.

« Tu vas être en retard pour le dîner, dit Eustache avec inquiétude.

— Rien qu'un petit peu, dit Minney. On les entend encore discuter. Écoutez ! »

L'écho de deux voix, chacune se frayant un canal distinct à travers le silence, monta de la pièce du dessous.

« Tu crois qu'ils parlent de l'enterrement ? demanda Eustache.

— Oh, nous n'allons plus penser à tout ça ! Voilà qui est fini et bien fini. Pauvre Mlle Fothergill ! Y avait-il autre chose que vous vouliez me demander ?

— Non rien d'autre, Minney, merci beaucoup. Rien d'autre. »

XII
La fenêtre occidentale

Les jours suivants passèrent lentement pour Eustache. Il avait conscience d'un vide dans son existence, qu'il ne savait comment combler. Rien ne l'appelait au-dehors ; de relations sociales il n'en avait aucune ; depuis sa maladie tout exercice prolongé, même le plaisir douteux des cours de danse, avait été exclu. Mais à la grande surprise des deux enfants, ils avaient fait dernièrement plusieurs promenades en landau qui avaient occupé le plus clair du jour et presque transformé M. Craddock, de la déité olympienne qu'il était, en un génie familier. Il n'insistait plus pour qu'ils le rejoignent dans la rue proche de Boa Vista ; il avait mystérieusement découvert que la route sillonnée d'ornières qui descendait à Cambo était praticable, après tout, et désormais ils avaient la satisfaction de trouver la voiture devant leur porte. Au cours de leurs excursions, ils étaient allés aussi loin que Spentlove-the-Dale, où se trouvaient les maisons de retraite, expédition qui nécessitait deux chevaux et que M. Craddock n'avait encore entreprise qu'une seule fois cette année-là. En chemin ils avaient dépassé une chute d'eau qui débordait en moussant sur un rocher, dans un taillis, créant une impression de puissance et d'énergie irrésistibles qui fit le bonheur d'Eustache, et qui eût autrefois occupé une place de choix parmi ses fétiches mentaux. Mais désormais son imagination semblait avoir perdu sa faculté de symbolisation, et rien de ce qu'il voyait ne prenait racine ni ne s'épanouissait dans son esprit. Une sorte de mélancolie s'était installée en lui, une apathie de l'esprit, un crépuscule pur et opalescent où tout semblait de couleur identique et d'égale importance. On eût dit que la cravate et le brassard noirs avaient imparti leur sombre tonalité à l'air même qu'il respirait.

Ce jour-là ils allaient à Frontisham, destination qui n'avait rien de très ambitieux mais qui supposait de longer la petite lande où poussaient la bruyère, le coton des marais et la droséra – un endroit dangereux, presque un marécage, parsemé de sombres bassins d'eau rougeâtre où l'on risquait facilement de se noyer. Eustache aimait s'imaginer bondissant de touffe en touffe avec la légèreté d'un bouquetin. Puis à la fin du voyage l'attendait un spectacle qu'il avait toujours hâte de retrouver : la fenêtre occidentale de l'église de Frontisham.

M. Cherrington portait un costume neuf en tweed avoine et des bottines marron ; il avait l'air gai et plein d'entrain.

« Maintenant pince-moi, dit-il à Eustache, qui obéit avec docilité mais sans enthousiasme. Plus fort que ça ! ordonna-t-il du ton enjoué que son fils adorait et redoutait, sachant qu'il pouvait rapidement se changer en irritation. Il faudra manger plus de pudding.

— Ça ne fait pas mal ? demanda Eustache avec inquiétude, ses doigts enfoncés dans la manche de son père.

— Je ne sens rien du tout. On dirait les petits coups de bec d'un oisillon. Là, c'est mieux ! Maintenant saute et installe-toi confortablement. »

Eustache se tourna vers le petit groupe qui attendait entre le landau et le portail fraîchement repeint de blanc où les lettres « Cambo » se détachaient avec netteté. Hilda, en robe bleu marine et bas d'un noir rouilleux ; Minney, tenant Barbara dans ses bras ; sa tante coiffée d'un chapeau et d'un voile opaque, sa jupe violette légèrement tachée de poussière crayeuse à l'endroit où elle frôlait le sol. Eustache ne pouvait voir son visage mais quelque chose dans son maintien indiquait la réprobation. Il hésita.

« Oh, j'oubliais ! s'écria facétieusement M. Cherrington. Les dames d'abord ! Tu aimerais peut-être monter à côté du cocher, Eustache ? »

Celui-ci jeta un rapide coup d'œil à sa sœur.

« M. Craddock permet toujours à Hilda de tenir les rênes dans la descente de Frontisham.

— Et tu n'en as pas envie ?

— Pas particulièrement.

— Très bien, alors, fais comme tu voudras. »

Assis entre son père et sa tante, en face de Minney et d'une Barbara visiblement impatiente de faire quelque farce inattendue, Eustache se mit à réfléchir. « Fais comme tu voudras. » Cette phrase résonnait curieusement dans son esprit ; elle lui donnait l'impression d'être étranger à lui-même et l'emplissait de langueur. Ses pensées, ses impressions, qui en début de promenade suivaient habituellement un cours précis, commencèrent à perdre leur cohérence. En face de Cliff House, lorsque selon la coutume de longue date ils s'engagèrent dans une profonde ornière, maladresse calculée qui faisait pouffer de rire Hilda et même Mlle Cherrington, le cahot prit Eustache complètement par surprise : il se demanda même de quoi elles riaient. Pour la première fois la façade imposante du Prieuré, luxueuse pension de famille dont la lucarne grise saillait d'un toit d'ardoise abrupt couronné de *chevaux de frise**, le laissa totalement indifférent, et la certitude qu'il existait des gens assez riches pour jouir du confort de son inimaginable intérieur ne le consola nullement par sa promesse de sécurité matérielle.

« Très bien, alors, fais comme tu voudras. »

Mais l'important n'était-il pas d'agir en sorte de faire plaisir aux autres ? L'abnégation ne devait-elle pas être le principe essentiel de la vie ? Pourquoi son père lui avait-il demandé de monter en voiture avant tout le monde ? Ne s'agissait-il que d'une étourderie, comme il avait tenté de le faire croire ? Eustache ne le pensait pas. Il lui semblait que depuis la mort de Mlle Fothergill, il avait été consulté en plusieurs occasions, de façon tout à fait nouvelle, et particulièrement par son père. Qu'on l'eût toujours choyé, gâté et protégé du mal, il le savait fort bien, mais il s'agissait là d'autre chose : il s'y mêlait une certaine déférence. Minney la lui manifestait, jusqu'à Mlle Cherrington, bien que cela lui seyât mal. Ils avaient changé d'attitude à son égard. Par d'innombrables détails, ils tenaient compte de ses désirs. C'était un peu ce qui s'était passé pendant sa convalescence ; on lui avait recommandé de ne pas faire d'effort, de ne pas s'énerver, de ne pas se fatiguer les yeux, mais cela restait un ordre : cela s'accompagnait d'un surcroît d'affection et d'autorité. Mais la voix de l'autorité avait perdu de sa force ; on lui demandait souvent son avis, on le laissait décider, et parfois il les surprenait à le regarder d'un air dubitatif, presque avec détachement, comme s'il avait été enlevé à leurs soins et qu'ils n'étaient plus responsables de lui. Que signifiait cela ? Qu'ils l'aimaient moins ? « Qui aime bien châtie bien », l'expression lui était familière. Ne pouvait-on en déduire que lorsqu'on ne châtie plus, c'est qu'on a cessé d'aimer ?

« Fais comme tu voudras. »

Un moment, Eustache contempla une existence passée à faire ce qu'il voulait. Comment s'y prendrait-il ? Il avait appris par précepte et savait d'expérience que ce dont il avait envie finissait généralement par peiner ou fâcher les autres, et était donc mauvais. Allait-il passer sa vie à mal faire et à blesser les autres ? Il ne trouverait en cela aucun plaisir. À dire vrai, qu'était le plaisir, sinon conformer son existence à ce que les autres attendaient de lui pour ne pas les décevoir dans leur estime ?

Cependant l'attitude d'Hilda n'avait pas changé. Son regard restait jalousement à l'affût de ses moindres faux pas. Elle reconnaissait toujours son droit au sacrifice. Elle avait grimpé près du cocher dès l'instant où il lui avait cédé ce privilège. Certes, elle savait qu'il redoutait de tenir les rênes dans la descente de Frontisham Hill, qu'il détestait voir les croupes des chevaux contractées sous le poids accru du landau, et qu'il s'alarmait du grincement du frein surchauffé ; néanmoins, il y avait dans cette situation une certaine gloire qu'elle n'avait pas hésité à revendiquer. Elle avait choisi le risque, laissant à Eustache… Que lui avait-elle laissé, au juste ? La satisfaction d'avoir fait ce qu'elle voulait. Voilà ce qu'il comprenait. Voilà ce qui était bien.

Il regarda autour de lui, hébété. Ils remontaient Pretoria Street au petit trot. Sur leur gauche, Mafeking Villa était aussi délabrée que d'habitude, le panneau indiquant des appartements à louer toujours de guingois sur la fenêtre, le jardin de devant – un parterre circulaire de coquillages dessiné à l'intérieur d'un carré d'éclats granitiques discrètement déprimant ; un peu plus loin, sur la droite, s'élevait l'éclatante structure blanche des écuries de chevaux de louage, aussi fascinante, avec sa hampe et ses arbustes en bacs, que le musoir auquel elle ressemblait par la profuse extravagance de ses ornements. Comme toujours, Brown Bess voudrait certainement tourner dans cette direction, car c'était là qu'elle vivait, et M. Craddock dirait : « Ne sois pas si pressée », « Tout vient en son temps », « Tu n'as pas encore gagné ton dîner » et d'autres plaisanteries qu'Eustache attendait avec impatience et appréciait toujours, quelque insensibles qu'elles fussent. Mais ce jour-là, il n'était pas d'humeur à se laisser démoraliser par le spectacle de la villa, ni transporter par celui des écuries. Il se rappelait que lorsque au bout de la rue ils emprunteraient la grand-route poussiéreuse, il leur faudrait passer devant Laburnum Lodge.

Il n'avait pas vu le manoir depuis la mort de Mlle Fothergill, et ne voulait pas le voir à présent. Mais comment pourrait-il l'empêcher ? S'il fermait les yeux, il le verrait plus distinctement encore par la pensée. M. Craddock avançait inexorablement. Rien ne l'arrêterait, rien, hormis un rouleau compresseur ou l'une de ces voitures à moteur qu'il détestait tant. Lui demander de s'arrêter à mi-chemin sans raison valable était certainement passible d'amende, comme dans les trains ; plusieurs livres en sus du prix de la course. Personne n'avait jamais essayé, pas même son père. Qui pouvait en prédire les conséquences ?

« Fais comme tu voudras. »

« Papa, dit Eustache, tu crois qu'on pourrait prendre un autre chemin et ne pas passer devant Laburnum Lodge ? »

Voilà, il l'avait dit. Minney écarquilla les yeux de surprise, et ceux de tante Sarah furent soudain visibles sous son voile. Quant à M. Craddock et à Hilda, qui s'étaient en même temps retournés vers le landau, ils tendaient le cou pour le dévisager, interloqués. Eustache ne regarda pas son père.

« Eh bien, répondit enfin M. Cherrington, si tu veux passer par un autre chemin. Je suppose qu'il n'y a rien à objecter. Ça ne vous ennuie pas de faire demi-tour, Craddock ? »

Brown Bess s'était arrêtée d'elle-même juste en face des écuries.

« Sûr que non, si M. Eustache préfère, dit Craddock. D'autant plus que la défunte vieille dame l'aimait beaucoup. »

Dans le silence général, Brown Bess commença à traverser la rue vers les portes ouvertes des écuries, d'où s'échappaient des bruits confus de mâchoires et de sabots, qu'elle jugeait sans doute extrêmement attrayants.

« Je comprends bien ce qu'éprouve Eustache, intervint brusquement Hilda, mais il faudra qu'il s'habitue à revoir la maison, n'est-ce pas ? Cela va nous mettre en retard pour le thé de faire tout ce chemin en arrière pour reprendre par la ville.

— Je pense que nous devrions respecter le désir d'Eustache, affirma Mlle Cherrington. Il est le meilleur juge de ce qu'il doit à la mémoire de Mlle Fothergill.

— Nous ne voudrions pas lui gâcher le plaisir de cette excursion pour une peccadille, dit son père en le regardant du coin de l'œil, tandis qu'il demeurait silencieux, intrigué par les paroles de sa tante et vaguement troublé par leur ton impersonnel. Comme chacun d'entre nous, il doit tracer son propre sillon dans la vie, n'est-ce pas Eustache ? »

Mal à l'aise, Eustache se tortilla sans répondre, absorbé dans une vision où, seul au milieu d'un champ immense, il maintenait une charrue à laquelle étaient attelés deux chevaux en sueur qui tournaient la tête vers lui comme pour lui demander : « Quand vas-tu commencer ? »

« Tu ne crois pas qu'Eustache pourrait nous commander encore un peu de thé, Sarah ? Oui, et aussi une nouvelle assiette de gâteaux. Un garçon en pleine croissance ne mange jamais assez de gâteaux. Ils ramèneront un peu de couleur à ses joues. »

Mlle Cherrington haussa légèrement les sourcils.

« Moi, je ne veux plus de thé », dit Hilda.

Barbara fit comprendre qu'elle accepterait volontiers un autre gâteau.

« Peut-être Eustache aura-t-il l'obligeance de sonner, dit Mlle Cherrington d'une voix unie, sans le regarder. La sonnette est juste à côté de ton coude, Eustache. »

Ils étaient attablés dans le jardin de l'hôtel du Cygne de Frontisham et, à part Barbara, tous un peu intimidés par le cadre, car lors de leurs précédentes expéditions ils avaient pris le thé chez le boulanger, dans une arrière-salle mal aérée, qui sentait la pâtisserie et le pain frais.

Ils se trouvaient à l'ombre de l'église. Immense, spectaculaire, elle se dressait sur son tertre au-dessus d'eux, obscurcissant le ciel. De là où Eustache était assis, la flèche était presque invisible, masquée par des arbres. Il le regrettait, mais la fenêtre occidentale était parfaitement distincte, enflammée çà et là par la lumière du soleil déclinant. Et c'était la fenêtre occidentale qui comptait par-dessus tout.

« Caché dans ce coin peu connu du Norfolk, disait le guide touristique, se trouve un petit trésor d'art médiéval que viennent voir tous les amoureux d'architecture à cent lieues à la ronde : la fenêtre occidentale de l'église paroissiale de Frontisham. Inférieure par ses dimensions à la fenêtre occidentale de York Minster et à la fenêtre orientale de la cathédrale de Carlisle, celle de Frontisham les surpasse aisément en beauté, en vigueur et en originalité. C'est incontestablement le joyau du royaume par ses découpes flamboyantes ; confronté à ce chef-d'œuvre, le critique ne peut que se taire et admirer. »

Eustache connaissait ce passage par cœur ; il le trouvait extrêmement émouvant et se le répétait souvent dans sa tête. Il ne partageait pas le mépris du guide pour les simples dimensions : la grandeur sous toutes ses formes le séduisait et il regrettait que ce genre de supériorité n'eût pas été également revendiqué par Frontisham. Mais l'ouvrage, assurément infaillible, disait de cette fenêtre qu'elle était le joyau du royaume. Cela signifiait qu'elle était la plus splendide, la plus imposante, la plus sublime, le *nec plus ultra* en matière de fenêtre. Eustache la contempla avec terreur et respect. Entre toutes ses rivales, c'est elle qui avait remporté la récompense suprême ; désormais elle se dressait par-delà les siècles, championne victorieuse, incontestée, incomparable, modèle d'absolue perfection à laquelle l'hommage revenait de droit.

Ce n'était pas tant la fenêtre elle-même qui le fascinait que l'idée de sa prééminence, de même que ce n'étaient pas les termes proprement dits du guide (que pour une bonne part il ne comprenait pas) qui le grisaient, mais l'éloge enthousiaste, dithyrambique qu'ils exprimaient. Une fois de plus il s'efforça, sans réussir tout à fait, de voir en quoi cette fenêtre d'église différait de toutes les autres. Mais il ne pouvait la regarder objectivement pour l'avoir trop souvent visualisée selon les termes du livre, pas plus qu'il ne pouvait la décrire, parce que l'éloquence de l'auteur s'interposait entre lui et ses impressions. La sensation pure importait plus pour lui que la vue, et les phrases de panégyrique, telle une mélodie entêtante, déclenchaient une sensation qui empêchait tout jugement indépendant.

Dans la structure massive du mur gris s'élevaient sept cierges de pierre effilés. Après, c'était comme si les cierges avaient été allumés et que deux personnes placées de part et d'autre avaient soufflé sur les flammes en même temps. Se ployant, se tendant, s'entrelaçant, ils s'élançaient vers l'arche de soutènement, dans une extase – ou une agonie – de pétrification. Mais le maître maçon n'en était pas resté là. Plus haut encore, dans le pignon supérieur, se trouvait une seconde fenêtre beaucoup plus petite aux découpures moins élaborées, mais similaire par l'effet qu'elle produisait. « Un écho, disait le guide, un écho terrestre d'une symphonie composée au ciel. »

Le mot « ciel », frappant l'oreille intérieure d'Eustache, libéra son œil physique de la contemplation de la structure matérielle du chef-d'œuvre médiéval. Le dessin intriqué s'évanouit, cédant la place aux qualités abstraites de la fenêtre, à sa beauté, sa vigueur, son originalité, sa prééminence, sa perfection. Il eut bientôt l'impression – et non pour la première fois – de ne faire qu'un avec elle. Il se détacha de la table et se mit à monter, à flotter dans l'espace. Son bras gauche jaillit, mû par une force inconnue, contourné d'un côté et de l'autre ; il sentit ses doigts, d'une longueur démesurée, racler la maçonnerie de l'arche en cherchant la position qui leur était assignée. Presque simultanément, ses autres membres en firent autant ; même ses cheveux, devenus aussi longs que ceux d'Hilda, se dressèrent sur son crâne et, oscillant comme des algues, s'étirèrent vers la clef de voûte. Écartelé, crucifié (mais la peur du blasphème ne lui permettait d'effleurer que l'ombre de ce mot), tourmenté à l'image des torsions de pierre, il lui semblait connaître l'agonie extatique de la pétrification.

Pendant ce temps les interstices, les espaces qui n'étaient pas lui, commencèrent à se couvrir de vitraux. Des portraits de saints et d'anges, rouges, bleus et jaunes, se pressèrent contre lui, en lui, le meurtrissant, le coupant, répandant leurs couleurs sur lui. La douleur était atroce, mais il s'y mêlait aussi une certaine ivresse. Une dernière contraction, un ultime sursaut, et il ne sentit plus rien ; il était figé, transformé en pierre. De sa position vertigineuse dans le mur d'église, il contemplait le monde en contrebas, parfait, prééminent, transcendant toute critique, question ou réponse, se laissant simplement admirer et adorer par des milliers de visiteurs dont maints étaient des étrangers venus de Rome ou d'ailleurs, qui avaient parcouru des kilomètres pour le voir, lui, Eustache… Eustache de Frontisham, saint Eustache…

Eustache… son nom semblait résonner tout autour de lui.

« Eustache ! Eustache ! répéta son père en élevant la voix dans une feinte indignation. Arrête de rêvasser ! Nous voulons du thé. Tu as oublié de sonner ! »

Revenant à lui en tressaillant et évitant les yeux des membres de sa famille, Eustache jeta des regards inquiets à droite et à gauche. Sur l'une des nombreuses tables inoccupées qui les entouraient, un petit oiseau déluré sautillait effrontément à la recherche de miettes. Eustache remarqua avec consternation que l'oiseau s'était rendu coupable d'un délit plus tangible que le vol. Dans l'espoir de l'effrayer et de le mettre en fuite, il agita la sonnette plus vigoureusement qu'il n'en avait eu l'intention.

Une serveuse apparut, marquant une légère impatience devant ces retardataires.

« Vous avez sonné, madame ? »

Pendant quelques secondes aucun d'eux ne parla ; ils regardaient tous Eustache.

« Non, c'est moi, répondit-il nerveusement, et voyant que personne ne semblait disposé à l'aider, il demanda : Pourrions-nous avoir un autre pot de thé et des gâteaux ?

— À la crème ? » demanda la serveuse.

Silence.

« Oui, à la crème, s'il vous plaît, dit Eustache.

— C'est la crème des crèmes, s'exclama son père après le départ de la serveuse. Bien choisi, Eustache.

— Je n'en suis pas si sûre, répliqua Mlle Cherrington. Je crois que leur biscuit était meilleur. Qu'en pensez-vous, Minney ?

— J'ai bien aimé les madeleines, répondit Minney, peu désireuse de jouer le rôle d'arbitre.

— Dois-je lui demander d'en apporter à la place des gâteaux à la crème ? proposa Eustache en se levant d'un bond.

— Non, non, assieds-toi, dit son père. Donne-toi un peu de bonheur dans cette triste vie. »

Eustache se rassit, conscient de courants d'émotion contradictoires et ne sachant auquel se joindre. Ils causèrent à bâtons rompus jusqu'au retour de la serveuse, qui tenait d'une main une théière marron et de l'autre une assiette de gâteaux couverts d'un glaçage rose et blanc. Eustache la remercia avec ferveur.

« Maintenant que nous les avons commandés, nous allons devoir les manger, dit Hilda en regardant Eustache. Toi, du moins ! Je n'ai plus faim, mais je ferais peut-être mieux d'en prendre un, continua-t-elle en se servant d'un air pensif.

— Personne n'est forcé d'en manger s'il n'en veut pas, dit Cherrington. On ne paie que ce que l'on a consommé. Au fait, qui va payer ?

— Moi ! Moi ! » ou des sons équivalents jaillirent soudain de la bouche de Barbara, et ils éclatèrent tous de rire.

« Je pense que Minney devrait régler avec l'argent qu'elle a collecté pour le foyer du docteur Bernardo, dit M. Cherrington.

— Malheureusement je ne l'ai pas sur moi, regretta Minney. Je l'ai laissé à la maison parce que mon petit doigt m'a dit que quelqu'un allait y mettre quelque chose en rentrant ce soir.»

Elle s'interrompit d'un air confus.

«À mon avis, c'est Eustache qui doit payer, décida Hilda. Au moins les gâteaux supplémentaires, parce que c'est pour lui que nous les avons pris.

— Mais tu en as mangé deux ! protesta l'intéressé.

— Seulement pour ne pas avoir l'air de gaspiller.

— De toute façon, dit-il d'un ton douloureux, je n'ai pas d'argent et je n'en aurai pas avant samedi.

— Je t'en prêterai si tu promets de me rembourser, proposa Hilda.

— Tu n'aurais pas assez. Un thé pareil doit coûter très cher, soupira Eustache.

— Courage ! dit son père en époussetant les miettes qui s'étaient logées sur son gilet clair, et en réajustant avec complaisance la ceinture de son veston de chasse. Nous éviterons la ruine pour cette fois, n'est-ce pas, Sarah ? »

Mlle Cherrington effaça soigneusement de son visage toute trace d'expression avant de répondre.

«On n'est jamais trop prudent en matière d'argent, que ce soit le sien ou celui des autres.»

Son frère se rembrunit, et sa figure parut soudain ridée et lasse au-dessus du costume impeccable. «Oh ! songeait-il, qu'ai-je fait pour rester veuf avec trois gosses et une sœur querelleuse ? » Fugitivement, une autre silhouette se joignit à leur table, invisible à tous sauf à lui. Il n'y avait pas de place pour elle, aussi dut-elle rester debout ; il voyait distinctement sa longue robe pâle, le grand chapeau au bord retroussé à l'arrière, les yeux brillants, si doux derrière la fine voilette. Il cligna des paupières pour refouler ses larmes, et quand il regarda à nouveau, elle était partie.

« Hilda ! dit-il avec une soudaine exaspération, tiens-toi droite ! Tes cheveux trempent dans ta tasse et ton assiette. J'aurais cru qu'on t'avait enseigné à te tenir à table, à ton âge ! »

Eustache l'écouta avec une surprise inquiète. Les accès de mauvaise humeur de son père étaient presque toujours dirigés contre lui, et il avait peine à croire que pour une fois il n'en était pas la cible. Comment Hilda le prendrait-elle ? Elle avait repoussé ses beaux cheveux bouclés derrière ses épaules minces ; une expression de mépris mêlé de souffrance s'était installée sur ses traits ; ses longs cils voilaient ses yeux violets, d'où s'échappaient des larmes. Personne ne dit mot.

« Bien, reprit M. Cherrington avec embarras, je crois qu'il est temps de se mettre en route. Désolé, Hilda, à moins que ce ne soit à Eustache qu'il faille le dire. Il a l'air encore plus bouleversé que toi.

— Eustache n'a quasiment pas de cheveux, marmonna-t-elle d'une voix distante.

— Je n'ai rien contre tes cheveux, répondit M. Cherrington d'un air déconcerté, mais seulement contre l'endroit où tu les mets. Et maintenant, si on payait ? Demanderons-nous à Eustache de régler l'addition ?

— Je n'ai pas d'argent, papa, dit Eustache, parfaitement conscient de l'avoir déjà dit.

— Peut-être te feront-ils crédit.

— Crédit ?

— Ça signifie que tu paieras la prochaine fois. »

Eustache remarqua le visage de sa tante ; son expression était insondable.

« Je ne crois pas que ça leur plaira. Tu comprends, je pourrais ne jamais revenir.

— Tu paieras, si je te donne l'argent? Il faudra bien que tu apprennes un jour, dit M. Cherrington en fouillant dans ses poches. Mais vérifie bien la monnaie.»

Eustache contempla avec un respect craintif le demi-souverain d'or.

«Je paie aussi le thé de M. Craddock?

— Oui.

— Et pour Brown Bess?

— Pas si elle a eu une seconde ration.

— Et faut-il donner quelque chose à la serveuse?

— Tu pourrais lui donner un baiser.

— Alfred, Alfred! s'impatienta Mlle Cherrington, tu lui remplis la tête d'inepties. Laisse-lui une pièce de six pence, Eustache, elle n'attend rien de plus.»

Pour Eustache, la colline de Frontisham était une force de la nature. C'était la plus abrupte de la région; la route blanche semblait descendre en bouillonnant comme une chute d'eau. Plus d'un cheval s'était rompu les genoux sur cette cataracte poussiéreuse. À son sommet, un panneau avertissait les cyclistes de rouler avec prudence; à son pied, un second panneau orienté en sens inverse avisait les conducteurs de laisser flotter les fausses rênes. Brown Bess n'en portait pas et pouvait tourner librement la tête, mais les Cherrington avaient coutume de monter la côte à pied afin de l'épargner autant que possible. Seule Barbara restait en voiture, Minney marchant près d'elle pour l'empêcher d'en jaillir. La colline s'élevait dès la sortie de la ville, aussi durent-ils l'escalader avant de s'installer en voiture pour le chemin du retour.

Eustache grimpa à la place qui lui revenait de droit, sur le siège du cocher, et M. Craddock l'enveloppa soigneusement dans le plaid familier, d'un vert poussiéreux.

Eustache remarqua qu'il mettait dans son geste une sollicitude particulière. C'était encore un autre exemple de la nouvelle attitude que les adultes adoptaient envers lui, comme s'il fallait le ménager, comme s'il risquait de se briser, comme si une barrière dressée entre eux et lui le plaçait à part, comme s'il était gravement malade, comme si...

« Eh bien, monsieur Eustache, dit M. Craddock en posant doucement son fouet sur le collier élimé de Brown Bess, comment allez-vous, depuis le temps ?

— Très bien, monsieur Craddock, merci. Et vous ?

— Cahin-caha. J'ai pas à me plaindre, mais ça devient un peu monotone parfois, vous comprenez.

— J'en suis sûr. Mais la vie est monotone, n'est-ce pas ?

— Pas pour tout le monde, oh ! non, pas du tout ! dit Craddock en souriant. Il y en a quelques-uns avec qui je changerais volontiers de place, je le dis sans hésiter. »

Eustache considéra l'existence de M. Craddock. Elle semblait faite de promenades et de thés, aux frais des personnes qu'il conduisait. Comme elle était enviable et désirable ! Évidemment, il fallait aimer les chevaux, mais M. Craddock les aimait – du moins était-il en bons termes avec eux.

« Avec qui aimeriez-vous changer de place ? »

M. Craddock parut se plonger dans ses pensées.

« Il y a au moins quelqu'un à moins de cent kilomètres d'ici avec qui ça ne me dérangerait pas de changer de souliers, monsieur Eustache.

— Je ne connais pas très bien la région, dit Eustache en scrutant consciencieusement l'horizon. Ce ne serait pas le propriétaire de cette grande maison ? demanda-t-il en avisant un manoir carré entouré de wellingtonias, sur une colline voisine. Il doit être très riche.

— Quelqu'un de plus près que ça. »

Eustache fixa le profil impassible du conducteur. Comme il était matois ! Il ne se trahissait jamais.

« C'est l'un d'entre nous ? »

Le silence de M. Craddock devait passer pour un assentiment. Mais Eustache ne laissait pas d'être intrigué. Il se tourna pour regarder subrepticement les membres de sa famille. Avec lequel d'entre eux M. Craddock pouvait-il bien vouloir changer de place ? Leur vie était faite de constants efforts ; ils maintenaient leur place dans l'existence au prix de peine et de labeur, comme dans l'hymne – tous, sauf Barbara, et M. Craddock ne pouvait vouloir être à sa place. Mais son père semblait extraordinairement insouciant, prospère même, dans son nouveau costume orné de ces fascinants boutons de cuir ; il avait l'air d'être en vacances, et Minney avait dit qu'il ressemblait à un vrai gentleman. Sans nul doute, c'était à lui que pensait M. Craddock.

« Mais papa doit travailler, vous savez, dit Eustache. Il prend le train de huit heures trente-deux tous les matins sauf le dimanche, et il n'a qu'un demi-jour de congé par semaine, le jeudi, comme aujourd'hui. Il a le droit de s'absenter pour assister aux enterrements, bien entendu. Mais il doit travailler pour nous faire vivre. Je ne sais pas si vous avez une famille, monsieur Craddock ? »

Non sans une certaine emphase, M. Craddock répondit qu'il en avait une.

« Alors vous savez quelles dépenses cela représente ! Ils ont toujours besoin de nouveaux vêtements, et ils tombent malades. Je ne crois pas que vous aimeriez être à la place de papa si vous connaissiez sa vie.

— Ce n'est pas à lui que je pensais », dit le cocher.

Plus perplexe que jamais, Eustache regarda à la dérobée le groupe dans le landau. Il ne voyait que le sommet du chapeau de Minney, un chapeau de paille brune paré d'une grappe de cerises qu'elle mettait toujours pour ce genre d'occasion. De ses trois chapeaux c'était celui qu'il préférait, et il éprouva un brusque désir de voir son visage. Il l'aimait bien, et quoiqu'il la connût trop bien pour avoir pleinement conscience de sa douceur et de sa patience, leur parfum familier emplit son esprit tandis qu'il pensait à elle. M. Craddock se montrait parfois coléreux quand il était contrarié ; peut-être enviait-il à Minney sa sérénité. Mais non, c'était de sa vie monotone qu'il s'était plaint, et comment son sort pouvait-il se comparer en monotonie avec celui de Minney ?

Tante Sarah avait relevé son voile et regardait défiler les haies d'un œil qui semblait plutôt voir, à leur place, beaucoup de choses qu'elle eût préféré éviter. Peut-être elle aussi souhaitait-elle être quelqu'un d'autre – pas M. Craddock, évidemment, car il appartenait dans son esprit à la catégorie de ce qui n'est pas correctement lavé, et bien que M. Craddock la respectât, il était toujours un peu démonté en sa présence. Eustache ne croyait pas qu'il voulût changer de place avec elle, car quel nettoyage de printemps il devrait faire en lui-même !

Restait Hilda, Hilda dont M. Craddock avait un jour vanté la beauté, la déclarant supérieure à celle de Nancy Steptoe. Elle était réellement jolie, à cet instant, Eustache le voyait bien ; le visage animé, elle se penchait pour aider Minney à empêcher Barbara de se jeter hors du landau. La beauté suscitait l'admiration. Hilda ne désirait nullement être admirée, pas plus, se dit-il, que M. Craddock. Mais la beauté pouvait offrir des avantages qu'Eustache était trop jeune pour concevoir. M. Craddock avait peut-être envie d'être beau ; ce serait assurément pour lui un grand changement.

« C'est d'Hilda que vous parliez ? » s'enquit-il.

Tout d'abord M. Craddock parut amusé, puis son expression devint grave.

« Non, pas de Mlle Hilda, répondit-il en baissant la voix. C'est une fille bien, ne l'oubliez pas. Je préfère Mlle Hilda à bien d'autres, et elle est belle comme un ange ou le sera un jour. Mais, non, je n'aimerais pas être à sa place.

— Pourquoi ?

— Elle va en voir de dures, voilà pourquoi », dit le conducteur en baissant encore le ton, presque jusqu'au murmure.

Eustache ignorait ce qu'impliquait exactement le fait d'en voir de dures. Cela paraissait être une chose dont il devait tâcher de protéger Hilda. Mais demander des précisions à M. Craddock risquait de passer pour une critique de son vocabulaire. En outre Eustache avait envie de découvrir la clef du mystère.

«Aimeriez-vous être tante Sarah, Minney ou Barbara ? demanda-t-il d'un bloc pour en avoir le cœur net.

— Aucune d'elles, sans les offenser.

— Mais il ne reste personne d'autre ! s'exclama-t-il.

— Personne d'autre, si c'est vous qui le dites », répondit M. Craddock.

Malgré tous ses efforts, Eustache ne put le persuader d'en dire plus long. Son profil de sphinx ne livrait aucun indice sur ce qu'il avait à l'esprit. Il semblait fixer l'avenir. Mais après qu'Eustache eut observé quelque temps le silence blessé des victimes d'une plaisanterie, M. Craddock fit remarquer d'un ton solennel, comme s'il entamait un sujet totalement différent :

«J'ai appris que vous alliez nous quitter avant longtemps.

— Vous quitter ? répéta Eustache.

— Oui, il paraît que vous ne resterez plus très longtemps parmi nous. J'en serai désolé, je vous le dis volontiers. Sans donner de noms, il y en a pas mal dont on se passerait mieux. Ils s'entassent dans les rues comme s'ils ne demandaient qu'à se faire écraser. Enfin, c'est comme ça : c'est toujours les meilleurs qui s'en vont les premiers, même quand ils ne sont que des gamins, sauf votre respect, monsieur Eustache.

— Vous voulez dire que je vais m'en aller ?

— Oui, et bien loin. On a tous remarqué que vous n'aviez pas l'air bien vaillant, ces derniers temps, un peu maigrillot, si vous voyez ce que je veux dire. On a beau dire qu'Anchorstone est une station climatique, elle ne convient pas à tout le monde. Le fils de ma sœur débordait de santé quand ils sont venus vivre ici ; en fait, il avait l'air bien plus gaillard que vous. Mais il n'était pas avec nous depuis un an que son foie a commencé à rentrer dans ses poumons, et les médecins n'ont pas pu le sauver. Il avait à peu près votre âge quand il a été emporté. C'était aussi un bon petit gars, soupira M. Craddock avant d'observer un silence pensif. Vous auriez manqué à Mlle Fothergill, s'pas ? Mais elle nous a quittés, elle aussi, la pauvre dame, même si son heure était largement venue. »

Eustache pâlit et ses lèvres devinrent tremblantes.

« Vous voulez dire que je vais... ?

— Craddock, Craddock ! cria une voix de l'intérieur du landau, excusez-moi d'interrompre votre conversation, mais pourriez-vous reprendre le chemin par lequel nous sommes venus ? Et toi Eustache, ça ne t'ennuierait pas de changer de place avec Hilda, afin qu'elle puisse conduire pendant la dernière partie de la route ?

— Je n'ai jamais dit que je voulais conduire, protesta Hilda. D'ailleurs ça n'est pas juste pour Eustache.

— Tu sais bien que tu adores conduire, dit M. Cherrington. Allez, monte ! »

Encore tremblant, Eustache s'installa à la place de sa sœur, entre son père et Mlle Cherrington, et de tout le reste du trajet il ne desserra pas les lèvres. Son père prit ce silence pour de la bouderie et tenta de l'en distraire à grand renfort de joyeuses plaisanteries. Rongé comme il l'était par l'angoisse, Eustache eût préféré une réprimande. Le bruit de leur arrivée à Cambo devait être parvenu aux oreilles d'Annie dans la cuisine, car elle apparut à la porte avant qu'ils n'aient eu le temps de l'ouvrir. Son visage compassé exprimait un sentiment d'importance.

« Oh, monsieur Cherrington ! Pendant que vous étiez sortis un monsieur est venu. Il était tout en noir et portait un chapeau haut de forme. Il a dit qu'il demeurait à Laburnum Lodge, je suppose qu'il apportait un message de Mlle Fothergill.

— Venez Eustache, c'est l'heure de vous coucher », dit Minney, et il n'en entendit pas plus.

« Un monsieur tout en noir avec un message de Mlle Fothergill. » La phrase se répétait inlassablement dans l'esprit d'Eustache, au point que son imagination surchauffée finit par lui prêter une signification monstrueuse. Quand Minney vint lui dire bonne nuit, il décida de lui confier la terreur qui l'oppressait. L'idée d'aborder ce sujet à haute voix le torturait, mais il était convaincu que le simple fait d'en parler à la nurse l'exorciserait. Il ne put toutefois se résoudre à expliquer précisément la nature de sa peur, aussi rapporta-t-il en substance les propos troublants de M. Craddock, en s'efforçant de prendre un ton détaché.

« Il a dit que j'allais vous quitter et qu'il ne me verrait plus. Que voulait-il dire ? »

Mais au lieu de se moquer de lui, Minney sembla bouleversée et contrariée.

« Qu'est-ce qu'il en sait ? demanda-t-elle, presque agressive. Ce n'est qu'un vieux cocher. Vous ne devriez pas faire attention à ce qu'il raconte, monsieur Eustache. »

« Monsieur » ! Minney ne l'avait jamais appelé ainsi auparavant ; c'était encore un nouveau signe du changement qui modifiait ses rapports avec ses proches, leur enlevant tout leur sens.

« Mais il paraissait tellement sûr de lui, insista-t-il. Il a même dit qu'il regretterait de me perdre.

— Il y en a d'autres que lui qui le regretteront, riposta Minney. Quel toupet ! »

Eustache entendit les larmes se disputer à l'indignation dans la voix de la vieille nurse, et son cœur se serra.

« Mais ce n'était pas vrai, n'est-ce pas ? Je ne vais pas vous quitter, dis, Minney ? Je resterai encore longtemps ici ? »

Mais Minney ne lui répondit pas : elle semblait de plus en plus émue et hors d'elle.

« Ce vieux fou ! Parler ainsi à un enfant ! Ne vous inquiétez pas, monsieur Eustache. Tout ira bien. Après une bonne nuit de sommeil vous n'y penserez plus ! »

Elle le quitta sur cette assurance. Mais il n'était pas satisfait, et pour la première fois de sa vie il ne la crut pas. Elle était dans le secret : elle savait. Il comprenait maintenant pourquoi ils l'entouraient tous de tant de soins, lui demandaient s'il voulait ceci ou cela, le laissaient payer le thé et lui donnaient l'impression d'être important en l'appelant « monsieur ». C'était parce qu'ils savaient, tous sauf Hilda, qu'ils allaient le perdre. Ses pensées l'arrachaient sans cesse au sommeil, et même quand il somnolait ses rêves étaient hantés par un homme en noir apportant un message de Mlle Fothergill. Et ce message, écrit sur un morceau de papier bordé de noir et transporté dans un sac noir, disait que Mlle Fothergill était impatiente de revoir Eustache très bientôt.

Au matin, il s'éveilla convaincu qu'il allait mourir.

XIII

Respice finem

À mesure qu'Eustache s'enfonçait dans le long tunnel de son obsession, sa terreur s'estompait, remplacée par une perpétuelle mélancolie qui n'entravait pas les mécanismes habituels de son esprit. Il apprenait ses leçons, allait se promener avec Hilda et l'accompagnait dans ses expéditions de ravitaillement avec docilité et ponctualité. Mais c'étaient des actes de somnambule, ils avaient cessé de recouvrir la force de la réalité. Comme un domestique auquel on a donné ses huit jours, il se sentait détaché des activités qui l'occupaient ; elles s'étaient vidées de leur sens, de leur permanence établie, et le centre de son existence s'était déplacé vers un autre plan de l'expérience, un sommet encore dépourvu de décor d'où il observait l'Eustache des jours anciens accomplir les gestes de la vie quotidienne. Ces activités étaient désormais tout à fait provisoires ; elles n'avaient plus d'importance – rien n'avait d'importance. Tel était le changement radical qui s'était opéré en lui, dont toutes les perceptions étaient autrefois conditionnées par la certitude que tout était important ; changement qui le rendait presque méconnaissable à ses propres yeux et qui préfigurait le changement à venir. Et de même, tous, sauf Hilda, semblaient admettre par leur attitude que ce changement était inévitable. Ils le regardaient et lui parlaient différemment, d'une voix contenue, comme à l'église. Ils se pliaient à ses moindres caprices et, comme déçus qu'il en eût si peu, lui inventaient de petites préférences qu'il n'osait nier, de peur de les blesser.

À mener cette existence posthume, Eustache se sentait allégé de toute responsabilité. Rien n'avait d'importance… Mais pour ceux qui ont l'habitude de l'écouter, la voix de la conscience n'est pas aisée à faire taire ; elle continue à marmonner même si elle ne trouve rien à dire. Eustache percevait ce murmure monotone, menaçant, comme un gros insecte nuisible tentant de pénétrer en lui par une fenêtre fermée, cependant son bourdonnement courroucé ne le gênait pas vraiment. La voix demeurait inarticulée. Mais, comme toujours, une partie de lui-même s'était liguée avec l'ennemi, et traîtreusement voulait ouvrir la brèche.

En s'éveillant un matin, Eustache découvrit que l'ennemi s'était frayé un passage, avait pris possession des lieux, formulé ses accusations et, avec un rare sens pratique, expliqué ce qu'on devait faire pour l'apaiser. Il céda sans résistance. Contrairement à tant d'autres, cette exigence était fondée ; il aurait vraiment dû y penser lui-même, sans la suggestion de son vigilant conseiller. C'était ce qu'on faisait toujours, en pareil cas. Il chercha à tâtons, sous l'oreiller, la montre que Mlle Fothergill lui avait donnée. Il eut du mal à voir les aiguilles – sept heures moins cinq. Il contempla la montre quelques secondes. Elle lui était si précieuse qu'elle semblait devenue une partie de son être, une extension de sa personnalité. Et voilà qu'elle lui rendait un regard si impersonnel qu'il en était presque hostile, le genre de regard qu'on croise sur le cadran des montres qui ne vous appartiennent pas. Ses yeux s'accoutumant à la pénombre, il distingua ses brosses à cheveux sur la table de toilette. Le fait qu'elles fussent des brosses d'homme, dépourvues de poignée, avait été une source de fierté. Maintenant elles semblaient abandonnées, dédaignées, pleines de reproche. Sur le lavabo la masse sombre de son éponge reposait près de la ligne blanche de sa brosse à dents.

Eustache réfléchit. Cela ne serait pas facile.

«Je ne crois pas que nous allons faire notre leçon, ce matin, dit Mlle Cherrington. Eustache me paraît un peu fatigué. Pourquoi n'iriez-vous pas jouer sur la plage ? Il n'est que dix heures, vous avez toute la matinée. Vous n'aurez plus beaucoup de journées comme celle-ci.»

Armés de leurs pelles, ils traversèrent la bande rocailleuse d'un vert crayeux qui s'étirait entre Cambo et la falaise. Sur leur gauche un soleil radieux promettait plus que la chaleur habituelle de septembre. Ses rayons aimants baignaient tout le paysage, mais Eustache avançait en silence, traînant sa pelle derrière lui. «Vous n'aurez plus beaucoup de journées comme celle-ci.» Ils se dirigèrent vers la trouée de la clôture brisée, dépassant la silhouette brune et menaçante de l'école de M. Johnson. Un bourdonnement de voix s'en échappait tandis que les élèves s'alignaient dans la cour pour la leçon de gymnastique. Presque pour la première fois, Eustache sentit un pincement d'envie se mêler à la défiance qu'ils lui inspiraient en temps normal. Bientôt, s'étendant vers la droite, apparut la perspective familière du Premier et du Deuxième Abris, du ressaut de terrain qui ne laissait voir que le toit rouge du Troisième Abri, et de la mystérieuse coupole blanche du phare. Même de cette distance, on voyait le soleil en frapper la grande lanterne arc-en-ciel, spectacle qui manquait rarement de fasciner Eustache. Mais ce jour-là il ne l'émut pas.

Ils s'arrêtèrent par habitude devant les machines à sous, au sommet de l'escalier en béton qui zigzaguait majestueusement jusqu'en bas, et scrutèrent la plage pour voir si d'autres s'étaient approprié les rochers qui formaient les bastions de leur bassin. Comme ils se livraient à cette inspection, leur visage (même celui d'Eustache) prit l'expression rébarbative et résolue d'un garde-chasse à l'affût de braconniers. Non, les rochers étaient libres – il était trop tôt pour les maraudeurs – et la plage presque déserte.

« Un sou pour tes pensées », dit Hilda.

Sa voix fit sursauter Eustache.

« Si tu me le donnes maintenant, est-ce que je peux te dire mes pensées plus tard ?

— Mais tu penseras peut-être à autre chose, à ce moment-là, répondit-elle après mûre réflexion.

— Non, je penserai toujours à la même chose.

— Alors d'accord, dit-elle en tirant une bourse de la poche taillée à mi-hauteur de sa jupe, et en lui remettant la pièce. Mais pourquoi le veux-tu maintenant ?

— J'aimerais essayer ma force », répondit Eustache, un peu honteux. Il s'approcha avec circonspection de la machine. Flanquée d'un côté par un bohémien proposant d'un air impudent de prédire l'avenir, et de l'autre par un appareil censé procurer un choc électrique, elle opposa à l'examen méfiant d'Eustache une expression secrète et revêche. Vert sombre, battue par les intempéries, elle avait comme toutes ses voisines un aspect louche, et il eut vaguement l'impression d'être en compagnie de gens peu recommandables.

«Je n'essaierais pas, si j'étais toi, dit Hilda en le rejoignant.

— Pourquoi?

— Oh! On ne sait jamais à quoi s'attendre, avec ces engins. D'ailleurs, c'est de l'argent jeté par la fenêtre.»

Eustache lui donnait raison, mais il était allé trop loin pour reculer sans perdre sa dignité. Il avait lancé un défi que la machine, si maussade et butée fût-elle, devait avoir entendu. Le Destin, qui ne quittait pas Eustache des yeux, avait certainement entendu lui aussi. «Une force moyenne fait résonner la cloche, une grande force fait retomber la pièce.» On ne savait jamais, après tout. S'il faisait résonner la cloche, s'il récupérait sa pièce, cela ne prouverait-il rien? Ne se sentirait-il pas différent, après? Il regarda autour de lui. Les plumes vertes de la haie de tamaris s'agitaient fiévreusement. Il les avait aimées, autrefois, mais elles ne lui offraient plus aucun réconfort, pas plus que les fenêtres en saillie, les hauts murs en surplomb, les tours et les pinacles de Palmerston Parade – pas plus que la lumière du jour.

Il inséra la pièce dans la fente. Le contact de la machine était froid et déplaisant; il plissa son visage pour tenter de prendre un air aussi hostile que le sien. Puis il pressa sa paume contre la barre de cuivre, recourba ses doigts, à peine assez longs pour encercler totalement la poignée intérieure, et tira. La manette mordit cruellement sa chair tendre; l'aiguille parcourut le cadran avec une vibration frénétique, puis se fixa en oscillant sur le nombre 10. Eustache vit qu'il fallait la faire monter jusqu'à 130 pour récupérer sa pièce. Rouge comme une pivoine, il redoubla d'efforts. L'aiguille commença à perdre du terrain. De désespoir, il allait utiliser sa main gauche en renfort quand il entendit Hilda.

«Tu n'as pas le droit! C'est de la triche!»

Déconfit et honteux, Eustache lâcha prise. L'aiguille fila vers le zéro et la machine, exsudant la méchanceté par toutes ses surfaces dures et ternes, engloutit la pièce dans ses replis secrets non sans émettre un cliquetis méprisant. Pantelant, Eustache la fixa comme un boxeur mis hors combat qui refuse de détourner les yeux de l'adversaire.

« Je t'avais bien dit de ne pas t'y risquer, lui rappela sa sœur. Tu as seulement réussi à t'épuiser. Ces machines ne sont là que pour le décor, ajouta-t-elle plus gentiment. Je suis sûre qu'elles sont toutes rouillées à l'intérieur, en vérité.

— Tu crois que papa aurait regagné son argent ?

— Pas à ton âge. Maintenant tu dois me dire à quoi tu pensais. Je sais que tu as oublié.

— Je te le dirai quand on sera sur la plage », répondit évasivement Eustache.

Ils commencèrent à descendre. Les vents de septembre avaient soulevé le sable jusqu'aux plus hautes marches ; elles crissaient sous les pas. Dans les tournants de l'escalier, des sacs en papier tourbillonnaient ; de grosses pelures d'orange s'animaient, pirouettaient, puis retombaient soudain, sans vie. Autour d'eux, au-dessus d'eux, sous eux, des mouettes tournoyaient avec des cris aigus, portées par les brusques courants atmosphériques venus du large. Toute cette agitation stimulait les sens et fouettait le sang, mais Eustache, cheminant passivement dans le sillage d'Hilda, examinait furtivement ses paumes rougies et se demandait comment il parviendrait à manier sa pelle. De toute façon, s'il était aussi faible que le disait la machine, il lui faudrait bientôt cesser de creuser.

« Cette fois on va agrandir le bassin, annonça Hilda quand ils atteignirent le site familier. Nous sommes venus plus tôt que d'habitude, et qui sait si une occasion pareille se présentera encore ?

— De beaucoup ? s'enquit-il.

— On pourrait y inclure ce rocher, dit-elle en allant à grands pas vers un bloc éloigné. Ensuite la digue passerait par là (au moyen de sa pelle elle délimita dans le sable une extension ambitieuse à leur plan traditionnel). Ça sera formidable, vu de la falaise, ajouta-t-elle d'un ton persuasif. Comme un vrai lac.

— Tu ne crois pas que c'est au-dessus de nos forces ? demanda Eustache, qui se ressentait encore douloureusement de l'échec cuisant infligé par la machine à sous.

— On ne peut pas le savoir tant qu'on n'a pas essayé », répliqua Hilda, s'attaquant sans tarder au mur de soutènement.

Eustache gagna lentement son poste, à l'autre bout du bassin. Ils avaient coutume de commencer chacun à une extrémité pour se retrouver au milieu, mais il parvenait rarement au repère central. Maintenant, en raison du projet grandiose d'Hilda, il se trouvait plus éloigné de deux bons mètres. Cette constatation accrut sa langueur physique et morale. Pour lui, le bassin avait cessé d'être un symbole. Naguère, chaque fois que s'élevant des sables il déployait sa surface argentée à la face du ciel, il proclamait que les enfants Cherrington s'étaient mesurés aux forces de l'univers et l'avaient emporté. Ils avaient imposé un ordre ; ils avaient imprimé leur sceau ; ils avaient ajouté un sens à l'existence. C'est pourquoi les toutes dernières minutes, quand seules quelques pelletées de sable les séparaient encore de l'apothéose finale, étaient si tendues, si exaltantes. À cet instant toute la splendeur de la vie s'enflait en vague et les submergeait. C'était une expérience extatique, intemporelle, telle une fenêtre ouverte sur l'éternité. Tant qu'elle durait, puis à nouveau lorsqu'ils examinaient leur œuvre du haut de la falaise, ils se sentaient immortels.

Mais quelle assurance d'immortalité lui restait-il désormais, quand à tout moment l'heure pouvait sonner, les bruits de la maison cesser, et qu'à l'appel de son nom il franchirait le seuil pour trouver le chariot au-dehors ? Parfois ce n'était que le landau, et M. Craddock était assis sur le siège du cocher ; parfois c'était un corbillard, et d'autres un véhicule d'un modèle indéfinissable, entouré d'une lumière plus vive que celle du jour et qui semblait à peine reposer sur le sol. Sa vision ne l'emportait jamais au-delà, mais elle lui donnait une indicible impression de finalité, pareille à un voile noir tendu en travers de la pensée absorbant le peu d'énergie intellectuelle et morale qu'il conservait encore. À quoi bon continuer à creuser ? À quoi bon agir ? Mais non. Même dans ce chaos imprécis il lui restait quelque chose à faire.

Il se redressa et secoua vigoureusement la tête.

« Qu'est-ce qu'il y a ? demanda Hilda. Une mouche t'embête ?

— Non, répondit Eustache. C'est une idée que j'ai eue.

— Ce n'est pas comme ça que tu t'en débarrasseras, et tu vas faire tomber ton chapeau. Oh, mais au fait ! Tu m'avais promis de me dire à quoi tu pensais et tu ne l'as pas fait. Je savais bien que tu oublierais.

— Non, je n'ai pas oublié, dit Eustache.

— Alors vas-y. J'attends. »

Tel un spasme lui nouant la gorge, une répugnance insurmontable s'empara de lui, le privant presque de la parole.

« Laisse-moi encore un tout petit peu de temps.

— Très bien. Je t'accorde cinq minutes à partir de maintenant. (Elle enfonça son menton contre sa poitrine pour regarder la montre qu'elle portait en sautoir.) C'est-à-dire jusqu'à onze heures cinq. »

Ils reprirent leur besogne en silence. Eustache cherchait désespérément une formule exprimant ce qu'il avait à dire, et n'en trouvait aucune. Il ressentait le passage des minutes avec une telle acuité qu'il avait l'impression de tictaquer comme une horloge. Par deux fois il vit Hilda consulter brièvement sa montre.

« Le temps est écoulé », annonça-t-elle enfin.

Eustache la regarda, le visage vide de toute expression.

« Alors ?

— Tu tiens vraiment à le savoir? tergiversa-t-il en frottant le sable sous ses pieds.

— Je ne crois pas que ce soit important, mais vu que j'ai payé j'aimerais autant que tu me le dises.

— C'est important, en un sens. Pour moi du moins. Mais je ne crois pas que ça te fera plaisir, pas plus que ça ne m'en fait de te le dire. Enfin, j'espère que non.

— Si tu me disais de quoi il s'agit ? » demanda Hilda, les sourcils froncés.

Les rapides étaient tout proches, et il distinguait le grondement de la cataracte. Il se jeta à l'eau.

« Vois-tu, je veux faire mon testament. »

Si Eustache avait envie de produire un effet, il eut de quoi être satisfait. Hilda le contemplait, les yeux ronds. Elle ouvrit aussi la bouche mais aucun son n'en sortit.

« Tu ne savais pas, alors ? C'est bien ce que je pensais.

— Si je savais quoi ? dit-elle enfin.

— Que j'allais vous quitter. »

Elle sentit son cœur chavirer dans sa poitrine, mais l'étonnement dominait encore toutes ses pensées.

« Je pensais qu'ils ne t'avaient rien dit, pour ne pas t'inquiéter, je suppose.

— Mais qui te l'a dit à toi ? interrogea-t-elle en traçant des croix dans le sable avec sa pelle.

— D'abord M. Craddock, le soir où nous sommes revenus de Frontisham. Il a dit que j'allais m'en aller et qu'il regretterait de me perdre. Alors j'ai demandé à Minney, et elle m'a dit de ne pas faire attention à M. Craddock parce que ce n'est qu'un vieux cocher. Mais elle n'a pas dit que ce n'était pas vrai, et j'ai bien vu qu'elle savait. Tu sais comme c'est parfois facile à voir, chez les grandes personnes. »

D'un air compréhensif mais à contrecœur, Hilda hocha la tête.

« Et puis j'ai demandé à papa.

— Qu'est-ce qu'il a dit ?

— Il a dit qu'à chaque jour suffit sa peine – je n'ai pas très bien compris – et qu'il est inutile d'aller au-devant des ennuis. Il était en colère contre M. Craddock, ça, je l'ai bien vu. Il a dit que c'était un vieil idiot et un bavard. Il a dit que ça ne serait pas aussi désagréable que je croyais, que tout le monde devait bien y passer tôt ou tard, que ça ne me dérangerait plus vraiment le moment venu et que je ne devais pas y penser, parce que sinon ce serait encore pire.

— Ils ne m'ont jamais rien dit.

— Il fallait que je te l'apprenne, parce que, tu comprends, je voudrais te donner mes affaires avant de partir. »

À cela Hilda ne répondit rien, mais s'assit assez brusquement sur un rocher, le dos voûté et les jambes allongées dans l'attitude qu'Eustache connaissait si bien.

« J'y ai pensé, reprit-il avec effort, parce que sans ça tu n'auras peut-être aucune de mes affaires – elles risquent d'être mises aux enchères. Mais je ne possède pas grand-chose qui convienne à quelqu'un qui n'est pas un garçon (il répugnait à employer le mot “fille”, de peur de paraître méprisant). Mes vêtements ne te serviraient à rien, sauf ma combinaison et elle est trop petite. Je voudrais pourtant que ce soit toi qui aies mes mouchoirs. Une fois qu'on les aura lavés, évidemment.

— Il y a ton écharpe en soie rouge, dit Hilda avec la nuance d'intérêt qu'aucun héritier, quelle que soit sa douleur, ne parvient tout à fait à étouffer.

— J'y venais justement. Et aussi mes gants en laine. Tu les as souvent portés et ils se sont un peu détendus. Quand tu porteras l'écharpe, les gants et l'un de mes mouchoirs, ce sera presque comme si j'étais encore là.

— Personne ne pourrait me confondre avec toi, si c'est ce que tu veux dire.

— Ce n'était pas ce que je voulais dire, répliqua Eustache, soudain traversé d'un doute quant à ses intentions véritables. Mes brosses à cheveux ne te serviraient à rien parce qu'elles n'ont pas de poignée, d'ailleurs tu as les tiennes. Peut-être que papa les prendra quand les siennes seront usées. Et puis il reste mon éponge, ma brosse à dents et mon gant de toilette. Un petit garçon pauvre aimera peut-être les avoir quand ils seront bien secs.»

Concluant sur une note interrogative, la voix d'Eustache mourut devant le peu d'enthousiasme rencontré par sa suggestion.

«J'en doute, répondit Hilda, toujours pratique. Mais bien entendu on peut essayer.

— Il ne reste pas grand-chose. J'aimerais que Minney ait la montre que Mlle Fothergill m'a donnée. Évidemment elle est un peu grosse (pour une femme), mais elle marche très bien parce qu'on ne m'a jamais permis de la porter dehors, et la sienne ne marche pas; et toi tu as la tienne, celle qui appartenait à maman.

— Je n'ai jamais vu aucune femme porter une montre de cette taille-là. Mais elle pourrait la coincer dans sa ceinture pour qu'on ne la voie pas. Évidemment, ça ferait quand même une bosse.»

Une ombre passa sur le visage d'Eustache.

« Elle pourra l'utiliser comme horloge, alors. Et puis j'ai pensé laisser tous mes jouets à Barbara, sauf Jumbo, que tu prends pour dormir. Je sais bien qu'elle s'en sert déjà et que ça ne ressemble pas à un cadeau, mais ça lui fera peut-être plaisir de savoir qu'ils lui appartiennent légalement.

— Je doute qu'elle s'en soucie. Elle fait main basse sur tout ce qui passe à sa portée.

— Oui, elle n'est pas comme nous, n'est-ce pas ? Elle n'attache pas vraiment d'importance à ce qui est juste ou pas. Ce sera un handicap pour elle, quand elle sera grande.

— Pas si ça lui est égal, dit Hilda.

— C'est presque fini, après on va pouvoir se remettre au travail. Je n'ai rien à laisser à papa ni à tante Sarah, alors je pensais prendre deux feuilles du papier à lettres de la table du salon, celui qu'on n'utilise que pour remercier des cadeaux qu'on a reçus, et marquer "Affectueusement, Eustache". Je crois que je devrais les écrire avec des encres de couleurs différentes, puis les mettre dans des enveloppes adressées à M. Cherrington et à Mlle Cherrington. Je les glisserai dans la boîte aux lettres le moment venu, ils croiront qu'elles sont arrivées par la poste et ça leur fera une surprise.

— Oui, approuva Hilda, c'est une bonne idée.

— Et je te laisserai tout le reste. C'est-à-dire l'argent de ma tirelire, mes livres, mon guide touristique, mon couteau, mes crayons, ma pelote de ficelle, mes élastiques, la rosette que j'ai portée aux élections, la carte postale du Zena Dare, et la Vue générale du mont Pelée avant le tremblement de terre.

— Tu n'auras pas besoin de te séparer de tout ça, dit Hilda. Tu pourras les emporter avec toi.

— Je ne crois pas qu'on me le permettra, tu sais… (s'étonnant de la remarque obtuse de sa sœur, il laissa sa phrase inachevée). Je ne les laisserai pas traîner, mais je les rangerai dans le tiroir où je mets ma boîte à crayons – celle avec les marguerites sur le couvercle – comme ça tu sauras où les trouver.

— Je le sais toujours mieux que toi », dit Hilda.

Eustache ferma les yeux sur cette insinuation.

« Ce que je me demande, c'est comment faire pour retirer mon argent de la poste. Il y a une grosse somme sur mon compte, trente-trois livres. Tu crois que si j'allais les demander ils me les donneraient ? Ils sont censés le faire parce que cet argent m'appartient, mais ça m'étonnerait. Un jour papa m'a expliqué que les banques utilisent notre argent. Il faudrait que je le lui demande et je ne veux pas.

— Pourquoi ?

— Parce que je ne veux en parler à personne d'autre que toi. Et si je te l'ai dit, c'est seulement parce que je pensais que tu ignorais ce qui allait se passer. Mais je vais tout écrire et le mettre sous ton oreiller, dans une enveloppe, alors c'est là que tu le trouveras le moment venu.

— C'est prévu pour quand ? demanda Hilda.

— Je ne sais pas encore très bien. »

Eustache ramassa sa pelle et, regagnant sa portion de mur inachevée, se remit à creuser. Il était un peu déçu par le pragmatisme avec lequel Hilda, la première surprise passée, avait discuté de ses legs ; elle eût pu se montrer plus compatissante, mais son soulagement de l'avoir mise au courant était immense. Désormais, il lui restait seulement à prendre des mesures pratiques qui ne mettraient pas ses nerfs à l'épreuve. Il s'efforça de chasser de son esprit le problème de la poste. Après tout, c'était une affaire d'adultes et sa famille saurait la régler. Il travaillait sans relâche, et ce fut seulement quand sa pelle, au lieu de s'enfoncer dans le sable humide, heurta une pierre avec un son dur qu'il redressa la tête et s'aperçut qu'Hilda était toujours assise sur le rocher où il l'avait laissée. Il cessa de creuser et s'approcha d'elle.

« Qu'est-ce que tu as, Hilda ? »

Elle releva la tête et il lut la douleur dans ses yeux. Son visage ne cessait de se rider et de se contracter à des endroits normalement lisses et immobiles. Elle eut de la peine à parler pendant quelques secondes, puis parvint à dire :

« Je ne vois pas pourquoi tu distribues toutes tes affaires, à moi ou aux autres. Tu en auras besoin quand tu reviendras. »

Alors c'était ça. Elle n'avait pas compris, après tout. Elle ne se rendait pas compte qu'il ne reviendrait pas, et comment pouvait-il le lui annoncer, lui infliger ce second choc quand le premier avait été si douloureux ?

« Je ne crois pas que je reviendrai avant très longtemps, dit-il enfin en espérant que ce n'était pas un mensonge implicite.

— Combien de temps ? Une semaine, un mois, un an ?

— Il se peut que ce soit dans plus d'un an.

— Mais où vas-tu aller ? l'interrogea-t-elle en refoulant ses larmes. Qui va s'occuper de toi ? Tu n'as encore jamais quitté la maison et tu sais bien que tu n'es pas capable de te débrouiller tout seul.

— Je ne sais pas où je serai », dit Eustache.

Soudain l'image du cimetière d'Anchorstone lui vint à l'esprit, ainsi que celle de Mlle Fothergill, descendue dans une fosse, par un venteux jour de septembre. Jamais auparavant il n'avait associé sa disparition à l'idée d'enterrement.

« Peut-être pas très loin d'ici, ajouta-t-il.

— Oh ! Si tu ne vas pas loin ce ne sera pas grave, parce que nous pourrons venir te voir en voiture et t'apporter des choses. Mais il faudra bien que tu sois quelque part, enfin, dans une maison. Il n'y a que les vagabonds qui n'ont pas de maison, et je ne crois pas que tu veuilles nous quitter simplement pour te faire vagabond.

— Je ne veux pas vous quitter.

— Alors, qui a dit qu'il le fallait ?

— Tout le monde.

— Mais je ne comprends pas… Ils ne peuvent pas te mettre à la rue… Ils t'aiment beaucoup. Et chez qui pourrais-tu habiter, près d'ici ? Ç'aurait été différent quand Mlle Fothergill vivait encore. Tu aurais pu aller chez elle. Mais elle est morte. »

Comme si souvent, le chagrin l'avait mise en colère. Eustache sentit son cœur battre à toute allure ; il ne pouvait supporter la tension de ce malentendu. Il fallait trouver le moyen d'y mettre un terme.

« Elle m'a beaucoup manqué, au début, commença-t-il, mais elle ne me manque plus tellement à présent. Tu comprends, elle est avec Dieu. Et peut-être que je ne te manquerai pas trop quand je serai parti. »

Hilda le fixa sans comprendre.

« Parce que ce sera à peu près pareil, vois-tu. »

Il y eut un long silence. Puis elle demanda :

« Tu veux dire que tu vas mourir ?

— Oui, je crois. »

Aussitôt un immense sentiment de paix l'envahit. Sa perception de ce qui l'entourait, qui n'était jamais très forte sauf quand elle l'aidait à concentrer ses pensées, s'évanouit ; sa longue lutte, intérieure et extérieure, avec le destin semblait achevée. Mais la voix d'Hilda le rappela à la réalité. Elle s'était levée et le dominait de toute sa taille, le visage altéré par la peine et la fureur.

« Comment peux-tu dire une chose aussi abominable ? Tu ne sais pas de quoi tu parles. Tu es fou ! Je rentre immédiatement à la maison et je vais le leur dire ! »

Eustache se leva à son tour, tout tremblant.

« Ils te diront la même chose que moi.

— C'est insensé. Tu n'es pas malade, non ? Enfin, tu n'as rien de particulier ! On ne meurt pas simplement parce qu'on dit qu'on va mourir. Tu ne peux pas mourir rien que parce que tu imagines que ça va t'arriver. Tu ne te sens pas bien ? l'interrogea-t-elle en le foudroyant de son regard accusateur.

— Pas très, dit-il en commençant à pleurer. Mais ce n'est pas seulement ça. J'ai eu des avertissements, des messages – tu ne comprendrais pas. Et je sens ici, ajouta-t-il en effleurant son cœur d'un geste vague, puis en posant la main sur son front, que je n'ai plus longtemps à vivre. Ce n'est plus comme avant, même ici, sur la plage. Ne te fâche pas contre moi, Hilda. Tu vas me faire regretter de te l'avoir dit. Je ne le voulais pas.

— Mais je suis fâchée contre toi, cria Hilda. Comment oses-tu parler ainsi ? Je comprends ! Tu veux t'en aller ! Tu veux nous quitter ! Tu as déjà essayé, le jour du rallie-papier, mais il a fallu que tu reviennes, comme tu as dû revenir de chez Mlle Fothergill ! Tu crois que tu seras avec quelqu'un qui t'aime plus que nous – c'est pour ça que tu parles de mourir ! Mais je ne le permettrai pas ! Je t'en empêcherai ! Je veillerai à ce que tu ne te sauves pas ! »

Les yeux hagards, elle avança sur lui, le faisant reculer.

« Je ne te quitterai pas, murmura-t-elle, plus éperdue encore, en lui agitant sa pelle sous le nez. Je ne les laisserai pas faire, et toi non plus je ne te laisserai pas faire. Je serai toujours là. Je ne te laisserai plus marcher seul au bord de la falaise, je t'enlèverai ton couteau et ta pelote de ficelle pour que tu ne puisses pas te faire du mal ! Tu voudrais bien, hein ? Tu aimerais te débarrasser de nous ! »

Les yeux d'Eustache s'arrondirent de terreur. Confusément un sens commença à se détacher de ces paroles violentes. Le bord de la falaise… le couteau… la pelote de ficelle… Il se les représenta et comprit ce qu'ils signifiaient. La ficelle était pour son cou, le couteau pour sa gorge, et la falaise pour tout son corps… Il se détourna d'Hilda et avança en trébuchant vers la mer. Le soleil dans ses yeux l'aveuglait ; il se réverbérait sur les crêtes écumantes des brisants, sur les minuscules flaques creusées entre les rides de sable. Faiblement la rumeur d'une cavalcade parvint à ses oreilles ; s'insinuant sous sa faculté de raisonner, le rythme fit naître une vision dans son esprit. Clip-clop, clip-clop, ils avançaient, et le chariot lui aussi s'approchait, auréolé de feu. Mais Hilda s'était jetée à la tête des chevaux. D'une main elle s'accrochait aux rênes, de l'autre elle tenait un couteau. Le cheval voisin se tourna pour la mordre, elle tomba, les bêtes la piétinèrent et les roues passèrent sur son corps.

Soudain l'air s'emplit de voix et Eustache entendit qu'on appelait son nom. Il se retourna et vit, non loin de lui, un groupe de gens à cheval. Non, ce n'étaient pas des gens, mais des enfants, du moins deux d'entre eux qu'il crut reconnaître, mais ses yeux étaient encore trop aveuglés par le soleil pour bien voir et son esprit trop troublé pour comprendre ce qu'il voyait. Tandis qu'il s'efforçait d'ajuster ses sens à la nouveauté de cette situation, l'un des cavaliers se détacha du groupe et s'approcha de lui. Le cheval broncha, fit un écart et secoua la tête, mais fut forcé de s'arrêter à quelques mètres de lui.

« Nous sommes venus te féliciter, Eustache », dit Nancy Steptoe.

XIV

Des anges à cheval

À peine avait-elle dit ces mots que, comme sur un signal convenu d'avance, les autres membres du groupe firent avancer leur monture. Dans un concert de piaffements, d'encensements et de fouettements de queue, ils rejoignirent leur porte-parole et après quelques manœuvres, formèrent un demi-cercle houleux autour d'Eustache.

« Félicitations, Eustache ! dit Gerald Steptoe.

— Félicitations, Eustache ! répéta Dick Staveley.

— Félicitations », dit après une infime hésitation la jeune fille qui se tenait à la droite de Dick.

Eustache les regarda d'un air ébahi.

« Tu refuses de nous parler, Eustache ? dit Nancy, en lui jetant un regard glacial. Tu es toujours fâché ? On lui a interdit de nous parler, vous savez, confia-t-elle aux autres, et maintenant il est sans doute trop fier pour daigner nous adresser la parole. »

Du coin de l'œil Eustache chercha Hilda, mais il ne put la voir.

« Elle est juste derrière toi, dit Nancy. Bonjour, Hilda ! Comme nous passions par là, nous avons eu l'idée de nous arrêter pour féliciter Eustache.

— Bonjour Nancy, répondit sèchement Hilda. C'est très aimable à vous de le féliciter, mais je ne vois pas pourquoi et lui non plus.

— Ils ne savent pas !

— On ne leur a pas dit !

— Oh, ça alors ! »

Seule la jeune fille à la droite de Dick ne contribuait pas au brouhaha de surprise incrédule. Très droite, un peu en retrait, elle portait un costume de cheval gris dont la coupe ajustée la faisait paraître aux yeux d'Eustache incroyablement fine et élégante. Ses cheveux étaient retenus en chignon sous son chapeau. On ne pouvait pas plus s'attendre à ce qu'elle parlât qu'on ne l'eût attendu d'une déesse, toute son apparence s'exprimait pour elle. Mais elle haussa légèrement les sourcils et eut un mouvement d'épaule, comme pour indiquer que chez les simples mortels, n'importe quoi pouvait arriver.

Très loin au-dessus de lui, lui semblait-il, le concert confus se poursuivait. Les petites fontaines d'exclamations et d'interjections s'étaient taries et ils discutaient de quelque chose, mais le vent déchirait leurs paroles de même que l'écume des chevaux et Eustache ne pouvait en comprendre le sens. Bien vite la discussion dégénéra en dispute, presque en querelle : les corps parurent se raidir sur leur selle, les bras gesticulèrent, les têtes se tournèrent brusquement. Enfin Dick en appela à la jeune fille à sa droite.

« Qu'en penses-tu, Anne ? »

Elle hésita et considéra Eustache avec plus d'intérêt qu'elle n'en avait manifesté jusqu'alors.

« Je le lui dirais. Je crois que ce serait plus gentil.

— Dites-lui, Dick », approuva Nancy Steptoe.

Dick Staveley se redressa, la puissance et l'autorité descendirent sur lui et pour la première fois Eustache se rendit compte qu'il était à nouveau en présence de son héros.

«Approchez», ordonna Dick.

Eustache s'approcha prudemment du rempart vertigineux de têtes impatientes, de regards brillants et de sabots piaffant sur le sable. Dick se pencha vers lui.

«Vous avez hérité d'une fortune, dit-il.

— D'une fortune? répéta Eustache.

— Tu dois lui expliquer, Dick, ricana Anne. Il ne sait pas ce qu'est une fortune.

— Mais si, je sais, protesta Eustache. C'est beaucoup d'argent.

— C'est ça. Eh bien, quelqu'un vous a laissé beaucoup d'argent.

— Qui ça?

— Vous ne devinez pas?»

Eustache secoua négativement la tête.

«Regardez-le! Il ne sait pas qui le lui a laissé et il ne devine pas. Il a une telle foule d'amis qui attendent de mourir pour en faire leur héritier qu'il ne voit tout simplement pas de qui il s'agit. Nous n'avons pas de tels amis, n'est-ce pas, Anne? Les nôtres ne meurent jamais, et même s'ils mouraient ils ne nous laisseraient rien. Je me demande comment Eustache s'y prend. Je suis sûr qu'il les assassine.

— Mais je n'ai pas d'amis! s'écria Eustache.

— Un de moins, en tout cas. C'est très mystérieux, vous savez, la façon dont elle est morte. Elle se portait comme un charme le matin même. Elle a convoqué son notaire et lui a dit: "Apportez des timbres, de la cire et du ruban rouge car je vais modifier mon testament. Je vais laisser tout mon argent à un jeune ami qui vient prendre le thé avec moi cet après-midi." Et puis vous y êtes allé et on sait ce qui s'est passé. C'était vraiment bizarre.

— Mlle Fothergill ? souffla Eustache. C'est de Mlle Fothergill que vous parlez ?

— Touché. »

Dick se mit à applaudir, imité par toute la bande, pendant qu'Eustache regardait sans comprendre son visage hilare, en proie à des émotions si indéfinissables qu'il ne savait si elles étaient pénibles ou délicieuses.

« Ça n'a pas l'air de vous réjouir, remarqua enfin Dick.

— Oh, si. Je me demandais seulement ce qu'Hilda en pensait, dit-il en se tournant vers sa sœur.

— Et qu'en pense mademoiselle Cherrington ? dit Dick – et aussi distinctement que si c'eût été la veille et non un an plus tôt, Eustache se souvint des inflexions caressantes qu'il employait toujours pour s'adresser à elle.

— Je pense que c'est très agréable pour Eustache, répondit-elle d'une voix blanche, comme hypnotisée. J'espère que ça ne fera aucune différence pour lui, enfin, que ça ne le rendra pas différent.

— Oh, mais ça le changera forcément ! dit Nancy de sa voix claire, qui retentit, moqueuse et triomphale. D'abord il va partir, aller à l'école. »

Il va partir, il va partir : c'était donc cela, partir, et non ce qu'il avait cru.

À mesure que leur terrible signification s'évaporait, les mots semblèrent rétrécir, s'amenuiser, telles les majuscules d'une phrase en capitales ramenées au type le plus commun de minuscules. Totalement insignifiantes, elles ne voulaient presque plus rien dire du tout, et la chose qui s'était enflée en Eustache comme une tumeur s'étrécit et s'amenuisa avec elles. Mais le mot « école » avait encore un sens ; il évoquait l'image de la prison brune se coulant vers Cambo comme un grand garçon s'apprêtant à donner un coup de pied à un petit.

« Pas chez M. Johnson ? demanda-t-il.

— Oh, non ! dit Nancy. Pas une petite école minable comme celle-là. Il n'y a que les fils de commerçants qui y vont ! Non, tu iras dans une école du sud de l'Angleterre. »

Le ton de Nancy établit à jamais dans l'esprit d'Eustache la conviction de la supériorité sociale du Sud sur toutes les autres régions de l'Angleterre, et en particulier sur l'Est-Anglie.

« Au collège de Saint-Ninian, à Broadstairs, paraît-il, précisa Gerald. Pas mauvais du tout. Des types très bien y vont, oui, vraiment très bien. Cet été nous avons fait un match de cricket contre leur seconde équipe. Nous y sommes allés en voiture, de Saint-Swithin, et ils nous ont donné un fameux festin. Saint-Swithin est à Cliftonville, tu sais. Bien sûr, c'est différent de Margate. Pas d'excursionnistes, ni rien de ce genre.

— Est-ce que ça ressemble à Anchorstone ? Y a-t-il des rochers ? demanda Eustache.

— Oui, mais tu ne pourrais pas y sauter. Personne ne le fait. On te l'interdirait, et d'ailleurs tu n'en aurais pas envie. C'est un jeu de gosses. »

Eustache avait l'impression que le paysage de sa vie défilait en flots autour de lui tandis qu'en équilibre instable, sur une petite pierre blanche au milieu du courant, il cherchait en vain un repère qui conforterait son sens de la stabilité de l'existence.

« Vous vous plairez à Saint-Ninian, dit Dick Staveley. C'était aussi mon collège. On n'y reste que jusqu'à quatorze ans, après quoi on entre au privé. Au collège privé, précisa-t-il en voyant l'air perplexe d'Eustache.

— Et après c'est la fac, enchaîna Nancy.

— Mais quand commencerai-je à travailler ? demanda Eustache. Quand faudra-t-il que je gagne ma vie ?

— Oh, tu n'en auras pas besoin, n'est-ce pas, Dick? répondit Nancy. Tu seras comme Dick, bien trop riche pour avoir besoin de travailler. Tu joueras au golf, tu tireras ou chasseras, et tu passeras le reste du temps à l'étranger, à Hambourg, Carlsbad, ou dans un de ces endroits chics.»

Le paysage défilait maintenant à une vitesse qui ne lui laissait pas le temps d'analyser ses impressions. Mais le tableau que lui brossait Nancy d'un avenir exempt de labeur et d'effort demeura pour lui à jamais inoubliable.

«Mais papa devra-t-il travailler?

— Nous n'avions vraiment pas pensé à ça! Oui, sans doute. L'argent ne lui appartient pas. Il est à toi, ou le sera à tes vingt et un ans. Je suppose qu'il viendra passer ses vacances avec toi si tu l'invites quand tu ne seras pas à l'étranger.»

Eustache médita sur ce point, puis demanda:

«Et Hilda...?» Il y eut un silence que personne ne rompit. Eustache regarda sa sœur. Ses joues étaient encore humides des larmes qu'elle avait versées quelques minutes plus tôt. Elles auraient pourtant dû être sèches. Une ou deux fois, elle regarda autour d'elle avec un petit mouvement de tête embarrassé, mais son regard ne rencontra pas les huit paires d'yeux qui l'observaient. Elle se mit à enlever le sable de ses chaussures de la pointe de sa pelle.

«Toute la fortune de Mlle Cherrington réside dans son visage, déclara Dick Staveley, et Eustache songea qu'il n'avait jamais entendu plus beau compliment. Elle trouvera à s'occuper quand Eustache sera à l'étranger. Nous lui trouverons bien quelque chose, n'est-ce pas, Anne? dit-il en se tournant vers la jeune fille sur sa droite. Je voudrais te présenter Mlle Cherrington, dont je t'ai parlé. (Très doucement il lui prit les rênes des mains, et ils s'approchèrent d'un ou deux pas d'Hilda.) Voici ma sœur

Anne, et voici Mlle Cherrington, que tout le monde appelle Hilda. Deux aussi charmantes personnes que vous s'aimeront beaucoup, j'en suis sûr.»

Il lui lança un regard souriant, et sa sœur inclina la tête en lui souriant elle aussi.

«Cette bonne vieille Hilda! s'exclama Nancy avec indulgence.

— Pas trop bonne, j'espère! répliqua Dick. Mais tu comprends, c'est qu'elle a toujours dû s'occuper d'Eustache, et il donne tellement de fil à retordre!»

Dick Staveley adressa à Eustache un sourire complice, le sourire d'un homme à un autre; son cheval, qui portait une étoile blanche au front, secoua la tête et dut être tancé par son maître. Son humeur rétive se communiquant à ses compagnons, ceux-ci commencèrent à s'agiter impatiemment en s'interrogeant mutuellement du regard, et il fallut quelques instants pour rétablir l'ordre.

Appuyée sur sa pelle, Hilda leva à regret la tête vers Dick, et leurs regards se croisèrent pour la première fois.

«Il faudra que je m'occupe d'Eustache quand il reviendra pour les vacances. Je suis sûre qu'il aura plus que jamais besoin de moi, dit-elle en considérant son frère d'un air dubitatif, avant d'ajouter avec une pointe d'espoir: l'école ne lui fera certainement pas beaucoup de bien.

— Sans aucun doute, approuva Dick avec désinvolture. On ne peut attendre ça d'une école, n'est-ce pas, Anne?

— Je ne crois pas qu'elle te réussisse beaucoup, répondit sa sœur.

— Peut-être étais-je un cas désespéré dès le début. Mais il n'est jamais trop tard pour s'amender, n'est-ce pas, Hilda? Maintenant que vous avez fait d'Eustache une si brillante réussite, vous devez essayer d'en faire autant pour moi. Tu ne crois pas, Anne?

— Nous serions évidemment ravis de vous voir, répondit celle-ci en regardant Hilda avec bonté, mais ne faites pas attention à lui, il adore taquiner.

— Mais je veux qu'elle fasse attention à moi ! s'indigna Dick, prenant tout le groupe à témoin. Tu ne l'as jamais fait, Anne, tu m'as honteusement négligé. Tu n'as pas été une véritable sœur pour moi. Tu as déjà dix-huit ans, et qu'as-tu fait pour moi ? Et Hilda n'a que… quel âge a-t-elle ?

— Elle a presque quatorze ans, répondit Eustache, voyant qu'Hilda ne disait rien.

— Presque quatorze ans, c'est-à-dire seulement treize, et pourtant grâce à l'éducation qu'elle a donnée à Eustache, c'est désormais un homme fortuné, avec des milliers de livres sur son compte en banque.

— Cinquante-huit mille livres, déclara solennellement Gerald Steptoe. C'est papa qui me l'a dit.

— Mais je n'y suis pour rien, répliqua Hilda. Ce n'est pas ma faute. J'ai seulement dit à Eustache qu'il devait parler à Mlle Fothergill sans se soucier de sa vieillesse et de sa laideur. C'est tout !

— Mais c'était suffisant, répondit Dick Staveley. Anne et moi avons souvent dépassé Mlle Fothergill pendant nos promenades sur la falaise. Et Anne pouvait voir aussi bien qu'Hilda qu'elle était vieille et laide. Mais elle ne m'a jamais dit : "Allons, Dick, descends une minute et montre-toi poli avec cette pauvre Mlle Fothergill."

— Tu ne l'aurais pas fait si je te l'avais demandé, marmonna sa sœur.

— Qu'en sais-tu ? Je t'aurais peut-être écoutée, et elle m'aurait sans doute légué tout son argent. Tout vient de ce qu'il a eu Hilda pour sœur. Nancy vous a-t-elle dit de parler à Mlle Fothergill, Gerald ?

— Oh ça non ! On s'enfuyait à toutes jambes dès qu'on la voyait.

— Là, tu vois bien. Vous autres sœurs ne connaissez tout bonnement pas votre devoir. Ces soixante-huit mille livres, il n'y avait qu'à les demander, et aucune de vous n'a pris la peine de dire : "Dick… ou Gerald… Je peux me passer de toi pendant quelques minutes, en fait, je meurs d'envie d'être débarrassée de toi. Cours donc parler à cette horrible vieille dame. Je sais qu'elle est à moitié paralysée, qu'elle siffle quand elle parle, que ses mains ne sont pas très agréables à regarder et ressemblent assez à des pattes de lion, mais cela te sera très profitable." »

Ils éclatèrent tous de rire, et les sons gais et joyeux furent emportés par le vent qui jouait dans leurs cheveux.

« Mais Hilda sait ce qu'il faut à un homme, et grâce à elle Eustache va passer confortablement le reste de sa vie, sans avoir à suer dans une banque, un bureau ou une étude d'avoué. Il n'aura qu'à s'allonger sur une chaise longue et à sonner chaque fois qu'il voudra quelque chose.

— Exactement comme Mlle Fothergill, dit Nancy. Nous voyions souvent Eustache aller à Laburnum Lodge et papa a parié avec maman qu'elle lui laisserait quelque chose. "Tu peux compter là-dessus, affirmait papa. Il n'y va pas pour rien. Ce garçon a la tête sur ses épaules."

— Elle me donnait bien du thé, répondit Eustache, mais je ne le demandais pas. J'étais simplement là quand il était servi.

— Nous ne te blâmons pas, Eustache, dit Nancy en riant.

— Maintenant, dis-moi : c'est vrai qu'elle était sorcière ?

— Sorcière ?

— Tout le monde le disait, non ? On disait qu'elle avait un manche à balai sur lequel elle s'envolait la nuit.

Je suis sûre qu'elle le gardait dans le porte-parapluies de l'entrée.

— Je ne l'ai jamais vu, Nancy, répondit Eustache avec sérieux.

— Elle avait pourtant bien une canne.

— Oui, mais pour s'aider à marcher.

— Tu reconnaîtrais un manche à balai si tu en voyais un ?

— Je n'en suis pas sûr.

— Eh bien moi, je te parie qu'elle en avait un. Et il paraît qu'elle jetait des sorts.

— Je ne le pense pas.

— Ne t'en a-t-elle pas jeté un ? N'était-ce pas en partie pour ça que tu y allais tout le temps ? »

Eustache essaya d'envisager son amitié avec Mlle Fothergill comme un envoûtement. Cela eût expliqué bien des choses, évidemment. Mais les sorcières étaient sûrement mauvaises ? Mlle Fothergill incarnait le bien, et dans toutes ses relations avec lui elle n'avait eu qu'un but : augmenter le bien entourant Eustache Cherrington et le faire rayonner sur le monde entier. Cela avait certainement été très agréable, mais les bonnes choses pouvaient être agréables une fois qu'on avait dominé l'aversion initiale qu'elles inspiraient. Elles donnaient l'impression d'être bonnes, ce dont une sorcière n'eût jamais été capable.

« Les sorcières ont des démons familiers, tu sais, reprit Nancy.

— Tu sais ce qu'est un démon familier ? »

Eustache eut un geste de dénégation.

« Ce sont en général des petits garçons, de très gentils petits garçons pour commencer. C'est pour ça que la sorcière les aime bien. Elle doit chercher avec soin avant de trouver le bon ; bien entendu, il se peut qu'elle en trouve un sur la falaise. Tu comprends, la plupart des garçons sont égoïstes comme Gerald : ils ne serviraient à rien à une sorcière, parce qu'elle ne pourrait pas leur faire faire ce qu'elle veut.

— Qu'est-ce qu'elle veut ?

— Oh, qu'ils lui apportent de petites choses, qu'ils lui courent après, qu'ils lui donnent sa bourse, lui fassent la lecture et jouent aux cartes et aux gages avec elle, et qu'ils l'embrassent.

— Comment le sais-tu ? s'écria Eustache, écarlate.

— Mon petit doigt me l'a dit. Et pendant tout ce temps il se croit très gentil, mais en fait c'est la sorcière qui l'a envoûté. Et puis à la fin elle prend possession de son âme qui devient aussi mince que du papier, et elle la glisse tous les soirs sous son oreiller avant d'aller au lit. Mais, bien sûr, il n'en sait rien. Il s'imagine qu'il a toujours son âme et qu'elle est de la même taille que d'habitude. Et puis la sorcière meurt et lui lègue sa fortune pour montrer qu'elle a payé le prix de son âme, et qu'elle est vraiment à elle. Et il ne la retrouve jamais, pauvre petit garçon ! »

Eustache la contemplait, fasciné. Le vent avait donné une roseur délicate à sa peau laiteuse ; une lueur malicieuse brillait dans ses yeux ; sa frêle silhouette se prêtait avec mille attitudes gracieuses aux assauts du vent et aux mouvements impatients de sa monture. Dans le cœur d'Eustache s'insinua une douceur exquise ; il se rappela la dernière fois qu'il l'avait éprouvée, pendant le cours de danse, l'après-midi où elle avait repoussé tous ses rivaux pour danser avec lui, pour lui. Elle avait parlé de sort – n'en était-ce pas un ?

« Je crois que c'est toi, la sorcière, dit-il avec une témérité qui l'étonna lui-même.

— Ça se pourrait, dit Nancy, qui sembla accueillir avec plaisir cette vile accusation. Même si j'en suis une, ça ne veut pas dire que je veuille avoir affaire avec un démon qui a appartenu à une autre sorcière. Il serait de seconde main, tu comprends.»

Elle détourna pensivement la tête et regarda par-dessus le cheval de son frère, dans la direction de Dick.

«Ne l'écoutez pas, Eustache, dit celui-ci. Elle a dû lire toute cette histoire d'âmes et de démons dans un livre qu'elle a compris de travers. Je suis certain que votre âme vaut autant que la sienne – je doute d'ailleurs qu'elle en ait une. Mais Hilda a évidemment une âme, elle», ajouta-t-il d'un ton différent.

Eustache, qui n'avait pas quitté Nancy des yeux, vit son visage se durcir légèrement.

«Quel dommage qu'il n'y ait pas un M. Fothergill, continua Dick, parlant à Eustache mais regardant Hilda. Vous croyez que si je me promenais en fauteuil d'invalide, et si je demandais à Gerald de me pousser le long de la falaise, vous pourriez ordonner à Hilda d'aller me parler et de prendre le thé avec moi ? Vous croyez que vous le pourriez ?

— Peut-être, si vous étiez vraiment malade, dit Eustache. Mais ça m'étonnerait que ça vous arrive.

— Non, hélas, ma santé est bien trop bonne. Malgré tout j'essaierai. Un jour en vous promenant vous remarquerez quelque chose en train de ramper au loin, et en vous approchant voici ce que vous verrez.»

Il se pencha sur son cheval, serra les poings et arrondit ses épaules comme si son corps se contractait sous l'emprise d'une douleur soudaine, baissa sa paupière droite en tordant le coin de sa bouche, et parvint à imprimer à son visage une hideuse ressemblance avec celui de Mlle Fothergill.

Eustache lui-même pouffa de rire, et s'exclama :

«On dirait le loup du Petit Chaperon rouge.

— Oui, et Eustache devra venir me tuer. Mais il n'en fera rien, car il sera devenu trop paresseux. Il se contentera de sonner pour demander un autre xérès, et dira: "Pauvre Hilda. J'ai toujours su qu'elle s'attirerait des ennuis!"

— Pas du tout, protesta Eustache avec indignation. Je... »

Il s'interrompit et regarda, désemparé, les chevaux qui le dominaient de toute leur taille, et Dick qui lui rappelait l'image d'un centaure.

«Voilà, je le savais! s'écria triomphalement Dick Staveley. Il ne ferait rien du tout. Il laisserait sa sœur se faire croquer sans même se soucier de la venger. Voilà ce qui arrive quand on a de l'argent. Malgré tout, c'est bien agréable d'en avoir. Mon Dieu, il est plus de midi et demi! dit-il en regardant sa montre. Nous devons partir. On se sépare ici, Nancy?

— Je pense qu'on a juste le temps de retourner avec vous par le vieil Anchorstone.»

Dick échangea un regard avec sa sœur.

« Excellent, du moment que ça ne vous retarde pas. Mais avant de partir, donnons-leur trois hourras à tous les deux. (Son visage devint grave, et sa voix vibrante d'autorité.) Trois bans pour Hilda et Eustache, associés au nom de Mlle Janet Fothergill. Et maintenant tous ensemble: Hip-hip-hip-hourra!

— Hip-hip-hip-hourra!

— Hip-hip-hip-hourra!»

Par trois fois ce cri s'éleva et retomba. Ténu et léger, il se mêla bientôt à la clameur avide des mouettes, et fut emporté par le vent; mais sa qualité était unique, indubitable. Eustache n'avait encore jamais entendu de vivats, mais il en reconnut immédiatement l'implication et son cœur se gonfla de joie. Quatre personnes l'avaient acclamé, pour lui souhaiter bonheur et prospérité à la face des cieux !

Ce fut un moment grisant. Remarquant que Dick et Gerald avaient enlevé leur casquette, il ôta également son chapeau qu'il agita d'un air fier et valeureux. Surpris, les chevaux se cabrèrent comme pour échanger des saluts ; ils formaient un mouvement houleux, vers le haut, vers le bas, sur le côté, et leurs cavaliers évoluaient tantôt en rythme avec eux, et tantôt à contretemps, comme s'ils possédaient eux aussi la liberté du ciel et du vent. Riant avec embarras, un peu gauches, ils s'entre-regardèrent puis, d'un air d'excuse identique, se tournèrent vers Eustache et Hilda. « Au revoir, au revoir, bonne chance ! » chantèrent leurs voix.

Il y eut un mouvement convulsif parmi les chevaux ; un vol de crinières, un plongeon de croupes ; en un instant le sable s'éleva sous leurs sabots trépignants ; ils étaient partis. Sans cesser d'agiter son chapeau, Eustache les regarda disparaître.

XV

Un cœur ou deux

«Il a dit qu'il était midi et demi passé, dit Hilda. Nous n'aurons plus le temps de finir le bassin, maintenant.

— Oui. Je veux dire, non.

— Tu ne sais pas ce que tu veux dire.»

Eustache laissa vagabonder son regard alentour. Au premier plan se trouvait une grande étendue de sable piétiné, brassé par les chevaux; elle ressemblait à un champ de bataille et lui procura un curieux frisson de plaisir. Il respira l'air à longs traits, soupira, et poursuivit son inspection. À sa gauche, il y avait la mer qui montait avec détermination; déjà ses premières rides n'étaient plus qu'à quelques mètres d'eux. Plus loin s'étendaient de longues lignes de brisants, parfois quatre ou cinq lames qui se chevauchaient vers le rivage. À sa droite c'était la falaise, toute roussâtre en bas et surmontée d'un blanc ruban de craie avec, à peine visible, la haie folle accrochée à son rebord. Eustache se retourna vers les deux promenades, s'étirant sous leur fardeau d'échoppes, de bateaux balançoires et de bâtiments délabrés vaguement consacrés à l'amusement; puis venait le quai qui s'avançait dans la mer, et au-delà le ciel noirci de fumée au-dessus de la gare. Oui, ils étaient bien là. Mais quinze jours, une demi-heure plus tôt, ils n'y étaient pas. Eustache avait l'impression de les revoir après une longue séparation. À titre d'essai, il aspira à nouveau une profonde bouffée d'air. Avec plaisir et reconnaissance, son corps réagissait ! Il connaissait son corps, et son corps le connaissait ; ils étaient de vieux, de très vieux amis dont l'intimité ne serait pas brisée.

« Je suis si heureux, Hilda ! Je ne crois pas avoir jamais été aussi heureux de toute ma vie.

— Pourquoi ? demanda-t-elle. (Elle était retournée à son rocher où elle s'était assise, détournant à moitié le visage.) Est-ce parce qu'elle t'a laissé tout cet argent ?

— Oh non ! Je l'avais oublié (et à dire vrai, dans l'ivresse du moment il l'avait effectivement oublié). Tu n'es pas contente, toi, que je ne m'en aille pas ?

— Mais tu vas t'en aller. Tu vas aller à l'école. Je n'en suis pas heureuse et je doute que tu le sois. À moins que je ne me trompe ? ajouta-t-elle, menaçante.

— Bien sûr que non, répondit-il en se rembrunissant. Mais ce n'est pas pareil que de s'en aller pour de bon.

— Je n'ai jamais cru que tu t'en irais pour de bon, comme tu dis.

— Si !

— Non !

— Si !

— Non !

— Alors pourquoi étais-tu si fâchée ?

— C'est parce que je pensais… Oh, et puis je ne sais plus ! Ces gens sont arrivés et ont tout interrompu.

— Ça ne t'a pas fait plaisir ? demanda Eustache, les yeux brillant à la vue du sable dont le désordre magnifique avait été créé en son honneur.

— Oui, en un sens, mais ils ont un peu gâché notre matinée.

— Tu n'as pas aimé leur parler ?

— Nous n'avons rien dit du tout. C'est eux qui n'ont pas arrêté. »

C'était vrai. Eustache fit une nouvelle tentative.

« Tu n'as pas trouvé Dick très gentil ?

— Il est toujours comme ça, non ? demanda Hilda en tordant ses longues mains fines.

— Euh… Nous ne l'avons pas vu souvent. Tu ne l'as pas trouvé drôle, quand il a parlé de se promener dans un fauteuil d'infirme en faisant semblant d'être Mlle Fothergill ?

— Je ne crois pas que c'était bien de plaisanter sur ce sujet.

— Peut-être pas. Tu iras le voir comme il te l'a demandé, quand je serai à l'école ?

— Il sera certainement à l'école, lui aussi. De toute façon je n'aurai pas le temps. Il faudra que je m'occupe de Barbara, du ménage, et que j'apprenne le français et le dessin pour être gouvernante.

— Gouvernante ? Qui a dit que tu allais être gouvernante ?

— Tante Sarah m'a annoncé il y a plusieurs mois qu'il le faudrait peut-être. Je ne t'en ai pas parlé parce que je savais que ça ne te plairait pas. D'ailleurs, je ne te dis pas tout.

— Ça ne me plaît pas », dit Eustache.

Tout comblé qu'il fût, aussi invulnérable que parût son bonheur, une souffrance fulgurante le parcourut.

Hilda, gouvernante ! Certes, elle s'entendait à gouverner, il pouvait en témoigner. Mais sans vanité aucune, il savait être en ce domaine un sujet facile. D'autres ne le seraient peut-être pas. Les autres enfants pouvaient se montrer méchants et désobéissants. Aussitôt il se représenta les élèves confiés à Hilda en état chronique d'insurrection.

« Tenez-vous tranquille, Tommy, et faites vos additions comme je vous l'ai dit.

— Non, mademoiselle Cherrington !

— Alice, combien de fois vous ai-je répété de ne pas faire mon portrait sur votre livre de géographie ? »

Pas de réponse : Alice continue à dessiner.

« Lady Evangeline (là, l'imagination d'Eustache fit un bond soudain), puis-je vous demander de vous rappeler la règle ? X au pluriel après eu, sauf "bleu" et "pneu" ?

— Vous pouvez toujours me le demander si ça vous chante, mademoiselle Cherrington, mais je n'y ferai pas attention. Après tout, vous n'êtes qu'une gouvernante et il y en a plein d'autres pour vous remplacer.

— Majordome, dit la marquise, sonnez Mlle Cherrington. Je dois malheureusement la renvoyer. Inutile de faire venir le cabriolet, elle peut parfaitement aller à la gare à pied. »

Sonner, sonner ! Ils avaient dit que c'était ce qu'il ferait, lui, Eustache. Il sonnerait pour qu'on lui apporte... qu'est-ce que c'était, déjà ? Quelque chose qui commençait par « X ». Et dans une autre maison, bien loin, peut-être au-delà des montagnes, Hilda répondrait à un coup de sonnette, comme une domestique. Une idée lui vint.

« Tu crois que c'est beaucoup d'argent, soixante-huit mille livres ?

— Ils avaient l'air de le penser, répondit Hilda d'un ton indifférent.

— Gerald a seulement parlé de cinquante-huit mille.

— Ah bon ? Ça ne fait pas grande différence, à mon avis.

— Je sais que mille livres par an représentent une grosse somme, insista Eustache, cherchant un moyen de l'intéresser à ses perspectives financières. Une fois j'ai entendu papa dire de M. Clements : "Oh, Clements est au sommet de l'échelle ! Il a de la fortune. Je ne serais pas surpris s'il gagnait près de mille livres par an."

— M. Clements est au bureau depuis bien plus longtemps que papa. Et puis il est très vieux. La plupart des gens s'enrichissent en vieillissant.

— Les enfants ne sont jamais riches, alors ?

— Presque jamais. D'ailleurs, ce ne serait pas bon pour eux.

— Mais moi, je le suis. Ils l'ont tous dit. C'est pour ça qu'ils nous ont félicités et nous ont donné trois bans.

— C'est toi qu'ils acclamaient, dit Hilda. Ils ne m'ont nommée que parce que j'étais avec toi. Je n'aurai pas un sou de cet argent, et n'importe comment je n'en veux pas.

— Oh, pourquoi ? s'écria-t-il (craignant de voir échouer son plan, il mit dans sa voix toute la persuasion dont il était capable). Pense à la différence que ça ferait. Tu n'aurais pas besoin d'être gouvernante ; tu n'aurais pas à faire le ménage, ou seulement si tu en as envie ; tu n'aurais pas à t'occuper de Barbara sauf pour l'emmener faire un tour de temps en temps, ou dans les magasins pour lui acheter des jouets. »

Il se tut, cherchant des plaisirs susceptibles de rendre l'argent attrayant pour sa sœur ; il se sentait handicapé devant son attitude de refus inflexible et en était réduit à lui attribuer le désir de satisfactions qu'il eût recherchées à sa place.

« Tu pourrais avoir toutes les robes dont tu as envie, et un cheval pour faire des promenades avec Dick Staveley, comme Nancy.

— J'ai toutes les robes dont j'ai besoin, merci. Et je ne veux pas faire de promenade avec Dick Staveley, je te l'ai déjà dit cent fois. Quant à elle, on se demande pourquoi elle l'accompagne, car on voit bien qu'il ne l'aime pas moitié autant qu'elle l'aime. Je lui aurais cru plus d'amour-propre.

— Ça se voit tellement ? interrogea Eustache, sidéré par la pénétration d'Hilda.

— Tu le verrais si tu te servais de tes yeux, et si tu n'étais pas si ridicule avec Nancy. De toute façon le cheval n'est pas à elle ; elle l'a loué chez Craddock. Je l'ai reconnu, c'était la jument baie au fanon blanc. »

De nouveau, Eustache fut étonné par le don d'observation de sa sœur. Cependant il avait vu juste sur un point : elle avait la passion des chevaux, même si pour une raison obscure elle prenait tant de peine à le dissimuler. Et bien qu'elle eût accueilli de façon décevante ce tableau souriant de son riche avenir, elle avait consenti à en discuter, ce qui était de bon augure.

« Et puis on pourrait avoir une maison où on vivrait ensemble, des domestiques pour nous servir et… venir quand on sonnerait… et on pourrait prendre le petit déjeuner au lit, avoir des chaises longues dans le jardin et boire de la limonade quand il ferait chaud (Eustache se souvenait qu'Hilda avait un faible pour la limonade pétillante). Et puis, bien entendu, on passerait une bonne partie du temps à l'étranger, à Hambourg et Carlsbad… Je ne sais pas très bien ce qu'on y ferait, mais ce serait agréable d'aller à l'étranger, tu ne trouves pas ? Et on pourrait aller ailleurs. On verrait le Vésuve en éruption, ou on séjournerait à Lisbonne pendant un tremblement de terre.

— Je n'aurais envie de rien de tout ça. Ça m'a l'air un peu stupide. »

Elle parlait de sa voix lointaine et Eustache comprit qu'il avait éveillé l'esprit de dramatisation où, s'imaginant autre qu'elle n'était, elle pourrait se montrer accessible à ses propositions. Mais il n'avait jamais su compter avec l'austérité de sa nature, dont les manifestations étaient pour lui une source continuelle de surprise. Elle semblait se plier aux corvées parce qu'elle les aimait, et non parce qu'elles formaient les étapes du chemin escarpé mais lumineux du sacrifice. Un avenir qu'il jugeait sombre pouvait lui paraître plein de promesses. Mû par une soudaine inspiration, il remarqua :

« Et tu pourrais aller à l'école, si tu voulais. »

Il vit qu'il avait marqué un point. Hilda inclina la tête en arrière, et ses longs cils masquèrent son regard.

« À quoi bon en parler ? dit-elle de sa voix la plus profonde. Ce n'est pas à moi que Mlle Fothergill a laissé son argent.

— Non, dit Eustache, qui ajouta triomphalement : je peux le partager avec toi, si tu veux bien.

— Non.

— Si.

— Non.

— Si.

— D'accord, capitula Hilda. Tout ce que tu voudras, pourvu que tu te calmes. »

Bientôt ils furent absorbés dans leurs supputations financières. Combien auraient-ils ? Combien de temps l'argent durerait-il ?

« Tout dépend de qui a dit la vérité, Gerald, ou Dick, observa Eustache. Gerald a parlé de cinquante-huit mille livres, et Dick de soixante-huit.

— Ils avaient peut-être tous les deux tort, dit Hilda.

— Oh non, pas Dick ! Il a lui-même beaucoup d'argent, Nancy me l'a dit. Disons soixante-huit mille livres. Regarde, je vais l'écrire sur le sable avec ma pelle.

— C'est vulgaire d'écrire des choses sur le sable. Il n'y a que les enfants mal élevés qui le font.

— Oh, ça ne fait rien ! Les chiffres ne sont pas comme des mots. Ils ne peuvent pas être malpolis. »

Le nombre 68 000 apparut en chiffres de taille imposante.

« Si nous avons chacun mille livres par an, combien d'années dureront soixante-huit mille livres ?

— Divise par mille, dit Hilda.

— Comment on fait ?

— Tu devrais le savoir. Enlève trois zéros. »

Eustache reprit sa pelle et, à contrecœur, barra tour à tour les trois derniers chiffres, ce qui laissa le nombre 68 nu, petit et terne.

« Soixante-huit ans, dit-il avec scepticisme. Quel âge auras-tu alors, Hilda ?

— Ajoute quatorze. »

Eustache posa un 14 sous le 68 et tira un trait.

« Ça fait quatre-vingt-deux. Et moi, quel âge aurai-je ?

— Ôte quatre de quatre-vingt-deux. Tu as presque quatre ans de moins que moi.

— Qu'est-ce que ça fait comme chiffres ! s'exclama Eustache, accompagnant des lèvres les mouvements de sa pelle. Ça fait soixante-dix-huit. Tu aurais quatre-vingt-deux ans et moi soixante-dix-huit ans. Après il ne devrait plus nous rester d'argent ?

— On sera peut-être déjà morts, répondit Hilda.

— Oh non, je ne crois pas ! dit Eustache, choqué. Du moins pas moi. Je veux dire, rectifia-t-il, répugnant à suggérer qu'Hilda pût mourir la première, les gens vivent souvent jusqu'à quatre-vingt-dix ans. Mais nous aurions peut-être fait quelques économies. Nous n'aurions pas besoin de dépenser exactement mille livres par an. Tu pourrais économiser sur les tiennes, et moi sur les miennes.»

Hilda se leva de son rocher, s'épousseta rapidement, et alla examiner les calculs d'Eustache.

«Tu n'as pas très bien réussi ces huit. Tu n'as jamais vraiment su les faire. Maintenant fais-en un pour t'entraîner et montre-moi comment tu t'y prends.»

Eustache s'exécuta en s'efforçant de contenir son irritation.

«Tu devrais commencer par croiser la boucle au lieu de descendre. Tout le reste m'a l'air d'aller.»

D'un œil critique, elle examina les chiffres tandis qu'Eustache, craignant d'être pris en faute, se mettait à rougir, puis à pâlir. Tout à coup elle éclata de rire. Elle riait, riait, balançant son corps d'avant en arrière. Enfin, elle annonça :

«Tu vas devoir recommencer depuis le début.

— Mais pourquoi ? J'ai fait exactement ce que tu m'as dit.

— Je sais, dit-elle, surmontant encore difficilement son hilarité. C'est vraiment ma faute. J'avais oublié qu'il faut diviser par deux.

— Qu'est-ce qu'il faut diviser par deux ?» interrogea Eustache, complètement perdu.

Les mathématiques avaient toujours été son point faible, le seul, en fait, où Hilda le surpassait. Il se sentit énervé et déçu. Ce calcul qui l'avait tant amusé, la seule addition qu'il eût jamais eu du plaisir à faire, se concluait, comme tant d'autres, par une mortifiante défaite.

«Bon, recommence ici, dit Hilda en le guidant implacablement vers une surface de sable intacte. Soixante-huit mille divisés par mille, soixante-huit : c'est bien.

Maintenant tu dois diviser soixante-huit par deux pour obtenir le nombre d'années.

— Mais pourquoi ?

— Parce que nous sommes deux, crétin ! »

Indigné et perplexe, Eustache accomplit cette division en silence.

« Trente-quatre, dit le sable.

— Tu vois, l'argent ne durera que trente-quatre ans, dit gentiment Hilda. Quel âge aurai-je, alors ? »

Le silence se fit pendant que la pelle pratiquait ses incisions.

« Quarante-huit ans.

— Voyons un peu ce huit. Oui, c'est mieux. Et quel âge auras-tu ?

— Je peux faire ça de tête, dit Eustache d'un air maussade. Quarante-quatre ans.

— Tu vois la différence ? dit Hilda en riant sous cape.

— Oui. On risque de vivre encore longtemps, après. Mais bien sûr, si nous n'avions que cinq cents livres par an…

— Tu veux le calculer ?

— Non merci, répliqua-t-il, boudeur.

— Tu connais la réponse ?

— Je crois pouvoir la deviner.

— Combien cela fait-il ?

— Je te le dirai plus tard.

— Je veux que tu me le dises tout de suite. Ou préfères-tu que je le fasse ?

— Non. Oui. Dis-le-moi si tu veux.

— J'aurais évidemment quatre-vingt-deux ans et toi soixante-dix-huit ! »

Eustache se renfrogna et jeta un regard mauvais à Hilda. Ç'aurait dû être un moment si exaltant que ce partage du trésor ! À cette perspective, tout son être s'était senti pavoisé de fleurs et de rubans ; comme elles étaient fanées, à présent, comme ils étaient flétris ! Toute l'expérience radieuse du don était réduite aux dimensions d'une leçon d'arithmétique, d'une leçon où il s'était signalé par son peu d'éclat. Les larmes aux yeux il détourna la tête et contempla le sable couvert d'inscriptions semblables à des coups de griffe. À quoi bon posséder une fortune, s'il n'en restait rien quand on avait quarante-quatre ans ? Le matin même, lorsqu'il se croyait condamné à mort, cet âge lui semblait désespérément inaccessible. Maintenant il le guettait au détour de la vie : il surgirait en un rien de temps, entraînant avec lui la pauvreté, le dénuement, l'hospice. Et l'alternative ? Cinq cents livres par an jusqu'à soixante-dix-huit ans. Mais qu'étaient cinq cents livres par an pour celui qui aurait pu en avoir mille ? Son père aurait-il jugé M. Clements aisé si celui-ci n'avait pu se prévaloir que de cinq cents pauvres livres par an ? Cinq cents livres par an, cela ne servait à rien, cela n'avait aucun sens : cela n'inspirait aucun respect. C'était une misère. Autant valait s'en passer.

Il lança un bref coup d'œil aux chiffres, tracés à peine quelques instants plus tôt avec tant de fierté et de passion. Ils ressemblaient à d'informes gribouillages. Pas étonnant qu'Hilda y eût trouvé à redire ! Diviser par deux, diviser par deux. Oui, elle était bien là, la division, la simple division qui avait été si fatale à son bonheur. Si le sable avait été une ardoise, comme il eût été simple d'en effacer ces chiffres ! Et d'une certaine façon, c'était bien une ardoise, car la mer progressait en rampant pour faire disparaître ce qu'il avait écrit. Il n'était pas trop tard pour changer d'avis.

Hilda n'était pas du genre à se soucier d'argent. Quand son frère avait voulu partager sa fortune avec elle, elle lui avait fait faire tout un tas d'additions. Elle ne comprenait pas que l'argent ne servait pas à cela. Il servait à des choses infiniment plus importantes, comme chasser, tirer, et partir à l'étranger. On peut faire des additions sans avoir d'argent ; quand on a de l'argent on n'a pas besoin d'en faire, on paie quelqu'un d'autre pour les faire à sa place. Eustache avait offert la moitié de son argent à Hilda, mais elle s'était contentée de l'entraîner à faire des huit. C'est pourquoi il dit : « J'ai changé d'avis, je ne crois pas que je te donnerai l'argent, après tout, et tu pourras être gouvernante comme tante Sarah l'a dit. » Et Hilda répondit : « Oh, Eustache ! Je regrette tellement de t'avoir obligé à faire des huit, alors que tu t'étais montré si généreux envers moi ! Je t'en prie, permets-moi d'avoir cet argent ; je n'ai pas du tout envie d'être gouvernante. Je me sentirai terriblement seule et je regretterai la maison, et ils seront tous très méchants avec moi et diront que je n'instruis pas leurs enfants comme il faut parce que je n'ai pas été à l'école et que je n'ai aucun diplôme. Je t'en supplie, Eustache, oh ! Je t'en supplie, souviens-toi de l'enfance que nous avons passée ensemble. » Mais Eustache répondit : « Je crains que cela ne serve à rien, Hilda. Vois-tu, je ne change jamais d'avis. » Alors Hilda dirait : « Oh, mais tu l'as écrit ! C'est une promesse, et on ne rompt pas une promesse ! » Mais Eustache lui montrerait la mer et dirait en souriant : « Malheureusement, il ne restera pas grand-chose de ma promesse d'ici quelques minutes. » Alors Hilda se mettrait à pleurer et dirait : « Comment peux-tu être aussi cruel ? » mais Eustache ne l'écouterait pas parce qu'il avait un cœur de pierre.

Raffermi et enhardi par sa méditation, Eustache se tourna résolument vers Hilda qui avait pris sa pelle et dessinait négligemment une rapide série de huit irréprochables.

« Je suppose que si une seule personne gardait l'argent, elle continuerait à avoir mille livres par an jusqu'à soixante-dix-huit ans ?

— Oui, répondit-elle sans relever la tête. Je garderais tout si j'étais toi. Ne t'inquiète pas pour moi. Faisons comme si on avait juste fait des calculs pour s'amuser. »

Elle traça un nouveau huit, plus exaspérant de perfection que le précédent.

Ce n'était pas du tout ce qu'escomptait Eustache. Sa détermination toute neuve commença à le quitter. Cependant, les plaisirs de la vengeance ne sont pas faciles à repousser, une fois qu'on y a goûté.

« Ça t'ennuierait beaucoup d'être gouvernante ? et la pensée lui vint qu'en réalité cela ne l'ennuyait peut-être pas du tout.

— Pas vraiment, je crois. Ça dépendrait des enfants. Ils ne seraient sans doute pas aussi faciles à prendre que toi. Évidemment je préférerais aller à l'école, mais comme de toute façon tu ne seras plus là, ce que je ferai n'a pas beaucoup d'importance. » Eustache fut forcé d'admettre la noblesse de cette réponse, et plus il y pensait, plus il la trouvait belle. La rancune mourut dans son cœur et fut remplacée par une sensation différente, douce et chaleureuse. Il observa Hilda. Immobile (sans doute devant un autre huit d'une excellence suprême), elle lui tournait le dos ; sur sa robe bleue usée, à l'endroit où elle s'était assise sur le rocher, il remarqua des taches et des fragments d'algues. Ce spectacle l'émut, comme toujours lorsqu'il voyait sa maîtrise habituelle des circonstances trahir des signes de faiblesse. La fierté avait un goût amer, dans sa bouche. Il devait lui faire une offre de paix.

« Voyons si j'arrive à faire un huit comme les tiens », dit-il d'un ton conciliant.

Prenant son air critique, Hilda le regarda faire.

« Pas mal du tout, fut le verdict. Tu es en progrès. »

La bande de sable qu'ils occupaient présentait l'apparence d'un gigantesque livre de comptes, mais vers le milieu il restait encore un espace intact, en forme de bouclier, qui défiait le goût d'Eustache pour la symétrie et la plénitude. « Je vais dessiner quelque chose », annonça-t-il. Il s'avança vers l'espace vierge et se mit à y tracer des formes. Au bout d'une ou deux minutes, il recula pour juger du résultat en suçant sa lèvre inférieure.

« Qu'est-ce que c'est ? demanda Hilda.

— Tu le verras dans un instant. »

Il retourna à son dessin et y ajouta quelques lignes.

« Je ne vois toujours pas ce que c'est, dit Hilda.

— C'est censé être un cœur. Ce n'est pas très facile à dessiner, un cœur.

— Et ce qui le traverse, qu'est-ce que c'est ?

— Une flèche. Regarde. Je vais ajouter quelques plumes au bout. »

Eustache se remit au travail et les ailerons de la flèche furent bientôt aussi longs que la tige et la pointe réunies.

« Et maintenant je vais juste faire la pointe un peu plus aiguë.

— Moi je n'y toucherais plus, à ta place, dit Hilda, donnant le conseil offert à tant d'artistes. Tu fais des traits trop épais. Un cœur n'a pas les contours aussi hachés.

— C'est peut-être parce qu'il saigne, à cause de la flèche. Je vais ajouter quelques gouttes de sang qui tombent de la pointe en faisant une petite mare. »

Formée de petites particules arrondies terminées par un bec en leur milieu, la mare de sang était loin de paraître fluide.

« Ces gouttes ressemblent plus à des pièces de monnaie qu'à du sang, constata Hilda.

— Elles peuvent aussi bien être de l'argent, dit Eustache, s'efforçant de défendre son œuvre. Le prix du sang. Ça existe, n'est-ce pas ?

— Oui, c'est le prix de la liberté quand on est réduit en esclavage », lui dit-elle.

Eustache retourna cette notion dans sa tête.

« Je ne crois pas que ce soit ce que je veux. Le sang fait meilleur effet que l'argent dans un tableau, parce que la couleur est plus belle. Je n'ai jamais vu de tableau où on représentait de l'argent.

— Tu n'as pas vu tous les tableaux qui existent. Il pourrait y en avoir un des trente deniers d'argent.

— Non, parce que Judas les gardait dans un sac pour qu'on ne les voie pas », répondit-il sans hésiter.

C'était un genre de remarques qu'il se permettait parfois quand il était d'humeur confiante. Cette affirmation ne pouvant être réfutée, elle ne comptait pas pour un mensonge même s'il n'était pas sûr qu'elle fût vraie.

« Mais as-tu déjà vu du sang dans un tableau ? l'interrogea Hilda.

— Oh oui ! Les tableaux bibliques sont souvent très saignants. »

Il sentit aussitôt qu'il avait dit quelque chose de mal, et Hilda ne lui laissa aucun doute à ce sujet.

« Papa t'a averti de ne pas employer ce mot dans ce sens-là, le réprimanda-t-elle. Ce n'est pas bien, et tu risques d'en prendre l'habitude.

— Je voulais dire ensanglantés, rectifia-t-il hâtivement, espérant que l'alternative ne lui était pas venue trop tard pour écarter tout danger de blasphème (l'allusion au crime étant bien moins répréhensible). Mais ici, dans ce dessin, ajouta-t-il précipitamment, comme si en changeant de sujet il pouvait dissimuler son lapsus à des puissances moins vigilantes qu'Hilda, je n'ai pas collé convenablement les gouttes. Je vais en rajouter. Voilà, c'est mieux. Mais attends, ce n'est pas encore fini.»

Il recula et darda sur son dessin un regard d'une redoutable férocité.

«Je crois que c'est comme ça que je vais m'y prendre. Ne regarde pas. Ferme les yeux une minute.»

Docilement Hilda ferma très fort les yeux. Le temps lui parut long. Enfin elle entendit Eustache annoncer:

«Maintenant tu peux regarder.» Voici ce qu'elle vit:

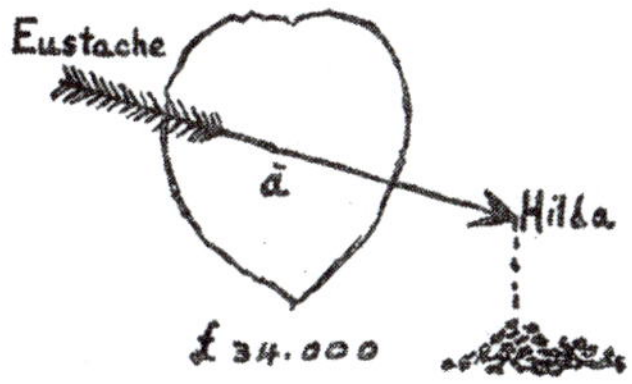

«Tu comprends ce que ça veut dire, n'est-ce pas? demanda anxieusement Eustache.

— Je crois que oui. Merci, Eustache.

— C'est bien l'abréviation de "livres"? Un L avec une barre?

— Il faudrait en mettre deux, mais une seule c'est presque aussi bien.»

Eustache fut heureux d'avoir si bien réussi.

«Il fallait que la pointe de la flèche aille vers toi, parce que, tu comprends, elle allait déjà dans ce sens et je ne pouvais plus la modifier. Et puis évidemment elle t'apporte l'argent. Mais elle ne te fera pas de mal, enfin, j'espère, même si je l'ai dessinée au hasard. Moi, je ne crois pas, et toi? Tu vois, elle ne te touche pas.

— Une flèche de sable ne peut pas me faire de mal, crétin! D'ailleurs elle est tordue. Mais je ne pense pas que tante Sarah aimerait que nous écrivions nos noms n'importe où. Elle a toujours été intransigeante sur ce point.»

Eustache parut troublé.

«Je sais ce que je vais faire. Je vais effacer nos noms, sauf les initiales, dit-il en frottant le sable avec son pied. Maintenant, on ne voit plus que "d'E à H".»

Ainsi expurgé, le dessin avait l'air à la fois familier et anonyme.

«Est-ce ton cœur ou le mien? demanda Hilda, après lui avoir laissé le temps d'admirer la beauté de son chef-d'œuvre.

— Je pensais qu'il nous appartenait à tous les deux. J'aurais peut-être dû en faire deux, mais je ne savais pas très bien comment les superposer. Si tu veux, tu peux imaginer un autre cœur derrière celui-ci, exactement de la même taille. Il serait là même si on ne pouvait pas le voir. Alors la flèche les traverserait tous les deux et ils seraient réunis pour toujours. À moins que tu préfères penser que nous n'avons qu'un seul cœur, comme je voulais le faire avant.

— Je crois qu'il vaut mieux qu'il y en ait deux, dit Hilda, car ton cœur est plus faible que le mien. Tu l'as trop fatigué, tu te souviens, et ils ne battent peut-être pas tout à fait au même rythme.

— Très bien, dit Eustache en saisissant sa pelle. Je vais dessiner une ombre ici pour montrer qu'il y a quelque chose derrière.

— Maintenant on dirait qu'il a une barbe! dit Hilda en riant. Il prend de l'âge! Quelle heure est-il? Oh Eustache! Il est déjà une heure! Nous devons nous dépêcher. Tu ne vas pas pouvoir compter les marches.»

Ils se mirent en route vers les falaises.

«Arrêtons-nous ici rien qu'une minute, dit-il quand ils furent parvenus au sommet. Je veux reprendre ma respiration et voir ce qui s'est passé pendant que nous montions.»

Ils s'immobilisèrent, ignorant l'invite des mornes machines automatiques, et étreignirent la rambarde dont on avait prudemment fortifié la falaise à cet endroit. Après toutes leurs terreurs et leurs incertitudes, comme le contact du ciment sous leurs pieds et du métal entre leurs doigts semblait réconfortant ! Ils étaient forcés de s'y accrocher pour que le vent, qui montait en violentes rafales de la falaise avec un mugissement sourd, ne les fasse pas tomber. La tête d'Hilda dépassait de l'appui mais Eustache était encore obligé de regarder à travers les barreaux. Prenant une mine de cerbère, ils scrutèrent la grève parsemée de rochers. De là où ils étaient, les vagues semblaient ridiculement petites, mais de temps en temps les flots fouettés par le vent étaient parcourus d'un sombre frémissement. Ils approchaient comme pour exécuter quelque vengeance ; semblables à bien d'autres créatures rampantes, ils progressaient plus vite dès qu'on avait le dos tourné.

« Regarde, Hilda ! s'écria Eustache. Tout est recouvert ! Toute la partie que les chevaux ont piétinée a disparu, et nos cœurs aussi ! On ne croirait jamais qu'on a été là. C'est comme si rien ne s'était passé de toute la matinée, la plus longue que nous ayons passée sur la plage !

— Il reste encore un morceau de bassin que nous n'avons pas fini, et la trace de nos pas qui s'en éloignent.

— Ils auront bientôt disparu, eux aussi.

— Bon, ne reste pas là à regarder, dit Hilda. On devrait être à la maison à l'heure qu'il est. Viens, courons. »

Ils repartirent, et Eustache se retrouva bien vite à la traîne.

« Ne va pas si vite, s'il te plaît, cria-t-il derrière elle. Je n'arrive pas à te suivre. »

Il l'appelait pour la forme, sans s'attendre à ce qu'elle en tînt compte ; mais avec surprise, il la vit ralentir puis s'arrêter. Quand il la rejoignit, elle lui tendit la main et dit un peu timidement :

« Et si on faisait semblant de faire une course à trois pattes ? » Fou de joie, Eustache prit sa main et ils restèrent là à s'interroger du regard, comme s'ils se rencontraient pour la première fois et mesuraient leurs forces respectives.

« Contre qui ? » demanda Eustache.

Hilda le lâcha et réfléchit quelques secondes. Elle n'était jamais très rapide dans le choix de concurrents imaginaires.

« Contre les Steptoe, peut-être. Ça ne leur ferait pas de mal qu'on leur rabatte leur caquet. Mais contre qui tu veux, en fait. Contre le monde entier. »

À l'évocation de ce défi universel, Eustache eut l'impression de voir des cohortes d'ennemis faire irruption sur la falaise et déferler sur le square. Maints d'entre eux, au mépris des règles de la course, étaient à cheval.

« Quel sera le prix, si nous gagnons ? s'enquit-il.

— La victoire, évidemment. Ça ne te suffit pas ? Tu penses trop aux récompenses. Les prix ne viennent couronner que des jeux.

— Mais n'est-ce pas un jeu ? demanda Eustache, qui redoutait toujours le moment où l'entraînement laissait place à l'exploit.

— Tu peux le prendre de cette façon si tu veux. Moi je ferai comme si c'était pour de vrai… Voyons, où est mon mouchoir ? » Elle le tira de sa poche, le tritura un moment puis le remit précipitamment en place, pas avant toutefois qu'il ait eu le temps de remarquer combien il était mouillé et chiffonné.

« Malheureusement le mien est trop petit, déclara-t-elle. Donne-moi le tien si tu ne l'as pas perdu. Ça ne t'ennuie pas qu'on le déforme un peu ? Ce n'est pas un de tes plus beaux. »

Protestant que cela lui était égal, Eustache aligna son pied contre celui d'Hilda. Elle s'agenouilla et passa le mouchoir autour de leur cheville.

« Il ne va pas se défaire ? demanda-t-il avec inquiétude.

— Pas si je fais un nœud solide, marmonna Hilda. J'en connais un impossible à défaire même si on tire de toutes ses forces. »

Se redressant, elle considéra d'un œil critique les sillons et les plis qui marquaient les rebords du chapeau d'Eustache. Une pichenette ici et là lui restaura sa symétrie mais ne put lui conférer l'allure adaptée à une compétition athlétique.

« Maintenant, mets ton meilleur pied en avant.

— Mon meilleur pied est attaché au tien, objecta-t-il.

— L'autre, alors. Attention… Prêt ? (Hilda hésita, puis une flamme belliqueuse s'alluma dans ses yeux) À la charge ! »

Ils étaient partis. Hilda avait la main droite libre. Tenue par le milieu telle une arme par la crosse et oscillant au rythme de sa course, sa pelle de fer semblait pointée vers les parties vitales de l'avenir ; tandis que celle de bois qui servait à Eustache d'emblème du destin d'Adam, pendillant entre ses doigts sans vigueur, tissait dans les airs un motif fantastique d'arcs et de paraboles, et menaçait par moments de le faire trébucher.

Ils filaient toujours. Chaque pas titubant tirait d'Hilda un éclat de rire aigu auquel Eustache s'associait avec un peu d'hésitation.

« Regarde, on les rattrape ! » cria-t-elle.

Ils franchirent sains et saufs la route crayeuse mais un terrain accidenté s'étendait devant eux, miné d'éclats de bois de la clôture brisée ; et Minney, qui les observait d'une fenêtre, eut la conviction qu'ils n'atteindraient pas sans encombre le portail blanc de Cambo.

LA LETTRE D'HILDA

La lettre d'Hilda

Il faut parfois du temps pour se remettre d'une obsession, même lorsque les racines en ont été extirpées. Eustache était satisfait à l'idée que « s'en aller » ne signifiait pas qu'il allait mourir ; mais quelquefois le chariot de feu jetait encore son éclat fulgurant dans son esprit, et il s'abritait avec gratitude derrière le fait prosaïque que la destination qui l'attendait n'était autre que l'école. En des circonstances différentes cette idée l'eût alarmé, mais avec la mort pour seule alternative, elle était presque la bienvenue.

Inconsciemment, il tentait de s'immuniser contre l'avenir en singeant l'attitude des écoliers qu'il voyait dans les rues ou sur la plage d'Anchorstone. Il sifflotait, mettait les mains dans ses poches, marchait en chaloupant des épaules, et affectait l'air sérieux mais désinvolte de celui qui doit fidélité à une confrérie transcendant la compréhension de la gent féminine qui l'entoure : une société secrète exigeant des excentricités tribales dans l'expression et les manières. Quant aux idées et aux tournures d'esprit dont s'inspiraient ces gestes extérieurs, il les trouvait dans les histoires qu'il avait entendues sur l'école ; et si elles étaient parfois sinistres, elles étaient toujours moins angoissantes que le chariot de feu.

Sa famille était déconcertée par son acceptation presque impatiente des épreuves qui l'attendaient. Sa tante l'interprétait comme un nouvel exemple de son indifférence pour les liens du foyer, et l'inévitable conséquence de l'argent qu'il avait hérité de Mlle Fothergill. Elle devait s'exhorter à plus de justice envers lui chaque fois qu'elle pensait à ce succès immérité. Mais pour son père, le simple fait qu'il fût immérité faisait d'Eustache une sorte de héros. Son fils était un outsider qui avait remporté une course sans effort, et sa vue lui procurait souvent un picotement de plaisir, une envie de rire et de s'amuser comme peuvent en susciter les journaux du soir lorsqu'ils annoncent une victoire. Il était naturel qu'un garçon de cette trempe eût envie d'aller à l'école.

Pour Minney, l'enfant dont elle avait autrefois la charge était désormais plus que jamais « monsieur » Eustache ; ses sentiments envers lui restaient par ailleurs inchangés quoi qu'il lui arrivât. Il était tout simplement son petit garçon, même s'il obéissait à l'ordre de la nature en vieillissant. Barbara était trop petite pour comprendre que les cheveux qu'elle tirait parfois appartenaient à un écolier en herbe. De toute façon elle était égocentrique, et eût-elle été plus âgée, elle aurait sans doute considéré l'exil de son aîné vers une autre sphère exclusivement selon la manière dont elle en serait personnellement affectée. À défaut de cheveux, elle aurait entrepris de trouver d'autres ficelles à tirer.

Ainsi les adultes, malgré leur peu d'envie de le perdre, considéraient la métamorphose d'Eustache sans trop d'inquiétudes ; en outre ils se sentaient tenus de lui marquer l'indulgence et les égards particuliers dus à celui qu'attend une épreuve. Même tante Sarah, qui désapprouvait les sifflotements, les mains dans les poches et l'argot, l'en blâmait sans grande conviction.

Mais Hilda, la belle, l'inaccessible Hilda, ne pouvait se résigner au tour qu'avaient pris les événements. N'avait-elle pas, n'aurait-elle pas toujours quatre ans de plus que son frère Eustache ? N'était-elle pas son conseiller spirituel, engagé à en faire un homme de mérite à leurs yeux à tous ?

Il était sa charge, sa mission dans la vie. À vrai dire, il représentait infiniment plus que cela ; il était au centre de ses sentiments les plus forts, et la pensée de le perdre lui donnait l'impression qu'on lui arrachait le cœur.

Aussi, à mesure qu'Eustache gagnait en désinvolture, Hilda dépérissait. Elle ne s'était jamais souciée des convenances, mais désormais elle se laissait aller, dépassant les gens qu'elle connaissait comme si des affaires urgentes l'attendaient, et sa beauté, pour peu qu'elle en ait eu conscience, aurait pu être un soupirant dont elle essayait de se débarrasser.

Il ne fallait pas qu'Eustache aille à l'école, non, il ne le fallait pas. Elle savait qu'il ne le voudrait pas, le moment venu ; mais alors il serait trop tard. Elle l'avait sauvé d'Anchorstone Hall, du repaire de ce bandit de Dick Staveley, le héros d'Eustache et sa *bête noire**. Elle le sauverait encore. Mais elle devait agir sans plus attendre.

Il lui fut facile de trouver des arguments. L'école lui serait néfaste. Elle ramènerait à la surface les qualités communes à tous les petits garçons, qualités qu'on pourrait maîtriser s'il restait à la maison.

« De quoi sont faits les petits garçons ? demandait-elle, prenant un air triomphal quand Eustache répondait tristement mais avec soumission :

— De bouts d'escargots et de queues de jeunes chiots. Voilà de quoi ils sont faits. »

Il deviendrait grossier, désobéissant et cruel envers les animaux. Les écoliers l'étaient tous. Et il tomberait malade ; il ferait une rechute de bronchite. Anchorstone offrait un climat salubre. Eustache (qui adorait les statistiques et avait la passion des records) lui avait dit qu'Anchorstone jouissait du neuvième plus faible taux de mortalité de toute l'Angleterre (cette pensée lui avait procuré un réconfort passager durant les sombres heures de son obsession). S'il quittait Anchorstone, il risquait de mourir. Ils ne voulaient pas qu'ils meurent, n'est-ce pas ?

Son père et sa tante l'écoutèrent respectueusement. Depuis la mort de sa mère ils la traitaient presque comme une adulte et se répétaient souvent qu'elle avait une tête pleine de sagesse sur de jeunes épaules.

Hilda vit qu'elle les avait impressionnés et poursuivit en démontrant combien Eustache avait meilleure mine, ce qui était vrai, et comme il se conduisait mieux, sauf quand il faisait semblant d'être un écolier (Eustache rougit en entendant ces mots). Et surtout, il était vraiment instruit. Bien plus que la plupart des garçons de son âge. Comment, non content de savoir qu'Anchorstone possédait le neuvième plus bas taux de mortalité d'Angleterre, il savait que Le Caire avait le plus fort taux de mortalité du monde, et eût rapidement été rayé de la carte sans son imposant taux de natalité. (Cette double prééminence avait fait de cette ville record l'un de ses sujets favoris de méditation.) Et tout cela, il le devait à l'enseignement de tante Sarah.

Tante Sarah ne put s'empêcher d'éprouver une certaine satisfaction ; elle était elle-même fort cultivée et savait qu'Eustache apprenait facilement.

« Ça ne m'étonnerait pas qu'ils le mettent dans une très bonne classe, dit son père. Vous verrez qu'il nous rapportera un ou deux prix d'excellence, pas vrai, Eustache ?

— Oh, mais les garçons n'apprennent pas grand-chose à l'école, objecta Hilda.

— Qu'en sais-tu? demanda M. Cherrington pour la taquiner. Elle parle aux garçons, Eustache?»

Mais avant que celui-ci n'ait eu le temps de répondre, Hilda les surprit tous en ripostant:

«Oui, parfaitement! J'ai parlé à Gerald Steptoe!»

Ils furent abasourdis par cette nouvelle, surtout Eustache, car Hilda avait toujours éprouvé une aversion particulière pour ce gros garçon au visage joufflu et aux manières bruyantes.

«Je l'ai rencontré près de la poste, dit-elle, et comme il a enlevé sa casquette j'ai bien été obligée de lui parler.»

Eustache ne dit rien. La moitié des garçons d'Anchorstone, qui n'était qu'une petite ville, connaissaient Hilda de vue et enlevaient leur chapeau chaque fois qu'ils la croisaient dans la rue. Elle était si jolie! Et les grandes personnes avaient l'habitude de la regarder en esquissant un sourire. Eustache avait souvent vu Gerald Steptoe ôter son chapeau pour la saluer, mais elle ne lui parlait jamais si elle pouvait l'éviter, et ne lui permettait pas non plus de le faire. Tante Sarah n'en ignorait rien.

«Tu as très bien fait, Hilda. Je n'aime pas beaucoup Gerald Steptoe, mais nous ne voudrions pas être impolis envers qui que ce soit.»

Hilda eut l'air sceptique.

«Eh bien, vous savez qu'il va à une école toute proche de Saint-Ninian, celle où vous voulez envoyer Eustache.

— Celle où nous voulons… Elle est raide, celle-là, dit M. Cherrington. Mais c'est qu'il ira bel et bien, le 17 janvier, c'est-à-dire dans un mois. N'essaie pas de le faire flancher, Hilda.»

Eustache regarda nerveusement sa sœur et vit briller des larmes dans ses yeux.

« Ne lui parle pas ainsi, Alfred, intervint Mlle Cherrington. Tu vois bien qu'elle s'inquiète beaucoup plus que lui. »

Hilda n'essayait pas de cacher ses larmes, comme d'autres l'auraient fait ; elle se contenta de les essuyer d'un revers de main et de renifler très fort.

« Ce ne sont pas les sentiments d'Eustache qui me préoccupent. S'il veut nous quitter, qu'il parte. Je pense à son… à son éducation. (Elle marqua une pause et constata qu'à ce mot leurs visages étaient devenus graves.) Savez-vous ce que m'a dit Gerald ?

— Eh bien, que t'a-t-il dit ? demanda M. Cherrington d'un ton désinvolte, mais Hilda vit bien qu'il n'était pas très à l'aise.

— Il m'a dit que les garçons de Saint-Ninian n'apprenaient rien du tout. Ils passent tout leur temps à s'entraîner. Ils sont très forts en sport, à ce qu'il paraît, bien plus que dans son école – je n'arrive pas à m'en rappeler le nom.

— Saint-Cyprien, dit Eustache, auquel toute référence à une école donnait un sentiment d'importance.

— Je savais bien que c'était un autre saint. Mais les élèves de Saint-Ninian sont loin d'être des saints, d'après Gerald. Ce sont tous des fils de riches snobinards, qui sont mis là pour ne rien faire. Gerald a dit qu'on pourrait écrire des livres entiers avec tout ce qu'ils ne savent pas. »

En silence, M. Cherrington et sa sœur échangèrent un coup d'œil gêné.

« Il a sans doute exagéré, Hilda, tempéra tante Sarah Les garçons exagèrent parfois, c'est leur façon de se rendre intéressants. J'espère qu'Eustache ne prendra pas cette mauvaise habitude. Comme tu le sais, nous avons étudié longuement la question. Nous avons examiné vingt-neuf prospectus avant de nous décider, et ton père a trouvé en M. Waghorn un homme très compréhensif et distingué.

— Les garçons l'ont surnommé "vieille Corne de Brume", dit Hilda, qui fut récompensée en voyant sa tante se crisper de dégoût. Ils imitent sa façon de se moucher et font des paris sur le nombre de fois où il s'éclaircira la gorge pendant la prière. Il me déplaît de vous l'apprendre, ajouta-t-elle d'un air vertueux, mais je m'y suis sentie obligée.

— Qu'est-ce qu'un pari, papa ? demanda Eustache dans l'espoir de donner à la conversation un tour moins périlleux.

— Un pari, mon garçon ? Eh bien, si je pense que quelque chose va arriver et qu'un autre pense le contraire, je lui parie six pence que ça va arriver, et si c'est le cas il me donne six pence, sinon c'est moi qui les lui donne. »

Eustache songeait que c'était un arrangement très équitable quand Mlle Cherrington protesta :

« Je t'en prie, Alfred, ne dis pas "je", ou il croira que tu avais toi-même l'habitude de parier.

— À dire vrai… commença M. Cherrington.

— C'est une très mauvaise habitude, déclara avec fermeté Mlle Cherrington, et je suis navrée d'apprendre que les garçons de Saint-Ninian s'y livrent – à supposer que ce soit vrai car, je le répète, il se peut que Gerald ait exagéré. Il est sans doute très courant que les élèves d'une école en dénigrent une autre. Mais il n'y a aucune raison pour qu'Eustache fasse de même. Être exposé à la tentation est une chose, y succomber en est une autre, et l'apprentissage de la résistance est une excellente forme d'autodiscipline.

— Oh, mais ils ne résistent pas ! s'écria Hilda. Et Eustache ne résistera pas non plus. Vous savez bien qu'il aime faire comme tout le monde. Et si un garçon, surtout un nouveau, essaie de bien se conduire et d'être différent des autres, ils le tourmentent et lui donnent des surnoms abominables (Gerald n'a pas voulu me dire lesquels), et parfois ils lui donnent des coups de poing.»

Eustache, à qui l'on avait toujours dit qu'il fallait bien se conduire en toute circonstance, devint livide et baissa le nez vers le plancher.

«Allons, allons, Hilda, dit impatiemment son père, tu en as assez dit. On dirait que tu ne veux pas qu'Eustache aille à l'école.»

Mais Hilda n'était nullement ébranlée. Elle savait qu'elle avait produit une forte impression sur les adultes.

«Oh! c'est seulement que je veux qu'il aille dans une bonne école. Nous n'aimerions pas qu'il soit dans une école où il apprendrait de mauvaises habitudes et... et rien d'autre, n'est-ce pas, tante Sarah? Il vaudrait bien mieux qu'il continue comme à présent, avec tes leçons, et moi pour l'aider. D'après Gerald, ils ne savent vraiment rien de rien. Il a dit qu'il en savait plus que ceux des grandes classes, et il n'a que douze ans.

— Mais il est vantard, tu sais bien, intervint timidement Eustache. Tu le disais toi-même, Hilda.»

Elle n'avait jamais eu la moindre bonne parole pour Gerald Steptoe avant ce jour.

«Oh oui! tous les garçons se vantent, dit-elle très vite. Mais je ne crois pas qu'il se vantait. Je lui ai demandé ce qu'il savait, et il a répondu: "Les rois et les reines d'Angleterre", alors je lui ai demandé de me les réciter et il a séché après Richard II. Eustache les connaît à la perfection et il n'a que dix ans, ainsi vous voyez qu'il n'apprendra rien pendant les quatre années qui viennent. Il ne fera qu'oublier tout ce qu'il sait. Ne le laissez pas y aller, je suis sûre que ce serait une erreur.»

Minney entra d'un air affairé.

«Excusez-moi, mademoiselle Cherrington, mais il est l'heure de coucher monsieur Eustache.»

Il souhaita bonne nuit à tout le monde, et Hilda l'accompagna jusqu'à la porte. Dès qu'ils furent sortis, elle lui dit tout bas :

«Je pense pouvoir arriver à les en dissuader.

— Mais je crois que je veux y aller, Hilda ! souffla-t-il.

— Ce qui compte ce n'est pas ce que tu veux, mais ce qui est bon pour toi ! » répliqua-t-elle avec une véhémence affectueuse.

En tournant la poignée de la porte du salon, elle entendit son père dire à Mlle Cherrington :

«Je ne pense pas qu'il faille prêter trop d'attention à tout cela, Sarah. Si le gamin ne voulait pas y aller, ce serait différent. Comme l'argent lui appartient, il est normal de lui donner satisfaction. Mais tout ira bien, tu verras.»

Les jours passaient et Hilda pleurait en cachette. Parfois elle pleurait ouvertement, car elle savait que le spectacle de ses larmes était douloureux à Eustache. Quand il lui demandait pourquoi elle pleurait, elle ne lui répondait pas, tout d'abord, mais se contentait de secouer la tête. Ensuite elle disait : « Tu le sais très bien. Pourquoi me le demandes-tu ? » et, bien entendu, il le savait. Il était malheureux à l'idée de la rendre malheureuse et de plus, à mesure que le jour du départ approchait, il était de moins en moins certain que cette perspective le réjouissait. Hilda vit qu'il faiblissait et exploita ses craintes en lui offrant *Éric ou petit à petit* à Noël, afin de l'avertir de ce qui l'attendait à l'école. Eustache le lut et en fut extrêmement perturbé. Il ne voyait pas comment il pourrait réussir quand un garçon aussi bon, intelligent et charmant qu'Éric avait échoué. Mais cela ne le fit pas changer d'avis, car il sentait que si l'école devait être pénible, il était d'autant plus tenu d'en passer par là – surtout si c'était pénible pour lui mais non pour les autres, ce qui eût été une bonne excuse pour revenir sur sa décision.

« Tu comprends, expliqua-t-il à Hilda, ce ne sera pas vraiment grave parce qu'ils ne me tueront pas – c'est papa qui l'a dit. Il paraît même qu'on ne bizute pas les nouveaux dans les écoles préparatoires, mais seulement dans les écoles privées, et je n'irai pas dans une école privée avant très longtemps, si j'y vais un jour. Je suppose qu'ils m'imposeront seulement quelques brimades, qu'ils me tireront les cheveux, me tordront le bras et me donneront parfois quelques coups de pied, mais ça ne me dérangera pas tellement. C'était bien pire après la mort de Mlle Fothergill, parce que j'ignorais ce qui allait arriver et maintenant je le sais, ainsi j'y suis préparé. »

Hilda resta sans voix devant cet argument, d'autant qu'elle lui avait toujours dit qu'il est bon de faire ce qu'on juge désagréable.

« Tu dis ça maintenant, mais tu verras les choses autrement le 17 janvier. »

Et comme Eustache, au lieu de répondre, prenait un air triste et inquiet, elle éclata en larmes.

« Tu es si égoïste ! sanglota-t-elle. Tu ne penses qu'à bien te conduire, comme si cela comptait ! Tu ne te soucies pas du tout de moi. Je serai incapable de manger ou de boire tant que tu seras loin de moi, et j'en mourrai probablement. »

Eustache avait grandi et ne croyait pas vraiment qu'Hilda en serait capable, mais la vue de son chagrin et de ses larmes (qui jaillissaient parfois de ses yeux dès l'instant où il entrait dans la pièce où elle se trouvait) le plongeait dans un profond désarroi. Déjà elle maigrissait et ses joues se creusaient. Quand elle ne s'enfermait pas dans son mutisme, elle s'exprimait par monosyllabes, très vite et avec beaucoup plus de véhémence que n'en justifiait la situation ; elle venait en retard aux repas sans jamais s'excuser ; et même si elle ne s'était jamais intéressée aux vêtements, elle était désormais positivement négligée. À la surprise d'Eustache, les adultes ne semblaient pas le remarquer.

Il jugea qu'il devait consulter quelqu'un et pensa aussitôt à Minney, car c'était à elle qu'il se confiait le plus facilement. Mais il savait qu'elle lui recommanderait la patience, ayant pour théorie que les gens retrouvent leur bon sens si on les laisse seuls pour réfléchir. Ce qu'il fallait c'était agir, et Minney ne prendrait aucune mesure. De plus, Hilda était trop âgée pour subir l'ascendant de la nurse ; celle-ci n'était pas assez énergique pour l'influencer. Tante Sarah serait beaucoup plus utile parce qu'elle comprenait Hilda. Mais elle ne comprenait pas Eustache qui lui donnerait l'impression de faire un monde de pas grand-chose, et même s'il parvenait à la convaincre qu'Hilda était malheureuse, elle l'en rendrait responsable d'une certaine façon. Restait son père. Il était inquiet à l'idée de le consulter, parce qu'il ne savait jamais dans quelle disposition il le trouverait.

M. Cherrington pouvait se montrer enjoué et traiter Eustache d'égal à égal, puis quelque chose dans les paroles de son fils le contrariait, il s'irritait et lui faisait regretter d'avoir ouvert la bouche. Mais depuis la mort de Mlle Fothergill, son attitude envers Eustache avait changé. Ses sautes d'humeur étaient beaucoup moins fréquentes, il lui demandait souvent son avis, l'encourageait et le mettait en confiance. Il suffisait de le trouver dans l'état d'esprit adéquat.

Depuis peu, M. Cherrington s'était mis à boire un whisky-soda et à fumer un cigare en rentrant de son travail ; c'était environ vers six heures, et il était toujours seul dans le salon car Mlle Cherrington désapprouvait cette nouvelle habitude. Dès qu'il avait fini elle allait ouvrir les fenêtres en grand, mais elle n'entrait jamais tant qu'il était là.

Eustache le trouva nimbé dans les vapeurs de l'alcool et la fumée de cigare, ce qui lui apparut comme la quintessence de la virilité. M. Cherrington s'agita. Le nuage odorant se dispersa et son visage devint plus distinct.

« Tiens ! s'exclama-t-il, voici l'homme sauvage (l'homme sauvage de Bornéo était à l'époque un sujet prisé du grand public). Assieds-toi et mets-toi à l'aise. Que puis-je pour toi ? »

Le fauteuil était trop grand pour Eustache : ses pieds touchaient à peine le sol.

« C'est au sujet d'Hilda, dit-il.

— Hilda est une fille charmante, qu'en penses-tu ? » demanda M. Cherrington, toujours aussi jovial.

Eustache hésita puis lâcha :

« Vois-tu, elle ne veut pas que j'aille à l'école. »

M. Cherrington fronça les sourcils et sirota son verre.

« Je sais, elle est revenue plus d'une fois sur ce sujet. Elle imagine que tu prendras toutes sortes de mauvaises habitudes. (Sa voix devint cassante : quel dommage que son heure de tranquillité fût troublée par ces puériles questions d'intendance !) Vous seriez-vous concertés ? Viens-tu me dire que toi non plus tu ne veux pas y aller ? »

La physionomie d'Eustache révéla l'inquiétude que lui inspirait ce changement d'attitude.

« Oh non, papa ! Du moins… je…

— Tu ne veux pas y aller, c'est clair, coupa sèchement son père.

— Si, mais tu comprends… (Eustache chercha une formule qui ne ferait pas assumer à Hilda une trop lourde responsabilité, sans pour autant donner l'air de s'abriter derrière elle.) Tu comprends, bien qu'elle soit plus vieille que moi ce n'est qu'une fille, et elle ne se rend pas compte que les hommes doivent faire certaines choses (M. Cherrington sourit et Eustache reprit courage) comme… eh bien, comme aller à l'école.

— Les filles vont aussi à l'école », dit M. Cherrington.

Eustache s'efforça de réfuter cette objection.

« Oui, mais pour elles ce n'est pas pareil. Les filles sont toujours gentilles entre elles ; elles s'appellent par leur prénom même quand elles sont à l'école. Comme c'est drôle ! Et elles ne parient pas, ne boivent pas, ajouta-t-il avec hésitation en regardant la carafe de whisky, elles ne disent pas de gros mots, ne se battent pas et ne se font pas rôtir la plante des pieds à petit feu. »

À la pensée de tout ce que les filles ne faisaient pas, Eustache commença à pâlir.

« En ce cas, tant mieux pour elles, dit énergiquement Cherrington. L'école semble être l'endroit idéal pour une fille. Mais où veux-tu en venir exactement ?

— Tout ça m'est égal, se hâta-t-il de dire. Je… Ça me plairait beaucoup. Et ça ne me dérangerait pas de me conduire un peu moins bien, pour changer, si ce n'était que provisoire. Mais Hilda pense que cela risque aussi de me rendre malade. Bien sûr, elle se trompe du tout au tout, mais d'après elle je lui manquerai tellement, elle se fera tant de soucis pour moi qu'elle n'aura pas un seul moment de tranquillité, elle perdra l'appétit, se laissera dépérir et… (il se tut, incapable d'achever ce sombre tableau). Elle ne sait pas que je te raconte tout ça, et ça ne lui plairait pas. À l'école on dirait que ce sont des histoires, mais je ne suis pas encore à l'école. Seulement j'ai pensé que je devais te le dire parce que tu jugerais peut-être qu'il vaut mieux que je n'aille pas à l'école, bien que j'espère que non.»

Épuisé par l'effort d'exprimer tant de choses qui auraient dû rester scellées dans sa poitrine et redoutant une explosion de fureur, Eustache ferma les yeux. Quand il les rouvrit, son père était debout, le dos à la cheminée. Il ôta le cigare de sa bouche et souffla un cône de fumée d'un bleu profond.

«Merci, mon vieux, commença-t-il. Je suis très content que tu m'en aies parlé, et je ne te dirai pas de ne pas aller à l'école. Mlle Fothergill t'a légué son argent dans cette intention, aussi avons-nous choisi la meilleure école que nous ayons trouvée ; quant à ce qui pousse Hilda à s'en mêler, je ne puis l'imaginer, ou plutôt si, et c'est ce que j'appelle un sacré toupet. Quelle idée ! continua son père, s'échauffant de plus en plus et prenant un air accusateur, tandis qu'Eustache tremblait d'entendre Hilda critiquée. Ce qui lui manque, c'est d'aller elle aussi à l'école. Oui, voilà ce dont elle a besoin. (Il but une grande gorgée de whisky, ses yeux brillèrent et sa voix s'apaisa.) Maintenant, je vais t'avouer quelque chose, Eustache, seulement tu dois le garder sous ton mouchoir.

— Sous mon mouchoir ? répéta Eustache, mystifié. Mon mouchoir est dans ma chambre. Dois-je aller le chercher ?

— Non, dit son père en riant. Je voulais dire que tu dois le garder pour toi. Il ne faut en parler à personne, car rien n'est encore décidé.

— Tu veux que je jure "croix de bois, croix de fer" ? demanda anxieusement Eustache. J'aimerais mieux pas.

— Fais ce que tu veux du moment que tu ne lui en parles pas. Mais vérifie que la porte est bien fermée.»

Eustache s'approcha de la porte à pas de loup et tourna prudemment la poignée à plusieurs reprises, lui imprimant à chaque fois une forte mais discrète secousse. Revenant encore plus furtivement, il murmura :

« Elle est parfaitement bien fermée.

— Très bien. Maintenant, ouvre grand tes oreilles.

— Que j'ouvre grand mes oreilles ? reprit Eustache avec perplexité. Oh ! Je comprends ! s'écria-t-il en étouffant un gloussement de rire. Tu veux que je t'écoute attentivement.

— Tout juste. »

Et entre deux bouffées odorantes et bleutées M. Cherrington commença à exposer son plan pour Hilda.

À mesure que son père parlait Eustache devenait grave, et hochait la tête de temps en temps d'un air compréhensif. Bien que ses pieds ne pussent toujours pas toucher le sol, le fait d'entrer dans la confidence semblait lui conférer une nouvelle stature.

« Voilà, mon vieux, ce que je voulais te dire, conclut enfin Cherrington. Seulement il ne faut pas vendre la mèche. Motus et bouche cousue !

— Je n'en dirais rien même sous la torture papa, affirma Eustache d'un ton pénétré.

— Qu'on n'essaie pas de te tirer les vers du nez. Au fait, j'ai appris que ton ami Dick Staveley était de retour. »

Eustache tressaillit. L'expression sagace disparut de son visage et il eut soudain l'air encore plus jeune.

« C'est vrai ? Il est sans doute ici le temps des vacances.

— Non, il est revenu pour un bon bout de temps. On le gave de latin et de grec pour qu'il entre à Oxford.

— On le gave… ? répéta Eustache, qui eut soudain la désagréable vision de son héros, transformé en oie, en train de se dandiner en cacardant dans une cour de ferme.

— On l'entraîne pour l'examen d'entrée. Ça t'arrivera peut-être un jour. Quelqu'un m'a dit qu'il l'avait vu, et j'ai pensé que ça pourrait t'intéresser. Tu l'aimais bien, je crois ?

— Oh, oui ! répondit Eustache, sentant naître dans son imagination des visions grisantes qui se dissipèrent toutefois au contact de la réalité. Mais ça ne fait plus beaucoup de différence, à présent. Je ne pourrais plus y aller, même s'il m'invitait. »

Entre-temps, Hilda n'était pas restée inactive. Elle avait retourné dans son esprit tous les stratagèmes susceptibles de retenir Eustache à la maison. Depuis le soir où elle avait si brillamment lancé sa bombe au sujet de l'éducation et de la morale défaillantes de Saint-Ninian, elle se sentait perdre du terrain. Eustache ne réagissait plus comme autrefois à la menace des terreurs à venir ; il se prétendait tout à fait ravi à la perspective d'être écartelé par des garçons plus forts et plus âgés que lui. Elle ne croyait pas qu'il y fût réellement indifférent, mais il le feignait de façon très convaincante. Lorsqu'elle disait qu'elle en tomberait malade, il semblait beaucoup plus inquiet ; pendant plusieurs jours il avait l'air aussi triste qu'elle, et la suppliait constamment, de manière assez agaçante, de manger plus – requête qu'elle recevait en baissant ses longs cils épais et en secouant mélancoliquement sa jolie tête. Mais depuis peu il ne semblait plus le prendre autant à cœur. À Noël, il découvrit soudain le plaisir de faire claquer des diablotins. Avant, il ne serait jamais resté dans une pièce où l'on en allumait, mais cette année il y prenait plaisir et faisait presque autant de bruit que les pétards. Son père parvint même à le convaincre de tenir la bande de carton nu au centre de laquelle se trouvait l'explosif, qui pinçait les doigts et faisait même grimacer les grandes personnes. Hilda trouvait les pétards assommants; la détonation la plus sonore la laissait de marbre, et elle aurait aimé dire à Eustache combien il avait l'air idiot quand, l'expression triomphale, il tenait le carton fumant, mais elle n'avait pas le cœur de le faire. On eût dit qu'il était déjà à l'école tant il avait perdu toute réserve. Et il avait cette nouvelle façon de la regarder, ni méchante, ni irritée, ni désobéissante, un peu comme s'il était un jardinier soignant une fleur dont il observait l'évolution. Cette inversion des rôles lui donnait l'impression qu'un géranium se soulevait de son parterre et se penchait sur elle avec un arrosoir.

Comme d'habitude ils étaient toujours ensemble, et si elle n'éprouvait pas la satisfaction d'antan auprès de ce poli mais lointain petit étranger (car c'était le sentiment qu'il lui donnait), son changement d'attitude ne la rendait que plus déterminée à le reconquérir et ne faisait paraître la pensée de le perdre que plus désolante. Elle haïssait les lieux où ils jouaient autrefois et regrettait qu'Eustache, toujours sentimental envers les coins où s'était passée son enfance, s'obstinât à l'y emmener. «Je voudrais seulement le revoir une dernière fois», suppliait-il, et elle ne supportait pas de le lui refuser, bien que sa toute récente autorité parût bien précaire sur ses épaules. Sous sa mauvaise humeur, qu'elle exprimait de multiples façons, se cachait un chagrin croissant de jour en jour; l'avenir s'étirait devant elle, terne et sans repères; rien ne l'appelait, rien ne l'attirait.

Confusément elle sentait que ce changement provenait de l'héritage de Mlle Fothergill. Il avait rendu Eustache indépendant, pas totalement, pas autant qu'elle, mais il avait donné à ses désirs une force qu'ils ne possédaient pas auparavant. Il était vain d'essayer de le dégoûter de l'école ; il fallait lui donner envie de rester à la maison. Du train où allaient les choses, elle était convaincue que si Eustache refusait d'y aller son père ne ferait rien pour l'y contraindre. Mais comment s'y prendre ? Comment donner à Anchorstone une séduction, un magnétisme si irrésistibles qu'Eustache ne pourrait se résoudre à partir ?

Quand son frère lui apprit que Dick Staveley revenait vivre à Anchorstone Hall, il mentionna ce fait pour lui capital de son ton le plus détaché. Hilda n'aimait pas Dick Staveley, elle lui vouait une aversion profonde ; elle avait refusé d'aller à Anchorstone Hall lorsqu'il l'y avait invitée sous prétexte de lui apprendre l'équitation. La seule évocation de ces lieux lui était répugnante, elle glaçait et flétrissait ses pensées tout comme elle réchauffait et faisait s'épanouir celles d'Eustache. Le simple fait d'en entendre parler jetait une ombre sur son esprit. Quant à aller là-bas, plutôt mourir ! Elle l'avait souvent dit à Eustache.

Il fit donc preuve d'une certaine émancipation en laissant le nom de Dick franchir ses lèvres. Il attendit l'explosion, et elle ne manqua pas de survenir.

« Cet homme-là ! (Elle ne parlait jamais de lui comme d'un enfant, bien qu'il n'eût que quelques années de plus qu'elle.) En tout cas, tu ne le verras pas, puisque tu seras à l'école ! lui rappela-t-elle par esprit de vengeance.

— Oh ! répondit Eustache, ça ne fera pas grande différence. Je ne l'aurais pas vu de toute façon. Tu comprends, il n'a jamais voulu que nous soyons amis. C'est toi qui lui plaisais. Si tu y étais allée, il m'aurait certainement invité aussi, pour te servir de… enfin, tu sais bien, pour tenir ton cheval, et ce genre de choses.

— Toi et tes chevaux ! dit-elle avec mépris. Tu ne distinguerais pas la tête de la queue. »

Il s'attendait à ce qu'elle abandonne le sujet, mais le regard d'Hilda devint pensif et, avec étonnement, il l'entendit demander :

« Et si j'y étais allée ?

— Oh ça, ça aurait tout changé ! Je n'aurais pas eu le temps d'aller prendre le thé chez Mlle Fothergill, puisque nous aurions toujours été à Anchorstone Hall. Alors elle ne serait pas morte en me léguant tout son argent, enfin, elle serait morte, mais elle ne m'aurait rien laissé parce qu'elle ne m'aurait pas connu suffisamment. Il faut vraiment connaître quelqu'un très bien pour faire ce genre de chose. Et puis je n'aurais pas été à l'école, car papa a dit que c'est grâce à cet argent que je peux le faire, et maintenant (levant les yeux, il vit que l'horloge de l'Hôtel de Ville, avec son cadran blanc et ses aiguilles noires, marquait quatre heures) tu reviendrais d'une promenade à cheval avec Dick, et je serais assis dans un des grands sofas du salon d'Anchorstone Hall, sans doute en train de bavarder avec Lady Staveley. »

Involontairement Hilda ferma les yeux pour dissiper ce tableau. Qu'il soit maudit et effacé à jamais ! Cependant elle demanda :

« Ça ne t'aurait pas plu ?

— Oh, si ! répondit-il avec enthousiasme.

— Mieux que d'aller à l'école ? »

Eustache réfléchit. L'écolier soigneusement ligoté était emporté vers un très grand feu qui lentement se consumait ; les autres, des démons noirs armés de fourches, allaient et venaient en hâte, empilant le charbon. Toute velléité d'héroïsme l'abandonna.

« Oui, bien mieux. »

Hilda ne dit rien, et ils continuèrent à descendre la colline en flânant, dépassant le calvaire en ruine puis le ponton et sa perpétuelle invitation, pour se diriger vers les splendeurs de l'hôtel Wolferton – doté d'un jardin d'hiver et ceint d'échelles de sauvetage en fer –, les rumeurs excitantes et les lourdes odeurs sulfureuses de la gare.

« Est-ce que nous allons chez Mme Wrench ? interrogea Eustache.

— Non, pour quoi faire ? Tu n'as pas remarqué que nous avons eu du poisson au déjeuner ? Oh ! Je comprends, tu veux voir le crocodile !

— Oui, rien qu'une fois. Tu sais, je ne le reverrai certainement pas avant très longtemps.

— J'aimerais que tu cesses de le répéter constamment, dit-elle avec un reniflement. Tu n'as que ça à la bouche. Oh ! et puis d'accord. On entrera juste le temps de le regarder.

— Mais il faut acheter quelque chose ! Elle serait déçue, sinon. Prenons des crevettes. Tante Sarah ne nous en voudra pas, pour cette fois, et je ne crois pas qu'on nous en servira à Saint-Ninian. Tout de même, je pense que ceux de troisième en ont.

— Pourquoi en auraient-ils ?

— Oh, tu ne sais pas ? Ils ont droit à toutes sortes de privilèges.

— Ils ont sans doute des crevettes tous les jours, à Anchorstone Hall, dit Hilda avec une intention marquée.

— Sûrement. Quel dommage que tu n'aies pas voulu y aller ! C'est fou ce qu'on a manqué. »

Prudemment ils traversèrent la route, car le trafic y était chargé et une automobile pouvait surgir à tout moment. La grosse Mme Wrench se tenait sur le seuil de sa poissonnerie. En les voyant venir elle rentra dans sa boutique et leur adressa un sourire plein d'expectative de derrière son comptoir.

« Eh bien, mademoiselle Hilda ?

— Eustache désire un filet dans le meilleur morceau du crocodile.

— Oh Hilda ! Ce n'est pas vrai ! »

Ils rirent à gorge déployée, Hilda plus fort que les autres, pendant que le crocodile empaillé (appartenant à une espèce de petite taille), étalé sur le mur parmi des touffes de feuillage vert vif collées contre lui, les contemplait d'un œil mauvais. Eustache ressentit le délicieux frisson de terreur qu'il attendait.

« J'ai de belles crevettes toutes fraîches », déclara Mme Wrench.

« Tourne-toi, Eustache, dit Mlle Cherrington.

— Oh ! Encore, tante Sarah ?

— Oui, encore. Tu ne veux pas que les autres garçons se moquent de toi, j'imagine ! »

De mauvaise grâce, Eustache tourna sur lui-même. Il détestait les essayages. Il avait l'impression que c'était lui, et non ses vêtements, qu'on jugeait. C'était comme s'il était pris au piège, comme si chacune des trois paires d'yeux fixées sur lui, impersonnelles, critiques, était reliée à lui par une cordelette de soie qui le clouait sur place. Il essayait de contenir ses frémissements d'impatience, mais ils lui échappaient et remontaient en ondes vers la surface.

« Je t'en prie, Eustache, essaie de ne pas bouger. »

Tante Sarah opérait ; à l'aide des épingles qu'elle avait dans sa bouche, elle aplanissait bosses et faux plis ici et là sur sa veste noire. Malheureusement, celle-ci était un peu trop large de carrure et trop étriquée à la taille.

« Eustache devient ventripotent, constata son père.

— Ventripotent, papa ? s'enquit Eustache, que les mots intéressaient toujours.

— C'était pour ne pas dire gros.

— C'est parce que vous m'avez gavé, se plaignit-il. J'étais très mince, avant. Nancy Steptoe disait que j'avais les proportions idéales pour un garçon.»

Personne ne releva cette remarque ; la mention de Nancy jeta un léger froid sur l'assemblée.

« Ne vous en faites pas, intervint Minney d'un ton apaisant. Il y en a qui donneraient beaucoup pour être aussi épanoui que M. Eustache.

— C'est vrai, Minney ? demanda Eustache, reprenant courage.

— Oui, c'est vrai. Les sales rosses ! Et je peux parfaitement arranger ça, affirma-t-elle en insérant doucement deux doigts sous le pli trop serré de la taille.

— Hilda n'a encore rien dit, remarqua M. Cherrington. Que penses-tu de ton frère, à présent ? »

Hilda n'avait pas quitté la table où ils venaient de déjeuner, pas plus qu'elle n'avait levé les yeux de son assiette. Elle répondit sans redresser la tête.

« Il sera bientôt maigre s'il va à l'école, puisque c'est ce que vous voulez.

— S'il y va ? répliqua M. Cherrington. Évidemment, qu'il y va. Pourquoi penses-tu que nous l'avons emmené à Londres, chez les frères Faith ? Malgré tout, je ne suis pas sûr que nous ayons bien fait de prendre des vêtements de confection… Maintenant va t'admirer, Eustache. Attention à ne pas briser le miroir.»

Rieur, mais appréhendant un peu l'image qui l'attendait, Eustache s'approcha de la glace sur la pointe des pieds. Là se tenait sa nouvelle personnalité, plus vieille de plusieurs années en quelques secondes. Le grand col rabattu, la veste noire coupée comme celle d'un homme, le pantalon gris sombre dont il sentait la caresse sur ses genoux, à travers ses chaussettes, lui donnaient l'apparence même de la masculinité. Une foule de sensations nouvelles, mûres, fières, susceptibles, le traversèrent. Involontairement il pencha la tête en arrière et fronça les sourcils.

« Quel dommage qu'il n'ait pas la casquette ! » dit Minney avec admiration.

Eustache tourna à moitié la tête.

« C'est à cause de l'écusson, le cheval blanc du Kent. Tu comprends, s'ils permettaient à un vulgaire tailleur public d'en fabriquer, n'importe qui pourrait la porter.

— Ne dis pas des gens qu'ils sont vulgaires, Eustache, même en parlant d'un tailleur.

— Je ne pensais pas à mal, tante Sarah. Vulgaire veut dire n'importe qui. Ça peut être moi, ou même toi. »

Espérant détourner la conversation, Minney plongea dans une boîte en carton, froissant bruyamment les papiers de soie.

« Mais nous avons le canotier. Mettez-le, monsieur Eustache… Là, monsieur Cherrington ! Est-ce qu'il n'est pas beau comme ça ?

— Ne l'incline pas tant en arrière, Eustache, ou tu ressembleras à Ally Sloper. Voilà, c'est mieux.

— Je regrette de ne pas avoir de cordons, dit Eustache avec un soupir de regret.

— Chaque chose en son temps.

— Et bien entendu il n'a pas encore le ruban de l'école. Il est bleu, tu sais, avec un cheval blanc.

— Comment, un autre ?

— Mais non, papa, le même ! Que tu es bête !

— Ne parle pas ainsi à ton père, je te prie.

— Oh, laisse-le, Sarah, pour une fois… Maintenant enlève ton chapeau et salue. »

Eustache s'exécuta.

« Maintenant, dis : “S’il vous plaît monsieur, ce n’était pas ma faute.” »

Eustache ne comprit pas tout à fait ce qu’avait dit son père.

« S’il vous plaît monsieur, c’était ma faute.

— Non, non ! Ce n’était pas ma faute.

— Oh, je comprends, papa. S’il vous plaît, monsieur, ce n’était pas ma faute. Mais je suis sûr que ça l’aurait été, en vérité. C’est presque toujours ma faute.

— Les gens le croiront, si tu le dis. Maintenant dis : “C’est très bien, vieux, mais cette fois c’est mon tour.” »

Eustache répéta la phrase en imitant l’air *dégagé** très homme du monde, qu’avait pris son père. Puis il demanda :

« Mon tour de quoi faire, papa ?

— À ton avis ? Demande à Minney », ajouta son père, le voyant indécis.

Minney était mystifiée, mais tenta de n’en rien laisser paraître.

« On dit qu’un bon tour en vaut un autre, expliqua-t-elle en secouant la tête d’un air avisé.

— Ce n’est pas faux, pour ce qui est de cela. Ta tante sait de quoi je parle, Eustache, mais elle ne nous l’avouera pas.

— Je ne crois pas que tu devrais apprendre de pareilles choses à cet enfant, Alfred, même pour plaisanter. C’est une expression qu’on utilise dans un… dans un cabaret, Eustache. »

Il adressa à son père un regard de reproche et d’admiration mêlés, auquel M. Cherrington répondit d’un haussement d’épaules.

« À vous toutes, vous allez en faire une vraie femmelette. Bon sang, moi, à son âge… (Il s’interrompit, laissant entendre qu’à dix ans il lui restait bien peu à apprendre.) Maintenant redresse-toi Eustache, et rentre ton ventre. »

Eustache obéit.

« Efface tes épaules.

— Lève la tête.

— Tenez-moi ces genoux droits.

— Ne te cambre pas. »

Chaque ordre communiquait à Eustache un bref spasme qui s'achevait dans la rigidité, et bientôt son cou, son dos et ses épaules furent couverts d'un réseau de plis. Mlle Cherrington et Minney se précipitèrent sur lui.

« Passez-moi une épingle, s'il vous plaît, Minney. L'épaule gauche est encore trop basse.

— Il y a trop de jeu dans l'encolure, mademoiselle Cherrington. Attendez, je vais l'épingler.

— Le pire, c'est le dos, Minney. Mon bras y passe entièrement – tiens-toi droit, Eustache –, une épingle ne suffira pas. Oh, il n'a pas boutonné sa veste, c'est pour ça ! »

Leurs mains et leurs doigts étaient partout, pinçant, tirant, poussant ; Eustache se balançait comme un arbrisseau dans la tourmente. Luttant pour conserver son équilibre sur sa chaise, il vit leurs yeux le foudroyer, laissant des sillons luisants comme les étoiles filantes au mois d'août. Il essaya d'abord de résister, puis s'abandonna à leur empire. Enfin leur souffle s'apaisa. Il y eut des râles et des soupirs, et la tension électrique qui entourait Eustache se dispersa soudain tel un orage qui meurt.

« Voilà qui est mieux !

— Vraiment, Minney, vous l'avez remarquablement transformé.

— Il a tout à fait l'air d'un homme maintenant, vous ne trouvez pas, mademoiselle Cherrington ? Oh, si seulement on pouvait le photographier, pour en garder le souvenir ! Si Hilda voulait bien apporter son appareil photo…

— Hilda ! »

Il n'y eut pas de réponse. Ils se tournèrent vers la table. Le tableau se fragmenta, et ils s'aperçurent que la pièce était vide.

« Puis-je descendre, maintenant, papa ? demanda Eustache.

— Oui, cours voir si tu peux la trouver.

— Elle n'arrive pas à se faire à l'idée de son départ, dit Minney quand Eustache fut sorti.

— Non. Je crains qu'elle n'ait à souffrir bien plus que lui », renchérit Mlle Cherrington.

M. Cherrington redressa sa cravate et boutonna ses manchettes.

« Tu oublies, Sarah, qu'elle va elle aussi aller à l'école.

— Il est peu probable que j'oublie qu'on me prive de ma main droite, Alfred. »

Après son unique contribution au problème de l'uniforme d'Eustache, Hilda était restée assise à table, refusant obstinément de regarder dans sa direction et tâchant de communiquer sa réprobation à sa famille à travers la pièce. À la différence d'Eustache, elle avait depuis longtemps cessé de croire que les adultes ont toujours raison, ou que si elle leur en voulait, ils possédaient une armure spéciale blindée d'expérience, qui telle une peau supplémentaire les empêchait de s'en apercevoir. Elle les jugeait tout aussi faillibles qu'elle, sinon plus, et pensait qu'en l'occurrence ils commettaient une erreur particulièrement grave. Les joyeuses boutades de son père l'exaspéraient comme si tout cela n'était qu'une plaisanterie ! De nouveau, elle projeta son ressentiment dans l'espace, mais ils lui tournaient le dos, absorbés par Eustache. Pour finir, son père le fit monter sur une chaise. Qu'il avait l'air stupide ! Il ressemblait à un mannequin, totalement dépourvu de la dignité que tout être humain se devait de posséder. Toutes ces flatteries et cette attention le rendaient vaniteux et lui enseignaient la morale facile de la société, qu'elle méprisait et redoutait tout à la fois. Voilà qu'il épiloguait sur l'écusson de son école, comme s'il y avait une cause de fierté dans un motif brodé sur une casquette, comme en portent tous les garçons. Il se glorifiait et faisait des grâces, à croire qu'elle ne lui avait jamais inculqué ce qui était vraiment sérieux et méritoire. Une vague d'amertume s'écrasa en elle. Elle ne pouvait laisser perpétrer cette mutilation de la personnalité d'Eustache; il fallait y mettre fin, et pour cela il n'y avait qu'un moyen, bien que ce fût la chose la plus pénible qu'elle pût concevoir et que cette seule idée l'emplît de dégoût.

Sa tante et Minney tournaient autour d'Eustache tels des chiens se disputant un os, le flairant en tous sens. C'en était presque répugnant. Il lui fut facile de s'éclipser; eût-elle tiré un coup de pistolet qu'ils ne l'auraient pas entendu. Emportant avec elle sa boîte à crayons qu'elle avait laissée sur le buffet, elle quitta la pièce. Elle passa dans le salon le temps de prendre du papier à lettres, puis gagna la chambre qu'elle partageait toujours avec Eustache. Elle ferma la porte à clef, dégagea un coin de la table de toilette, et s'assit pour écrire. Pas un instant elle n'eut l'idée que son plan pouvait échouer; elle en mesurait entièrement le succès à la répulsion qu'il lui inspirait, et celle-ci était absolue, le plus violent de ses sentiments pourtant si tranchés. Elle ne doutait pas plus de réussir qu'elle n'eût douté d'être disloquée sur les récifs en se précipitant de la falaise. Tandis qu'elle écrivait, elle gardait à l'esprit l'image consolatrice d'Eustache, sa silhouette dépouillée de cet accoutrement stupide rendue à ses formes familières, sa bouche lavée des puérilités de ce prétendu langage d'écolier, l'esprit doux et docile – à elle pour toujours.

Mais la lettre n'était pas facile à faire, en partie parce qu'Hilda n'en écrivait jamais, mais surtout parce que son instinct luttait contre sa volonté et que son sens du destin l'avertissait contre ce qu'elle avait entrepris. Plus d'une fois elle fut sur le point de renoncer, mais entre les pauses de ses pensées, elle entendait le murmure de voix excitées dans la pièce du dessous. Cette lettre, si elle la postait, leur imposerait silence et renverrait ces vêtements stupides à MM. Faith Frères. Elle avait tous les pouvoirs, cette lettre ; elle pouvait arrêter les aiguilles du temps, et même les faire retourner en arrière, lui rendre l'Eustache des jours antérieurs à Mlle Fothergill. Alors pourquoi hésitait-elle ? Pourquoi, sinon à cause de l'obscur pressentiment qu'en reconquérant Eustache, elle se perdrait elle-même ?

Cher monsieur Staveley (avait-elle écrit)

Voici quelque temps vous nous avez invités Eustache et moi à vous rendre visite, mais nous en avons été empêchés parce que… (parce que quoi ?)

Parce que je ne le voulais pas, voilà la vraie raison, et je ne le veux toujours pas mais c'est le seul moyen de garder Eustache à la maison.

(Ainsi il saurait à quoi s'en tenir. Elle avait déjà sacrifié sa fierté en lui écrivant ; elle ne renoncerait pas à son intégrité en prétendant qu'elle voulait le voir. Instinctivement elle savait qu'aussi grossière et impolie que fût la lettre, il voudrait quand même la revoir.)

Ainsi nous pouvons venir le jour qui vous plaira, et dépêchez-vous de nous inviter parce que Eustache va partir à l'école et qu'il n'y a plus de temps à perdre.

Sincèrement,

Hilda Cherrington

Hilda contemplait sa lettre quand des coups sonores retentirent à la porte, répétés à deux reprises avec une autorité croissante avant même qu'elle ait pu répondre.

« Oui ? cria-t-elle.

— Oh, Hilda ! Je peux entrer ?

— Non, tu ne peux pas.

— Pourquoi ?

— Parce que je suis occupée. »

Le ton d'Eustache se fit plus pressant, presque menaçant.

« En tout cas il faut que tu descendes parce que papa l'a dit. Il veut que tu me prennes en photo.

— Impossible. Et de toute manière je n'aurais pas pu parce que la pellicule est terminée.

— Je ne pourrais pas aller en acheter une autre ? Tu comprends, c'est très important, comme un changement de vie. Ils veulent garder un souvenir de moi.

— Ils peuvent toujours attendre, en ce qui me concerne.

— Oh, Hilda ! Dans une semaine, je ne serai plus là pour que tu me photographies.

— Ça, c'est ce qu'on verra.

— Tu ne veux pas te souvenir de moi, dans mon uniforme ?

— Non. Va-t'en ! Mais va-t'en ! Tu me rends folle ! »

Elle entendit ses pas s'éloigner. Misérablement, elle retourna à sa lettre. Les caractères paraissaient brouillés et indécis, et une larme vint les noyer. Hilda n'avait pas de buvard, et bientôt la larme, absorbant l'encre, prit une coloration bleutée.

« Il ne faut pas qu'il le voie », pensa-t-elle. Elle prit une nouvelle feuille et se mit à recopier la lettre « Cher Monsieur Staveley… » Mais elle n'aimait pas ce qu'elle avait écrit ; cela ne correspondait plus à son état d'esprit. Elle prit une troisième feuille et recommença : « Cher Monsieur Staveley, mon frère Eustache et moi sommes désormais libres… » Non, cela n'allait pas. Impulsivement, elle s'empara d'une autre feuille, puis d'une autre encore. « Cher Monsieur Staveley, Cher Monsieur Staveley. » Étrangement, à force d'être répétés les mots parurent presque sincères ; une tendre chaleur s'insinua dans son cœur affligé et solitaire, et doucement s'y épanouit. « Cher Richard », écrivit-elle, puis : « Cher Dick. » « Cher » voulait dire quelque chose à présent ; il signifiait que Dick était un être auquel elle pouvait demander une faveur sans réserve.

Cher Dick,

J'ignore si vous vous souvenez de moi. Je suis la sœur d'Eustache Cherrington, qui était tout jeune à l'époque. Vous l'avez accueilli chez vous lorsqu'il était malade et quand vous êtes venu chez nous prendre de ses nouvelles vous avez eu la gentillesse de nous inviter à venir vous voir. Mais nous en avons été empêchés, car la santé d'Eustache était trop délicate. Et puis vous nous avez revus l'année dernière sur la plage, et vous avez parlé à Eustache de l'argent que Mlle Fothergill lui avait laissé, mais ça ne lui a fait aucun bien, j'en ai peur. Il veut toujours aller à l'école pour faire comme les autres garçons, mais je préférerais qu'il reste à la maison et ne devienne jamais comme eux. Si vous ne l'avez pas oublié, vous devez aussi vous souvenir d'avoir dit que j'étais une bonne sœur pour lui, bien meilleure que Nancy Steptoe ne l'est pour Gerald. Vous avez dit que vous aimeriez m'avoir pour sœur, alors même que la vôtre était là. Vous ne le savez peut-être pas, mais il a perdu sa mère, aussi je lui ai servi de mère, et ce serait vraiment dommage, vous me l'accorderez j'en suis sûre, de le soustraire à mon influence à cette étape décisive de son développement. Vous l'avez sans doute oublié, mais vous aviez dit que vous feriez semblant d'être infirme pour que je vienne vous parler et jouer avec vous comme Eustache et Mlle Fothergill. C'est inutile, car nous pouvons tous deux venir très facilement n'importe quel jour, et le plus tôt sera le mieux car sinon Eustache partira à l'école. En ce moment il est en train d'essayer son costume des dimanches, si bien qu'il n'y a plus de temps à perdre. Je serai très heureuse de venir le jour qui vous conviendra, Eustache aussi, et nous ferons ce qui vous plaira. Eustache dit que je suis très courageuse et que je ne crains pas les expériences bizarres tant que c'est pour le bien d'autrui. C'est pourquoi je vous écris.

Avec mon meilleur souvenir, Sincèrement,

Hilda Cherrington

Elle s'absorba quelque temps dans la contemplation de la lettre, puis avec un soupir rageur et désespéré, barra le « sincèrement » pour le remplacer par « affectueusement ». Mais le « sincèrement » était encore lisible, même pour un regard inattentif ; aussi essaya-t-elle à nouveau de l'effacer, avec tant de véhémence que cette fois sa plume transperça presque le papier.

Adossée à sa chaise, elle sombra dans une rêverie amère. Elle imaginait les différentes ébauches de la lettre s'accumuler derrière elle en une falaise énorme, infranchissable, masquant la lumière et lui coupant toute retraite. Elle n'osa pas la relire, mais la glissa brutalement dans une enveloppe, y inscrivit l'adresse et la timbra comme dans un état second, puis descendit l'escalier en courant.

Eustache et son père étaient assis l'un près de l'autre ; les autres étaient parties. Eustache ne cessait d'admirer son nouveau costume et d'y promener ses doigts comme pour s'assurer de sa réalité. Ils sursautèrent en même temps en entendant la porte claquer, et échangèrent un coup d'œil de complicité masculine.

« Elle a l'air très pressée, dit M. Cherrington.

— Oh oui ! Hilda est toujours comme ça. Elle ne laisse jamais le temps aux choses de s'arranger d'elles-mêmes.

— Elle te manquera, non ?

— Bien sûr ! Je serai tout à fait inconsciençable. (C'était le costume neuf qui était responsable de ce mot. Conscient de son erreur, Eustache s'empressa de continuer.) Évidemment, ce ne serait pas bon pour elle d'être avec moi là-bas, même si elle pouvait entrer dans une école de garçons, parce qu'elle me verrait… eh bien… torturé, et ça la peinerait terriblement. Et puis les autres croiraient qu'elle me donne tout le temps des ordres, bien que ce ne soit pas mon avis.

— Non ?

— Oh, non ! C'est tout à fait compréhensible, vu son âge. Bien entendu il ne faudrait pas que ça dure indéfiniment. Et d'abord, on se moquerait de moi.

— Si quelqu'un le fait, dit M. Cherrington, c'est parce qu'il ne connaît pas Hilda. C'est peut-être une bonne chose qu'elle aille aussi à l'école.

— Oh, elle y va ? »

Eustache s'était si bien abîmé dans ses préoccupations personnelles qu'il avait oublié la menace planant au-dessus d'Hilda. Mais était-ce une menace ou une promesse ? Devait-il la plaindre ou se réjouir pour elle ? Il ne pouvait trancher, et comme son esprit percevait instinctivement les choses comme plaisantes ou désagréables, c'est-à-dire bonnes ou mauvaises, et que ce n'était pas toujours appréciable sur le moment, il avait quelque peine à éprouver une émotion mitigée et le problème de l'avenir d'Hilda ne lui paraissait pas très tangible.

« Oui, poursuivait son père, nous avons reçu ce matin une lettre confirmant qu'elle était acceptée. L'école est au complet, mais ils font une exception pour Hilda, afin d'obliger le docteur Waghorn, ton directeur.

— Ce doit être une bonne école, alors, si elle ressemble à la mienne !

— Oui, Saint-Willibald est une assez bonne école, dit son père avec insouciance. Elle n'est pas non plus très éloignée de la tienne ; je ne serais pas surpris que vous puissiez vous voir au télescope. »

Les yeux d'Eustache brillèrent, puis il parut inquiet.

« Tu crois qu'elles auront un cheval blanc sur leur chapeau ?

— Malheureusement, je ne saurais te le dire », répondit Cherrington en riant.

Eustache secoua la tête et ajouta avec sérieux :

« J'espère qu'elles n'essaieront pas de trop nous copier. Les garçons et les filles doivent garder leur personnalité respective. (Il réfléchit quelques instants et son front s'éclaira.) Évidemment, il y avait lady Godiva.

— J'ai peur de ne pas très bien voir le rapport, dit son père.

— Elle montait un cheval blanc, répondit Eustache, qui n'aimait pas qu'on l'oblige à se montrer plus clair dans ses explications. Seulement, elle n'avait rien sur elle. Il faudra qu'Hilda ait de nouveaux vêtements, maintenant. Elle devra les essayer. »

Ses yeux brillèrent. Il aimait voir sa sœur parée de neuf.

« Oui, et sans tarder. J'ai parlé à ta tante, Eustache, et nous nous accordons à penser que tu es le plus à même d'apprendre la nouvelle à Hilda. Nous pensons qu'elle le prendra mieux si cela vient de toi. Vous êtes compagnons d'infortune, après tout.»

Eustache en resta bouche bée.

« Oh, papa, je ne pourrais pas ! Elle… Elle serait capable de tout. Elle est si bizarre avec moi ! Elle risque même de perdre la tête.

— Pas si tu le lui annonces avec tact.

— Bon, j'essaierai. Peut-être après-demain.

— Non, dis-le-lui cet après-midi.

— Pas moi, papa ! Tu ne pourrais pas le faire toi-même ? Après tout, c'est ton après-midi de congé !

— Oui, et j'ai envie d'avoir la paix. Écoute, ce n'est pas elle qui rentre ? Cours chercher vos perches et descendez à la plage.»

Ils entendirent la porte d'entrée s'ouvrir et se fermer. Ce n'était pas tout à fait un claquement, mais cela y ressemblait assez pour indiquer qu'Hilda se trouvait dans un état d'esprit où les choses lui échappaient facilement des doigts.

Ayant chacun de graves nouvelles à annoncer à l'autre, et ne sachant pas plus l'un que l'autre comment s'y prendre, ils se mirent en route pour la plage. La perche d'Eustache était une solide canne en bambou joliment cerclée d'anneaux et tachetée comme un léopard. En étirant sa main en l'air, il en atteignait presque le sommet ; il ressemblait à un ours tentant de grimper à un mât. Comme ils traversaient la pente verdoyante qui descendait vers la falaise, il planta la perche devant lui et s'entraîna à franchir tous les obstacles qui se présentaient – que ce fût une brique, un morceau de clôture, ou le chemin de charroi en contrebas du square. La perche d'Hilda était en bois, et beaucoup plus longue que celle d'Eustache ; près de son extrémité, elle s'effilait légèrement puis se bombait à nouveau, comme un manche à balai. C'était le genre de perche utilisé par les véritables perchistes dans les compétitions d'athlétisme, et elle ne jouait pas, mais économisait son énergie pour le moment où elle serait vraiment nécessaire. Le soleil de janvier répandait encore un éclat nacré autour d'eux; il s'accrochait très bas au-dessus de la mer, et commençait déjà à jeter sur l'eau des reflets flamboyants. Le temps n'était pas rigoureux, pour janvier, et Eustache était bien couvert, mais ses genoux nus sentaient le froid monter du sol.

« Évidemment j'aurais eu beaucoup plus chaud en pantalon », dit-il à Hilda.

Sans répondre elle accéléra le pas, si bien qu'il devait courir entre chaque saut. Il ne l'avait encore jamais vue aussi préoccupée. En silence ils atteignirent le bord de la falaise et la rambarde cloutée au sommet des marches de béton. Un coup d'œil leur suffit pour voir que la marée montait. La mer avait pris son air résolu, et le sable devant elle était sec. Une ligne d'écume, pareille à une frise blanche, s'enroulait autour des rochers les plus écartés. Leurs sandales de plage noires ne faisaient aucun bruit sur les marches nappées de sable, sauf un crissement occasionnel.

Eustache laissait glisser sa perche de l'une à l'autre, réjoui par les petits coups rythmés qu'elle produisait.

« Oh ! ne fais pas ça, Eustache. Tu n'as aucune pitié pour mes pauvres nerfs.

— Excuse-moi, Hilda. »

Cependant quelques secondes plus tard, changeant d'avis aussi visiblement que si elle faisait passer une pomme d'une main dans l'autre, elle lui dit :

« Tu peux, si tu veux. Ça ne me dérange pas vraiment. »

Docilement Eustache se remit à frapper les marches de sa perche, mais cela lui donnait l'impression d'infliger un supplice, et le jeu n'était plus si drôle. Il fut soulagé, en arrivant au bas de l'escalier, de pouvoir s'arrêter.

Là, sous la falaise, le sable était pâle et fin comme de la poudre ; il formait des cratères de quelques centimètres et ne convenait pas pour sauter, car la perche ne trouvait aucune prise sur un sol aussi perfide. Elle se retournait en plein vol et le perchiste retombait lourdement. Aussi, les enfants descendirent rapidement vers la plage proprement dite, où le sable était doré, compact et ferme, et se retrouvèrent bientôt parmi les rochers lisses et enrobés d'algues, qui parsemaient la plage telle une vaste colonie de phoques endormis.

Eustache se transformait insensiblement en chamois ou en bouquetin quand il se souvint qu'en vue de la tâche qui l'attendait, une autre apparence serait vraisemblablement plus utile. Encore qu'un bouquetin pût effectivement révéler à une sœur-bouquetine qu'elle partait en pension quelques jours plus tard, il n'y aurait rien de subtil, de délicat ou d'imaginatif dans une telle divulgation ; il valait presque autant le lui dire lui-même. Ils avaient atteint leur terrain de prédilection et il se campa sur un rocher, perplexe et pensif.

« Commençons par les falaises de Douvres », dit-il.

Les falaises de Douvres, ainsi nommées en raison de la légère couche de berniques qui leur donnait un aspect blanchâtre, étaient un rocher un peu rocailleux situé à deux mètres d'eux. Il donnait une bonne prise et formait traditionnellement leur première étape, à une distance que non seulement Hilda mais Eustache pouvait franchir aisément. Quand il s'y fut reçu à pieds joints, avec le petit choc élastique si profondément satisfaisant, il dégagea sa perche du sable et descendit pour céder la place à sa sœur. Elle atterrit sur les falaises de Douvres avec la grâce négligente de l'aigle qui se pose ; et comme toujours

Eustache, qui avait un faible pour le style, dut réprimer un pincement de jalousie.

« Et maintenant, les Aiguilles, dit-il. Tu commences. »

Les Aiguilles étaient à la fois plus lointaines et plus escarpées, et il n'y avait qu'un endroit où l'on pouvait y atterrir en toute sécurité. Eustache le manquait parfois, mais Hilda jamais. Quelle ne fut donc pas sa consternation en voyant sa sœur dévier de sa trajectoire, chercher maladroitement à prendre appui sur le rocher, et glisser dans le sable !

« Oh ! Pas de chance, monsieur ! » s'exclama-t-il.

Sa plaisanterie manqua son effet. Il la suivit en silence et opéra une réception un peu lourde, mais réussie.

« Tu as un point d'avance », dit Hilda.

Ils comptaient les points comme au golf sur un parcours de dix-huit sauts, et après la victoire d'Hilda, jouaient généralement le *bye* avant d'en commencer un autre sur une nouvelle série de rochers. Ainsi, le paysage miniature mais stimulant de montagnes, de plaines et de lacs (car bon nombre de rochers s'enfonçaient dans de profonds bassins peuplés d'étoiles de mer), était continuellement changeant.

Eustache gagna le premier parcours au dix-neuvième rocher. Il pouvait à peine y croire. Il n'avait encore battu Hilda qu'une seule fois, en des circonstances si lointaines que tout ce qu'il se rappelait était un sentiment de triomphe, léger, infiniment doux. Dans ses rêves en revanche, il était très souvent victorieux. Cette expérience lui procurait alors un plaisir poignant, sans commune mesure avec les sensations rencontrées dans la vie de tous les jours. Mais il en avait ressenti le souffle. Réduit à une morne suggestion de lui-même telle une friandise délicate qu'on mange sans la goûter lorsqu'on est enrhumé, ce n'en restait pas moins le divin élixir.

Hilda ne semblait pas se rendre compte de la gravité de sa défaite, ni, heureusement, s'en soucier. Pouvait-elle avoir perdu exprès ? se demandait Eustache. Elle était pensive et distraite. Il se sentit obligé de dire quelque chose.

« Tes sandales sont très usées, Hilda. Elles glissent tout le temps. Il faut absolument t'en acheter une nouvelle paire. »

Elle lui adressa un sourire un peu triste, et il ajouta avec hésitation :

« Je suppose que les bouquetins perdent leurs sabots comme leurs cornes. Tu dois être en train de passer par une de ces périodes de mue.

— Ah, c'est donc à ça qu'on jouait ! dit-elle, mais il y avait dans son attitude une pointe de langueur, ainsi que du mépris.

— Oui, mais on peut jouer à autre chose. »

S'efforçant d'imaginer un nouveau jeu, il se mit à gratter le sable uni du bout de sa perche. Les mots « Saint-Ninian » commencèrent à prendre forme. Il les effaça précipitamment du pied, mais ils lui avaient donné une idée. Ils en avaient également donné une à Hilda.

Il remarqua, tandis qu'ils se dirigeaient vers leur nouveau parcours :

« Je pourrais être un garçon qui va à l'école pour la première fois.

— Oui, répondit Hilda, mais tu ne l'es pas. »

Il ne fut pas déconcerté outre mesure.

« Bon, faisons comme si j'en étais un et nous pourrons changer le nom des rochers. »

La marée montante avait gagné leur second terrain, et ses ondes léchaient la base des rochers.

« Rebaptisons celui-ci, proposa Eustache, immobile sur le tertre de départ. Commence. C'était l'Aconcagua, lui rappela-t-il.

— D'accord, dit Hilda. Appelons-le Cambo. »

Vaguement Eustache se demanda pourquoi elle avait choisi le nom de leur maison, mais il était si résolu à lui mettre des idées en tête qu'il ne remarqua pas que c'était aussi ce qu'elle tentait de faire.

« À moi ! Je baptise celui-ci Saint-Ninian », hasarda-t-il en désignant un rocher pas trop éloigné. Hilda fit une grimace compliquée, mais se contenta de répondre :

« Attention à ne pas tomber !

— Oh non ! Mon honneur en dépend ! » répliqua Eustache en hésitant. Il sauta.

Soit qu'il sentît peser sur lui la responsabilité d'avoir choisi un nom inacceptable pour Hilda, soit que ce fût simplement la perversité du Destin, il manqua son but. Ses pieds dérapèrent sur les algues glissantes, et lorsqu'il se redressa il avait de l'eau jusqu'aux chevilles.

« Maintenant il va falloir rentrer », dit Hilda.

En un éclair Eustache vit son plan s'effondrer. Il n'y aurait plus de rochers à baptiser ; il serait sans doute obligé de lui révéler directement la nouvelle.

« Oh, Hilda, s'il te plaît ! Faisons encore quelques sauts. Ça me réchauffe les pieds, vraiment. D'ailleurs, j'ai quelque chose à te dire. »

À sa grande surprise, elle accepta immédiatement.

« Je ne devrais pas te le permettre, mais je te ferai prendre un bain de moutarde, rien que nous deux, dans la salle de bains.

— Mince ! Ça serait du tonnerre !

— Et j'ai moi aussi quelque chose à te dire.

— Est-ce quelque chose d'agréable ?

— Pour toi, oui, répondit-elle sombrement.

— Dis-le-moi tout de suite.

— Non, après. Seulement il faudra que tu fasses semblant d'être un garçon qui ne va pas à l'école. Maintenant, dépêche-toi.»

Ils se tenaient tous les deux sur Cambo ; l'eau montait à leurs pieds, en tourbillons.

« Dis : "Pas moi !" si tu veux que je baptise le suivant, dit Eustache avec espoir. Avant, c'était le Cap Syrve-Sjar.

— Non, dit lentement Hilda d'une voix si accablée que toute personne moins préoccupée qu'Eustache aurait compris où elle voulait en venir. Je vais le nommer Anchorstone Hall.

— Chouette ! Regarde, Dick est dessus ! Prends garde à ne pas le faire tomber ! »

Involontairement Hilda ferma les yeux pour chasser l'image de Dick. Elle prit un mauvais départ et atterrit à trente centimètres du rocher, dans l'eau jusqu'aux genoux.

« Oh ! Pauvre Hilda ! » cria Eustache sidéré.

Mais tout en pataugeant vers le rocher, elle tourna vers lui un visage rayonnant d'animation.

« Maintenant nous prendrons tous les deux un bain de moutarde !

— Épatant ! s'écria-t-il, ravi. Ça sera quelque chose à leur raconter, à Saint-Ninian. Je suis sûr que les autres n'ont pas tous des sœurs qui osent sauter dans la Baltique !

— Vite ! Vite ! s'exclama Hilda. À ton tour ! »

Anchorstone Hall n'était déjà plus qu'à fleur d'eau, mais Eustache y atterrit facilement. Sa peur de se mouiller les pieds ayant disparu du fait qu'ils l'étaient déjà, il se sentait merveilleusement libre et prêt à dire n'importe quoi à n'importe qui.

« Égalité ! annonça-t-il. Égalité, et il n'en reste plus qu'un. Tu sais comment je vais appeler celui-là ? »

Il désigna un rocher noir d'une nudité menaçante autour duquel l'eau se soulevait, et quand Hilda eut très gracieusement répondu qu'elle n'en savait rien, il ajouta:

« Mais d'abord tu dois faire comme si tu étais une fille qui va aller à l'école.

— N'importe quoi pour t'apaiser.

— Bon, je vais te le dire. C'est Saint-Willibald. Veux-tu savoir pourquoi?

— Pas spécialement, répondit-elle. C'est un nom tellement stupide! Willibald, Willie bâille! »

Quand ils eurent ri tout leur soûl, Eustache insista:

« Cela a quelque chose à voir avec toi. C'est… eh bien, tu comprendras tout plus tard.

— J'espère que non, répliqua-t-elle d'un air hautain. Ça ne vaut pas la peine de faire comme si. C'est tout ce que tu voulais me dire?

— Oui. Vois-tu, c'est le nom de ton école. »

Hilda le regarda avec des yeux ronds.

« Mon école? Comment ça, mon école? Moi, maîtresse d'école? Tu es devenu fou. »

Eustache n'avait pas prévu cette complication.

« Non, pas maîtresse d'école, Hilda. Tu ne serais pas assez vieille. Comme moi, tu vas aller à l'école. Tu vas être écolière.

— Écolière? répéta Hilda. Écolière? dit-elle d'un ton encore plus tragique, avant de demander d'un air de défi: Qui a dit ça?

— Papa. Ils l'ont tous dit quand tu étais en haut. Papa m'a demandé de te le dire. Tout est arrangé. »

Des pensées se pourchassèrent sur le visage d'Hilda, des pensées incompréhensibles pour Eustache. Elles lui apprirent simplement qu'elle n'était pas aussi contrariée qu'il l'aurait cru. Il ne pouvait savoir que pour elle l'école sans Eustache était bien moins redoutable qu'Anchorstone Hall avec Dick.

« Nous partirons presque le même jour, poursuivit-il. Ça sera drôle, hein ? Enfin, ça serait bien pire s'il n'y en avait qu'un qui partait. Et nous serons très près l'un de l'autre, dans le Kent. On dit que c'est le jardin de l'Angleterre. C'est un joli nom. Tu es contente ? »

Ses yeux, baignés de larmes de joie, le lui disaient, mais il avait peine à y croire, et ses lèvres tremblantes ne prononçaient pas un mot. Il sentit qu'il devait lui changer les idées.

« Tu voulais me dire quelque chose, Hilda. Qu'est-ce que c'était ? »

Elle lui lança un regard énigmatique, et le sourire qui joua sur ses lèvres leur rendit l'usage de la parole.

« Oh ça ? Ce n'était rien.

— Mais ça devait bien être quelque chose, insista Eustache. Tu as dit que ça me plairait. Je t'en prie, dis-le-moi.

— Ça n'a plus d'importance, maintenant que je vais à l'école. (Son ton devint plus grave, plus lointain.) Tu ne sauras jamais ce que j'étais prête à faire pour toi, comment j'ai failli sacrifier tout mon bonheur.

— Quelqu'un le saura-t-il ? » demanda Eustache.

Il vit qu'il avait fait un faux pas. Hilda pâlit et la terreur apparut dans ses yeux, d'autant plus effrayante qu'Hilda n'avait jamais peur de rien. Telle avait été son obsession des horreurs à venir, telle sa gratitude de les voir disparaître, qu'elle en avait oublié la lettre. Oui, quelqu'un saurait… Timidement, Eustache répéta sa question. La perche se plia sous le poids d'Hilda et ses articulations devinrent aussi blanches que son visage.

« Oh ! ne me harcèle pas, Eustache ! Tu ne vois donc pas ?… Quelle heure est-il ? demanda-t-elle brusquement. J'ai oublié ma montre.

— Mais Hilda, tu ne l'oublies jamais !

— Idiot ! Puisque je te dis que je l'ai oubliée ! Quelle heure ? »

Eustache courba la tête vers son gousset où il avait sa montre, et répondit avec une lenteur exaspérante, anxieux d'annoncer l'heure avec précision :

« Quatre heures moins une.

— À quelle heure part le courrier ?

— À quatre heures et quart. Mais tu le sais mieux que moi, Hilda.

— Elle pourrait avoir changé, crétin ! »

Elle se maîtrisa. Le ciel pouvait s'effondrer, il lui fallait donner des instructions à Eustache.

« Écoute, j'ai quelque chose à faire. Rentre directement à la maison, sans courir, d'accord ? Dis-leur de préparer l'eau chaude et demande de la moutarde à Minney.

— Formidable ! On va bien s'amuser !

— Oui, il faut qu'elle soit bouillante. Je vais partir devant, et tu ne dois pas regarder quel chemin je prends.

— Non, Hilda.

— Tiens, ma perche. Tu peux t'en servir à condition d'y faire bien attention. Je ne serai pas longue.

— Mais… »

Il n'y eut pas de réponse. Elle était partie, et il n'osa pas se tourner pour l'appeler.

Laissant traîner une perche dans chaque main, Eustache garda les yeux fixés sur les vagues et marcha consciencieusement à reculons, afin de ne pas voir sa sœur. Il finit par buter contre une pierre, et manqua tomber. Il se redressa et reprit sa progression en crabe, plus lentement, toutefois, qu'auparavant. Pourquoi Hilda était-elle partie si vite ? Il ne pouvait le deviner, et c'était un secret qu'il ne devait pas chercher à pénétrer. Son sens de l'inviolabilité des sentiments d'Hilda était l'un des *sine qua non* de leurs relations.

Les traces laissées par les deux perches, celle d'Hilda et la sienne, formaient un dessin qui commença à le fasciner. Il savait que les droites parallèles sont telles que même prolongées à l'infini elles ne se rencontrent jamais. L'idée de l'infini séduisait Eustache et il la médita quelque temps. Mais ces lignes-ci n'étaient pas parallèles : elles suivaient un cours sinueux, s'enflant par endroit pour s'étrécir ensuite, tel un boa constrictor qui a avalé un âne. Peut-être qu'en les manipulant un peu, on pouvait les faire se rencontrer.

Il rapprocha les perches. Oui, les lignes semblaient converger. Mais pouvait-on impunément les y forcer quand un théorème d'Euclide en proclamait l'impossibilité ?

D'un regard en arrière, Hilda s'assura qu'Eustache suivait ses directives, et son cœur s'attendrit. Comme il était obéissant, malgré tout ! Le tumulte de ses émotions l'envahit à nouveau, la déception, le soulagement et l'angoisse s'affrontant tour à tour. La déception que son plan eût échoué – le soulagement qu'il eût échoué, et l'angoisse qu'il fût trop tard pour s'épargner une insupportable humiliation.

Elle prit en courant le raccourci à travers la plage, empruntant la promenade où les falaises étaient les plus basses. Elle dépassa à toute allure la banque et ses piliers de granit poli qu'Eustache admirait tant. Bientôt elle fut au cœur de la ville.

La grande aiguille de l'horloge de la poste s'inclinait vers le trois. Hors d'haleine, elle entra. Derrière le comptoir elle vit une jeune fille qu'elle ne connaissait pas.

« S'il vous plaît, pourriez-vous me rendre la lettre que j'ai postée cet après-midi ?

— J'ai bien peur que non, mademoiselle. C'est interdit.

— Je vous en prie, rien que pour cette fois. Il est très important que cette lettre n'arrive pas. »

La jeune fille – elle n'avait pas plus de vingt ans – observa le beau visage troublé, impérieux, inhabile à supplier, la silhouette haute, la poitrine palpitante, et eut à peine l'impression qu'Hilda n'était qu'une enfant.

« Je pourrais demander au receveur.

— Non, je vous en prie ne faites pas ça, j'aime mieux pas. C'est une lettre que je... regrette d'avoir écrite. »

Les yeux d'Hilda prirent une expression égarée ; elle fouilla dans sa poche.

« Pourrai-je l'avoir, en payant une amende ? »

« Comme elle est jolie ! pensa la jeune postière. Elle a l'air complètement bouleversée. » Émue, elle s'approcha de la porte de la boîte aux lettres.

« Je ne devrais pas, vous savez. À qui serait adressée la lettre ?

— À un monsieur », dit Hilda avec difficulté.

« J'en étais sûre ! » pensa la jeune fille ; et elle déverrouilla la porte de la boîte aux lettres. « Quel en serait le nom ? »

Ce nom, Hilda l'avait au bout des lèvres, mais elle ne le prononça pas.

« Ne pourriez-vous me laisser la chercher moi-même ?

— Oh ! Malheureusement c'est contraire au règlement. Ils risqueraient de me renvoyer.

— Je vous en prie, seulement pour cette fois... Je... Je ne lui écrirai plus jamais. »

Le cœur de l'employée fut touché.

« Vous avez fait une bêtise, dit-elle.

— Oui, souffla Hilda. Je ne sais pas...

— Vous avez écrit quelque chose que vous ne pensiez pas ?

— Oui, dit Hilda.

— Et vous avez peur qu'il le prenne mal ?

— Oui. »

L'employée plongea dans la boîte et en ressortit une vingtaine de lettres. Elle les déposa sur le comptoir devant Hilda.

« Vite, vite ! Je ne regarde pas. »

Hilda reconnut l'enveloppe à sa forme. Un moment plus tard, la lettre était dans sa poche. Elle regarda l'employée, le souffle court ; et l'employée était elle aussi un peu haletante. Elles restèrent quelques secondes sans rien dire ; puis l'employée demanda :

« Vous êtes très jeune, n'est-ce pas ?

— Oh non ! protesta Hilda en se redressant. Je viens d'avoir quatorze ans.

— Vous êtes sûre de faire le bon choix, de ne pas être trop impulsive ? Si vous l'aimez vraiment…

— Oh non ! Non, j'en suis sûre, dit Hilda, parcourue d'un frémissement. Maintenant je dois partir. »

L'employée remit hâtivement les lettres dans la boîte. Il y eut un bruit derrière elles : le facteur venait d'entrer.

« Bonsoir, mademoiselle, lança-t-il.

— Bonsoir, dit la postière d'un ton languide. Je vous attendais. Vous avez traîné en route, non ?

— Il y a ceux qui travaillent et ceux qui attendent », répliqua le facteur.

L'employée hocha la tête.

« Et ceux qui ne font rien du tout, répliqua-t-elle d'un ton mordant, puis, se tournant vers Hilda d'un air très professionnel : Puis-je faire autre chose pour vous, mademoiselle ?

— Rien pour aujourd'hui», répondit Hilda, un peu hautaine. «Merci beaucoup», ajouta-t-elle.

Une fois devant la poste baignée par le crépuscule, sa dignité l'abandonna. Elle se mit à courir, mais son esprit la dépassait, comme si la joie lui donnait des ailes.

«Je ne le verrai plus à présent, je ne le verrai plus à présent!» et son extase, son soulagement, sa sensation de légèreté étaient proches de ce qu'elle eût ressenti si, amoureuse de Dick Staveley, elle avait couru à sa rencontre.

Elle se glissa sans bruit dans la maison. La salle à manger ne conviendrait pas: elle était chauffée au gaz. Elle tendit l'oreille devant la porte du salon et n'entendit aucun bruit. Elle avança sur la pointe des pieds dans l'obscurité trouée par les flammes, franchit la carpette du foyer et laissa tomber la lettre entre les charbons les plus ardents. Le feu n'y prit pas tout de suite, aussi elle se servit du tisonnier pour l'enfoncer au cœur du brasier. Une flamme jaillit, et au même instant elle entendit un mouvement, se retourna, et vit les flammes se refléter dans les yeux de son père.

«Tiens, Hilda! Tu m'as réveillé en sursaut. Je faisais la sieste. Tu brûlais quelque chose?

— Oui, dit Hilda, prête à s'enfuir.

— Une lettre d'amour, je suppose.

— Oh non, papa! On n'écrit pas de lettres d'amour à mon âge!

— À ton âge…» commença M. Cherrington, mais la mémoire lui faisait défaut, et d'ailleurs il ne pouvait décemment avouer à sa fille qu'à son âge il avait déjà écrit une lettre d'amour. «Il doit être l'heure du thé, ajouta-t-il en bâillant. Où est Eustache?»

Comme en réponse, ils entendirent un coup sourd au plafond et le bruit de l'eau giclant dans la baignoire.

« C'est lui, s'écria Hilda. Je lui ai promis de lui faire prendre un bain de moutarde. Il ne me pardonnera pas si je n'y vais pas. » Elle monta en courant et pénétra dans l'atmosphère moite et brumeuse, les bruits et les odeurs réconfortants de la petite salle de bains. Tout d'abord elle ne put voir Eustache, caché par les tourbillons lumineux de vapeur. Puis ils s'écartèrent et le révélèrent, assis sur le bord incurvé de la baignoire blanche, le dos tourné vers l'eau et les jambes nues jusqu'aux genoux, au-dessus desquels le bas de ses culottes avait été proprement roulé, sans doute par la main experte de Minney.

« Oh, te voilà, Hilda ! Tu ne trouves pas ça épatant ? L'eau est tout à fait bouillante. Je ne l'ai fait couler qu'en t'entendant. J'aimerais qu'elle soit aussi chaude que l'huile bouillante… eau bouillante ne l'est pas autant, tu sais.

— Combien de moutarde as-tu mis ? demanda Hilda.

— Une demi-boîte. Minney a dit qu'on ne pouvait pas en prendre plus.

— Bon. Tourne-toi et mets tes pieds dans l'eau.

— Oui. Tu crois que je devrais retirer mes knickers ? Je n'ai de l'eau que jusqu'aux chevilles. Ça m'obligerait à enlever ma combinaison.

— Je ne crois pas que ce soit nécessaire, cette fois-ci », dit Hilda après réflexion.

Eustache pivota et trempa le bout de l'orteil dans l'eau.

« Ooooh !

— Allez, courage !

— Oui, mais tu dois venir aussi, sinon ça ne sera pas aussi drôle. Et puis tu avais dit que tu le ferais, Hilda. (Dans son anxiété de partager l'expérience avec elle, il se tourna à nouveau.) S'il te plaît ! Tu t'es encore plus mouillée que moi !

— Je me suis réchauffée en courant. D'ailleurs ce n'était que de l'eau salée. On ne prend pas froid dans l'eau salée.

— Oh, mais pour moi aussi, c'était de l'eau salée.

— Ce n'est pas pareil, répliqua Hilda, mais en voyant la déception se peindre sur son visage, elle céda. Très bien, pour te faire plaisir.»

Eustache se tortilla de joie et rebondit autant qu'il l'osait sur le rebord de la baignoire.

« Enlève tes sandales et tes bas, alors.»

Quel délice de donner des ordres à Hilda! Perchée comme une cigogne sur une jambe puis sur l'autre, elle obéit.

« Maintenant viens t'asseoir à côté de moi. Ça glisse un peu, attention à ne pas perdre l'équilibre.»

Bientôt ils furent assis côte à côte, les yeux baissés vers l'eau. Les nuages de vapeur qui montaient autour d'eux semblaient les isoler du monde entier. Eustache regarda avec admiration les longues jambes fines de sa sœur.

« Je n'ai pas voulu remplir plus la baignoire à cause des marques, expliqua-t-il à voix basse. Ça pourrait être dangereux, tu sais.»

Hilda regarda les parties écaillées, bleutées sous l'émail, qui constellaient les parois de la baignoire. Les superstitions d'Eustache, ses craintes de les submerger, lui étaient parfaitement familières.

« On ne te laissera pas faire ça à l'école, dit-elle.

— Oh! Il n'y aura pas de marques à l'école. On y a installé un nouveau système de plomberie et de sanitaires, l'an dernier. C'était dans le prospectus. Ça inclut évidemment des baignoires neuves. Les baignoires neuves n'ont pas de marques. Ce sera peut-être pareil, dans ton école, mais le prospectus n'en parlait pas. Je suppose que les baignoires ne sont pas aussi importantes, pour les filles.

— Pourquoi ?

— Elles sont plus propres. Et en plus, elles se lavent. (Eustache considérait le fait de se laver et de prendre un bain comme deux choses extrêmement différentes, presque sans rapport.) Et je ne crois pas qu'ils nous permettront de prendre des bains de moutarde.

— Pourquoi ? répéta Hilda.

— Oh, pour nous endurcir, tu comprends. Les garçons doivent s'endurcir. S'ils nous disaient d'en prendre, ce serait une punition, pas un amusement comme à présent... Trempe ton orteil, Hilda.»

Hilda donna une chiquenaude à l'eau du bout du pied, juste assez pour produire une ride, puis le retira.

« C'est encore un peu chaud. Attendons une minute.

— Oui, dit-il. Tout serait gâché si on faisait couler l'eau froide.»

Ils restèrent silencieux quelques secondes. Eustache examina les orteils d'Hilda. Ils étaient vraiment aussi jolis que des doigts. Les siens étaient rabougris et informes, faits pour être décemment recouverts.

«Allez, tous les deux en même temps ! » cria-t-il.

Ils plongèrent les pieds dans l'eau. Le concert d'éclaboussures fut magnifique, mais la souffrance presque insupportable.

« Mets ton bras autour de moi, Hilda !

— Alors passe le tien autour de moi, Eustache ! »

Tandis qu'ils s'accrochaient l'un à l'autre, leurs pieds virèrent à l'écarlate, et cette coloration rouge monta bien au-dessus du niveau de l'eau, presque jusqu'à leurs genoux. Mais ils ne bougèrent pas, et lentement la douleur se transforma en une sensation différente, cuisante encore, mais qui leur procurait un bonheur indicible.

« C'est merveilleux ! s'écria Eustache. Ça n'aurait jamais été pareil sans toi ! »

Hilda ne dit rien, et bientôt ils balancèrent leurs pieds dans l'eau qui refroidissait. Le moment suprême d'épreuve et de triomphe était passé ; d'autres pensées, sans lien avec leur supplice, commencèrent à s'insinuer dans l'esprit d'Eustache.

« Es-tu arrivée à temps pour le faire ? demanda-t-il.

— Faire quoi ?

— Ce que tu allais faire quand tu m'as quitté sur la plage.

— Oh, ça ! dit Hilda avec indifférence. Oui, juste à temps. »

Elle réfléchit quelques secondes, et ajouta :

« Mais ne me demande pas ce que c'était, car je ne te le dirai jamais. »

LA CREVETTE ET L'ANÉMONE

LA LETTRE D'HILDA

CET OUVRAGE A ÉTÉ ACHEVÉ D'IMPRIMER PAR
NORMANDIE ROTO IMPRESSION S.A.S. À LONRAI,
EN JANVIER 2020, POUR LE COMPTE DES ÉDITIONS
LA TABLE RONDE, 26, RUE DE CONDÉ, PARIS 6e.

ISBN : 979-10-371-0575-2.
Dépôt légal : février 2020.
N° d'édition : 362807.
N° d'impression : 1906252

Imprimé en France.